# ナショナルな欲望のゆくえ

ソ連後のロシア文学を読み解く

# ナショナルな欲望のゆくえ

ソ連後のロシア文学を読み解く

松下隆志
Takashi MATSUSHITA

共和国

目次

ナショナルな欲望のゆくえ——ソ連後のロシア文学を読み解く

## 凡例

一、外国語文献からの引用の翻訳は、原則的として筆者による。すでに邦訳が存在する場合は、読者の便宜を考慮して既訳によった。ただし表記の統一などのために訳文を一部変更している箇所がある。

一、引用文中の〔　〕は引用者による補足であり、〔……〕は省略を示す。また、引用文中の傍点や太字による強調は、断りのない限り原文による。

一、引用元のＵＲＬは二〇二〇年一月二十二日現在有効である。

一、人名に付した年号は生年及び没年、文学・映画作品に付した年号は原則としてそれが刊行または発表された年であるが、文学作品については必要に応じて執筆年を記したものもある。

# 序章 0

# ロシア・ポストモダニズムとは何か

ソ連崩壊後のロシア文学において、ポストモダニズムは社会主義リアリズム以後に広く定着したほぼ唯一の「イズム」だと言っても過言ではない。当時はその是非をめぐって毀誉褒貶があったが、現在では一九九〇年代を代表する文学潮流として大学生向けの教科書などでも取り上げられるようになっており、「ポストモダニズムは〈世紀末〉の非伝統的・非古典的美学体系、過渡期の文学・芸術の展開において当然経るべき段階[1]」などといった堅苦しい定義も見られる。

しかし、ロシアに輸入されたポストモダニズムの内容は、欧米あるいは日本のそれとはかなり異なるものだ。そもそも、「ロシア」と「ポストモダニズム」という概念結合自体に問題がないわけではない。ポストモダニズムに関しては「後期資本主義の文化理論」というフレドリック・ジェイムソンの定義が知られているが、当時のロシアはそもそもほんの昨日まで社会主義国家だった。あるいは、ポストモダニズムはその名の通りモダニズムの「後《ポスト》」の理論だが、ロシアのモダニズムに相当するアヴァンギャルド運動はスターリン弾圧によって抹殺されたのではなかったか。ロシアと西側諸国の間に存在するこうした根本的な政治的・社会的差異をポストモダニズムの理論家たちはどのように処理したのか、まずはそこから見ていくことにしたい。

## ペレストロイカ期の文学

ポストモダニズムの話に入る前に、一九八〇年代のロシア文学の状況について簡単に整理しておく必要があるだろう。

ゴルバチョフによるペレストロイカ（建て直し）とグラースノスチ（情報公開）の政策により国家の検閲が大幅に弱体化し、それまで文壇の重鎮として振る舞ってきた社会主義リアリズムの大物作家たちが文芸誌から次々に姿を消した。代わりに、それまで発禁扱いだった亡命作家や非体制作家の作品、あるいは既存のソ連作家であっても、以前なら検閲を通らなかったような作品が多数公表されるようになった。ペレストロイカ期には純粋なフィクションよりも政治的なノンフィクションや評論、回想録などが盛んに書かれ、新傾向のテーマとしては、宗教やエロティシズム、実存などの問題が扱われた。このように文学が多様化していく中で、九〇年代のポストモダニズムにも繋がる「ニュー・ウェーブ」と呼ばれる新世代の作家たちが台頭する。(2)

社会に大規模な構造変化をもたらしたペレストロイカ期の文学状況を、望月哲男は次のように素描している。

ペレストロイカの時代は、言葉の直線的な指示機能への信頼が高まった時代であった。「ものをその名で呼ぶこと」がスローガンとなり、曖昧さは日和見的態度を意味するものと受け取られた。自由、民主主義、多元主義、市場原理といった抽象的な言葉も、あたかもそれぞれがある単一の具体的な指示内容を持つものであるかのように扱われた。

文学の世界と社会との関係も、直接的な相互作用を許容する、直線的なものとなった。各種の文芸雑誌が非常に多くの購読者を維持し、それらが相互に呼応しあって、共同のコミュニケーションの場の感覚が生まれた。また一時期は、創作家同盟の代表が直接国政に関与する、文人政治のイメージが制度化された。さらには文壇の内部に政治的な党派が形成され、彼らの論争が大きな社会的反響を呼んだ（そしてこの文壇の右派の一部が、九一年八月クーデターのイデオローグともなった）。

こうしたことは文学作品自体の読まれ方にも反映した。ソ連期の発禁図書も、亡命文学を含む世界文学も、同時代作家の作品も、なんらかの情報を伝達し、社会論的なメッセージを表現し、理性や良心に訴えることによって、社会変革のガイドラインを提供するものとして読まれた。あるいは評論が、文学に社会論的な解釈を提供した。文学は明らかにペレストロイカ派と保守反動派に分類され、そして社会的に何物をも示していないようなテキストは、「もう一つの文学」というカテゴリーに入れられたのである。

文学が単なる文学以上のものであり、作家が単なる作家以上のもの（教師、あるいは人間の魂の技師）であるというロシアの伝統的な考えは、この時期に最もその力を回復したように見える。(3)

ところが、このようなルネサンス的活況は長続きしなかった。自身「ニュー・ウェーブ」の作家で、長篇『モスクワの美しい人』（一九九〇、邦訳一九九二）などでも知られる作家ヴィクトル・エロフェーエフ（一九四七－）は、『文学新聞』に「ソヴィエト文学追悼」（一九九〇）と題する論考を発表し、ペレストロイカによって息を吹き返したリベラル文学は社会主義リアリズムの崩壊とともに終わりを迎えるだろうと予言した。リベラル文学は、国家の検閲による不自由のおかげで己の存在価値を保っていたのであり、国内で進む自由化は、皮肉にもそれを促したリベラル文学の足場をも切り崩してしまうことになるというのである。[4]

果たせるかな、このエロフェーエフの論考からほどなくして、約七十年間続いたソヴィエト連邦は崩壊した。フランシス・フクヤマの「歴史の終わり」という言葉に象徴されるように、ソ連の消滅は二十世紀の世界を長らく覆った東西イデオロギー闘争に終止符を打ったかに見え、エリツィン政権下で急激な市場経済の導入を試みた九〇年代のロシアは、まさにそうしたイデオロギー不在の時代を象徴する混沌の真っ只中にあった。「ペレストロイカの終焉とともに、言葉の意味指示機能への信頼も失われ、同時に文学の社会的な力も衰退し」、「今日デモクラシーや市場経済という言葉が、曖昧で多義的で、結局は何も示していないのと同じように、文学作品の言葉も、社会に対する情報伝達力やイメージ喚起力を失って」しまったのだ。[5]

こうして社会における文学の重要性が著しく低下し、文学のアイデンティティが危機に瀕する中で現れたのが、西側からもたらされたポストモダニズムの潮流だった。

## 新たな「原始文化」の誕生

ポストモダニズムは、それが世界的に流行していた一九八〇年代初頭にロシアで知られるようになり、八〇年代末から九〇年代初頭にかけて批評用語として定着した。

西側のポストモダニズムの紹介では、早いもので八二年に『哲学の諸問題』誌の論考(6)が確認できるが、この時点ではまだイデオロギー色が濃厚となっている。否定やパロディや嘲笑を特徴とするポストモダニズムを中世西欧の「笑いの文化」の復興と見なすなど一定の評価を与える一方で、コンクリート・ポエトリーやジョン・ケージの実験音楽、コンセプチュアル・アートなどに「破壊的影響」を見出し、「ポストモダニズムはその展開においてアメリカ社会の精神的・社会的危機の現象を反映した(7)」と典型的な西側批判の論調で締めくくられている。

ところが、八〇年代後半にペレストロイカが始まるとそうした状況は一変する。

『モダニズムとポストモダニズム』(一九八八)の著者ヴィクトル・イヴブリスは、『文学の諸問題』誌に掲載された「モダニズムからポストモダニズムへ」(一九八九)と題された論考(8)で、ポストモダニズムという概念の定義や、この潮流が西側に出現した歴史的経緯などについて触れながら、現代社会におけるポストモダニズムの意義を強調し、八八年にラトヴィアで開催されたとある学術セミナーを紹介している。そこでは、七〇〜八〇年代の外国文学がポストモダニズムの美学の観点から検討され、ポストモダニズムはまったく新しい創作手法なのか、それとも変質した後期モダニズムに過ぎないのか、といった議論が行なわれたという。

ポストモダニズムのロシア文化への影響という点でいっそう興味深いのは、同年に出版された美術雑誌『芸術』の十月号である。後にロシア・ポストモダニズム論で重要な役割を果たすことになる美術批評家ボリス・グロイス(一九四七-)による巻頭論文「新しさの永劫回帰」では、ポストモダニズムの戦略がオリジナリティの否定に見出され、同時にオリジナリティの否定自体が一種の「オリジナリティ」と化してしまう危険性が指摘されるなど、独自の観点からの批判的分析が試みられている(9)。一方、ロシアのジャズ界を代表するサックス奏者として来日公演を行なったこともある音楽家セルゲイ・レートフ(一九五六-)は、ポストモダニズムの「美的タブーの不在」のおかげで「実に多種多様な伝統の利用、グローバルな多文化的統合の実現」が可能になると述べ、その例としてジャンルの枠組みを超える多彩な音楽集団「ポップ・メハニカ」を紹介している(10)。

この両者の論考を読み比べてみて面白いのは、かたやグロイスは西側のポストモダニズムの危機を指摘し、かたやレートフはポストモダニズムに自国の音楽の新たな表現可能性を見出している点である。つまり、西側でポストモダニズムの流行が下火になりはじめていた八〇年代末、ロシアでは逆にポストモダニズムが新たな文化様式として注目されつつあったのだ。

ペレストロイカ期、体制文学とも反体制文学とも異なる新傾向の文学は「ニュー・ウェーブ」あるいは「もう一つの文学」などと呼ばれていたが、八九年頃から批評界でその一部がポストモダニズムの名で呼ばれるようになる。とくにインパクトが大きかったのは、九一年三月にモスクワの文学大学で開催された「ポストモダニズムとわれわれ」というカンファレンスで、アンドレイ・ビートフ(一九三七-二〇一八)や先に触れたエロフェーエフをはじめとする多数の非公式作家が参加した。カンファレンスホールは連日大入り満員で、詩人のレフ・ルビンシテイン(一九四七-)は床に座って聴講していたという(11)。これは、それまで日陰の存在だった非公式作家たちが「ポストモダニズム」の名の下に社会の表舞台に現れた瞬間だった。これを受けて『文学の諸問題』誌では十一、十二月の二号にわたって特集が組まれるなど、「ほぼすべての総合雑誌が〈ポストモダニズム〉に関する討議論文で応答した」[12]という。

そして九二年には、当時ポストモダニズムの旗手として様々な雑誌に寄稿していた新進気鋭の批評家ヴャチェスラフ・クーリツィン（一九六五－）による記念碑的論考「ポストモダニズム――新たな原始文化」が『新世界』誌に掲載された。それによれば、「今日の段階の新しさは、様式や詩学や芸術体系が入れ替わる際に生じる新しさとは根本的に異な」り、「今日変化しているのは、はるかに重要な何か、宇宙的状況」である。以前は文化は現実の反映だと思われていたが、今日では逆に文化の方が現実を覆い尽くし、現実よりも現実らしくなったというのだ。

あの「古い」原始文化は、自己を直に反映できる物質形態の出現とともに、すなわち人間の出現とともに生じた。「新しい」原始文化は、文化が自己を反映しはじめる瞬間に生じる――いや、もちろん文化には最初からそのような能力が備わっていたのだが、それが優位な特質として意識されたのは、やっと新しい時代になってからだった。それまで文化は文化の外にあると思われていた現実を反映していた。それまでは発話の主体と客体の分割が可能だったが、今はもはやそうはいかない、今や文化は真剣に自己に取り組みだしたのだ。私は若い批評家スタニスラフ・リヴォフスキーの公式が気に入っている。彼はこう述べた――「自己を尻尾から食らう蛇は、厭うことなくその作業を完遂する能力を有する」。まさにそれが現在起こっているのであり、文化は堂々巡りし、文化は自己へ還《かえ》り、すでに反省された世界や、材料だったとか、大砲の肉や油だったとか、魂の本質のための原料だったとかいうことによってのみ――進化的な意味で――正当化されてきた世界のことは放っておく。世界はあたかも発展のプロセスから転落し、アクチュアリティを失い、存在をやめたかのようだ。世界はこれまで反省によってのみ正当化されてきたが、今や反省は、時とともにつれますます興味深くなってきたもの、すなわち自己へと向けられるのだ[13]。

ジャン・ボードリヤールのシミュラークル論を容易に想起させるこの主張自体に取り立てて新味があるわけではないが、ここでクーリツィンがポストモダニズムをあえて「原始文化」と呼んでいることは注目してもいいだろう。ボードリヤールが『消費社会の神話と構造』(一九七〇)で引き合いに出したアメリカの文化人類学者マーシャル・サーリンズは、「真の豊かさ」から遠ざかる一方の現代の消費社会に対して旧石器時代を「最初の豊かな社会」に位置づけたが[14]、資本主義の高度な発展がもたらしたものであるポストモダニズムは、「原始文化」とは対極のものではないだろうか。ポストモダニズムをあえて「原始文化」と呼ぶクーリツィンの念頭には、ひょっとすると起きたばかりのソ連崩壊があったのかもしれない。「文化が現実を覆う」――国家という「現実」が文字通り消失したロシアにおいて、それは単なるレトリックではなかった。まさに「宇宙的変化」が生じたのであり、ポストモダニズムは新生ロシアの始まりを告げる文化として高らかに宣言されたのである。

ただ言っておきたいのは、今日ほくそ笑みながら順調な拡大を続けるポストモダン的な意識だけが、おそらくは〈文学プロセス〉における唯一の美学的に生きた事実となるだろうということだ。今日のポストモダンは単なる流行ではなく、大気の状態であり、好むと好まざるとにかかわらず、まさにそれだけが現在アクチュアルなのだ。(15)

## アヴァンギャルドの完成形としての社会主義リアリズム

ここまで一九八〇年代末～九〇年代初頭にかけてのロシアにおけるポストモダニズム論の形成過程を簡単に振り返ってきた。続いて本格的に内容の検討に入るが、まずはロシア文化のコンテクストにおけるモダニズムとポストモダニズムの関係性を考えてみたい。

ロシアのモダニズム運動としてもっとも有名なのが、一九一〇年代～二〇年代に盛んだったアヴァンギャルドである。未来派、スプレマティズム、構成主義などの潮流を生み、文学・演劇・絵画・建築・映画・音楽・批評など様々な分野で革新的な表現を生み出した。ところが、徐々に高まる社会のリアリズム志向を受けてアヴァンギャルドはその形式性を非難されるようになり（いわゆる「フォルマリズム批判」）、三四年の第一回全ソ作家大会において、「現実をその革命的発展において正しく歴史的具体性をもって描く(16)」ことを求める社会主義リアリズムが国家唯一の公認美学として宣言された。個々の作家はまだ創作活動を継続していたものの、その頃にはアヴァンギャルドの命脈はほぼ尽きていたとされる。(17)

その後、ソ連でアヴァンギャルドは長らく忘却されていたが、一九五三年にスターリンが死んだ後のいわゆる「雪どけ」期に再評価が始まった。その気運はペレストロイカ期に頂点に達し、モスクワでマレーヴィチ、フィローノフ、カンディンスキーといったアヴァンギャルドを代表する芸術家たちの展覧会が相次いで開かれた。貝澤哉によれば、それこそが八〇年代末～九〇年代初頭にロシアでポストモダニズムが爆発的に広まった理由であり、ロシア・ポストモダニズムは「当時のロシアにおけるこのようなアヴァンギャルドの無批判な流行と再評価にたいする強力な反動として形成された(18)」という。

とはいえ、アヴァンギャルド同様に実験的かつ反伝統主義的なポストモダニズムは、それを快く思わない者の目にはしばしば同一に映った。ポストモダニズムをめぐる議論には、一九六〇年代に活躍した知識人と八〇年代に活躍した知識人の世代間闘争という側面があったが(19)、いわゆる「六〇年代人」の代表格であるノーベル賞作家アレクサンドル・ソルジェニーツィン（一九一八－二〇〇八）によれば、世界をテクストと見なして無責任な遊戯に没頭し、自らを文化の頂点だと勝手に思い込んでいるポストモダニズムは、「危険な反文化的現象」であるロシア未来派の新バージョンに過ぎない(20)。他にも、八九年に『新世界』誌で組まれたポストモダニズム特集では「ポストアヴァンギャルド」という用語が用いられており、保守的な批評家アレクサンドル・カージンは、ポストモダニズムは「その精神的源からすれば同じモダニズムである(21)」と書いている。

十九～二十世紀のロシア文化の大まかな流れを、リアリズム→アヴァンギャルド→社会主義リアリズム→ポストモダニズム、と単純化した場合、それはリアリズムと非リアリズムの交替として捉えられる。よって、ポストモダニズムを長らく抹殺されてきたアヴァンギャルドの復活と見なし、「ポストアヴァンギャルド」と呼ぶことに無理があるわけではない。

実はむしろ、西側のポストモダニズムの図式をそのまま当時のロシアのコンテクストに当てはることの方が難しい。というのも、西側ではモダニズムとポストモダニズムは——両者の関係を連続と捉えるか断絶と捉えるかはともかく——隣り合って生起した二つの文化プロセスである。ところが、ロシアの場合はモダニズム（アヴァンギャルド）とポストモダニズムの間に、西側の図式には存在しない社会主義リアリズムという第三項が存在している。この「余計者」の位置づけを確定しない限り、「ロシア・ポストモダニズム」のコンセプトは成立しない。

このゴルディアスの結び目を一刀の下に両断したのが、先にも触れた美術批評家ボリス・グロイスだった。それまでアヴァンギャルドは「人間の変革を含む全面革命をめざした芸術家たちが、しだいに変質した政治権力によって圧殺された悲劇の運動」[22]と見なすのが定説だったが、著書『全体芸術様式スターリン』（一九八八、邦訳二〇〇〇）において彼は、社会主義リアリズムはアヴァンギャルドの継続であり、そればかりかその「完成形」だとする大胆な仮説を提示したのである。

グロイスによれば、アヴァンギャルドと社会主義リアリズムは普通「美術館に展示されるか否か」といった審美的観点から互いに対極にあるものと見なされてきた。しかし「美術館を克服し、芸術をじかに生のなかへ連れだす」というアヴァンギャルドの基本課題を考慮するなら、社会主義的生の模範となった社会主義リアリズムは、ある意味でアヴァンギャルドの理念を完成させたと言えるのではないか。

アヴァンギャルドと社会主義リアリズム（ここではスターリン時代の芸術を指す）は、

芸術を生へ拡張するという動機づけと目的の両面で一致していた。つまり、技術の侵蝕によって破壊された神の手になる世界の全一生を当の技術によって再建し、技術的進歩だけでなく歴史の進歩そのものをトータルな技術的管理下に置いてこれを停止させ、時間を克服して永遠なるものへ脱するという目的である。(23)

もっとも、アヴァンギャルドとスターリニズムの同質性に関するグロイスの主張には批判も少なくない。批評家ミハイル・ルイクリン（一九四八-　）は、「芸術家と革命指導者は対等な状況にない」(24)以上、「マレーヴィチやタトリンやマヤコフスキーその他の〈全体主義的〉発言から、彼らがそれを実現しようとしていたとか、あるいは実現する可能性を持っていたということにはならない」(25)と指摘する。「彼らの発言を文字通り理解することによって、グロイス自身が深く芸術的な行為を行なっており、そこからすべての結論が導かれている」(26)というのだ。

後にも触れるように、ロシア・ポストモダニズムの理論家たちによる自国の文化史の再評価がしばしば恣意的であることは否定できず、そのことは常に念頭に置いておく必要がある。ともあれ、グロイスの画期的な仮説はアヴァンギャルドと社会主義リアリズムをともに広義の「モダニズム」で括る視点を提供し、ポストモダニズムをロシアのコンテクストに適用することが容易になった。その上でグロイスは、スターリン死後のいわゆる「雪どけ」期以降、社会主義リアリズムの規範が段階的に緩んでいった七〇〜八〇年代の国内の非公式芸術をポストモダニズムと見なすことが可能だと述べている。

## ソッツ・アートとコンセプチュアリズム

一九七〇～八〇年代のソ連の非公式芸術について少し補足しておきたい。

フルシチョフ政権初期の「雪どけ」期に一時的に文化統制が弱まるとともに、フランスの印象派やアメリカの抽象表現主義といった国外の現代美術が国内に流入しはじめ、前衛芸術のブームが一時的に再燃する。しかしその熱気は長続きせず、一九六二年、モスクワのマネージで展覧会「モスクワ美術の三〇年」が開催された際、展覧会を見学に来たフルシチョフが展示されていた抽象絵画を酷評し（いわゆる「ロバの尻尾」事件）、以降前衛芸術は公式の世界から排除されることになった[27]。

こうして後期ソ連のロシアで非公式芸術の下地ができ、様々な「地下」の潮流が生まれた。ここではさしあたり、グロイスがポストモダニズムと見なすことが可能だと述べたモスクワにおける非公式芸術の二つの潮流、「ソッツ・アート」と「コンセプチュアリズム」について簡単に述べる。

画家のヴィタリー・コーマル（一九四三－）とアレクサンドル・メラミード（一九四五－）が七〇年代初頭に創始したソッツ・アートは、「社会主義《ソッツ》リアリズム」と「ポップ・アート」の合成語で、いわばソ連版ポップ・アートである。ポップ・アートの父アンディ・ウォーホルが「キャンベルのスープ缶」（一九六二）で資本主義社会において大量生産される缶詰を題材に用いたのに対し、コーマルとメラミードは「社会主義リアリズムの様式で描かれ再生産された革命の英雄たち、工場で働く労働者たち、明るい集団農場の作業風景、レーニン像などソ連社会にあふれる大衆文化のイメージから引用、流用した作品を制作した[28]」。彼らは七八年にアメリカに亡命し、ソッツ・

アートは西側で大きな成功を収める。

一方、国内に留まった非公式芸術家たちは、ポスターや絵本の挿絵などで生計を立てながら独自の芸術を追究していた。なかでも有名なグループが、大規模な「トータル・インスタレーション」で今や世界的に有名なイリヤ・カバコフ（一九三三－）らが創始した「モスクワ・コンセプチュアル・サークル」である。西側で六〇年代に現れたコンセプチュアル・アートに由来するこの流派は、「社会主義リアリズムやソッツ・アートでは取り込むことのできなかったソヴィエト的現実や生のリアリティの考察、記号とイメージの関係の考察、芸術と生、知と直観の境界にある芸術性の発生の条件の考察へと向かった(29)」。

左に引用する詩人ルビンシテインの文章はコンセプチュアリズムの詩学に関するものだが、この潮流全体の美学についての優れた解説にもなっている。

「モスクワ・コンセプチュアリズム」の詩学は、その実践と理論において、「すべてがすでに書かれている」という仮定に基づいている。それはいわば「詩の後の詩」である。したがって、文体や主題の探求の面で「古い」とか「新しい」とかいった問題は存在しない。すべてが同程度に古い。すべてが同程度に新しい。新しさの問題はしたがって文体のレベルではなく、文体に対する関係のレベルで解決される。コンセプチュアリズムの芸術的実践は、創作というより、むしろ諸々の関係の解明なのである。作者とテクストの、テクストと読者の関係。テクストにおける作者の「存在」と「不在」の関係、「自己」の言葉と「他者」の言葉の関係、本義と転義の関係等々(30)。

コンセプチュアリズムの具体的な作品の例として、カバコフが「アルバム」と呼ばれるジャンルで制作した初期の代表作『十の人物』(一九七四)を挙げることができる。これはテクストが書き込まれた数十枚の絵から成る一種の紙芝居で、絵をめくることで主人公の話が展開していく。面白いことに、カバコフは作品の展示を音楽の「コンサート」になぞらえ、観客数の上限や作者の立ち位置、(必要に応じて)通訳の仕方などを細かく指定している。つまり、作品を独立したものとして見るのではなく、作品と作者・観客・空間などとの関係を重視しているのである。「絵画そのもの、観客が絵を見ている時間、ページをめくる動き、テクストの朗読、独特のリズムを奏でひとつに調和するあらゆるパート、様々な混声から織りなされる全体、ページをめくる生きた本物の〈人間〉がそこにいること[31]」――こうしたすべてが一体となって生み出されるインスタレーション的時空間こそが重要なのだ。

## 「大きな物語」としてのソヴィエト・イデオロギー

さて、グロイスは美学的な見地から一九七〇~八〇年代の非公式芸術におけるソッツ・アートやコンセプチュアリズムをポストモダニズムの中核に位置づけたわけだが、今度は文芸批評家マルク・リポヴェツキー(一九六四- )によるポストモダニズム論を見ていこう。

彼がポストモダニズムをロシアのコンテクストに置き直すに当たっておもに参照するのは、フランスの哲学者ジャン=フランソワ・リオタールである。リオタールによれば、近代とは自己正当化的な「大きな物語」への信頼の上に成り立っている。たとえば近代の知は、啓蒙という「大きな物語」に立脚しながら人類の普遍的進歩を目指した。それに対して、ポストモダンの時代にはこうした「大きな物語」の正当性に疑問符が突きつけられる。(32)

西側で生じた「大きな物語」の脱正当化は、ロシアの六〇～八〇年代の社会文化状況に適用可能――リポヴェツキーはそのように考える。「独占的で、それからのいかなる逸脱に対しても攻撃的で、国家機械全体によって保護されていたメタナラティヴの体系(33)」たるソヴィエト・イデオロギーこそが、二十世紀ロシアにとっての「大きな物語」だった。ところが、スターリンの死後フルシチョフが推進した自由化政策は、イデオロギーの絶対性を揺るがし、イデオロギーから正当性を奪うことになった。それは単なる政治の問題に留まらず、「中心化されていた文化伝達構造の雪崩を打つような崩壊」が生じ、「以前はタブーとされていたマージナルな主題や形式（〈チェルヌーハ〔社会の暗黒面を描く文学ジャンル〕〉、〈アンダーグラウンド〉、エロティック・アート、卑猥語《マート》等々）、強制的に領域外へ放逐された諸文化圏全体の合法化（〈帰還〉文学、亡命文化）」が行なわれた。(34)

そういうわけで、過去を模範とする伝統主義的態度の危機は、「農村派」の危機や、それを主導していた作家たちの劣化に何よりもはっきりと現れていた。それは（ナショナリズム的原理主義の方向への）イデオロギー的な劣化というだけでなく、（一本調子な評論、社会主義的規範の方向への）美学的劣化でもあった。他方、七〇年代にはすでに社会主義リアリズム自体が、その「過去を敵と見なす態度」とともに、臨終の苦しみにあったことがはっきりと認められる。社会主義的「似非古典主義」は、官僚主義的な「書記官」文学に退化するか、イデオロギー的教義の説明をお粗末な大衆文化の美学と結びつけるかだった（A・イワノフ、P・プロスクーリンの「シベリア長篇」、Yu・セミョーノフの秘密警察をテーマにした「ボンド風小説」、V・ピークリのキッチュな「歴史小説」）。[35]

イデオロギーによってヒエラルキー的に組織されていた文化体系の崩壊は無秩序な「カオスとしての文化」をもたらし、ロシア文学におけるポストモダニズムは、こうした「反ヒエラルキー的傾向の一貫した芸術的具体化に対する文化内的欲求へのラディカルな応答」として出現した。[36]

ソヴィエト・イデオロギーを「大きな物語」と見なすリポヴェツキーのポストモダニズム論は、社会主義リアリズムをアヴァンギャルドの延長と捉えるグロイスの主張と図式的に重なる部分が多い（「祖国の文学において〔ポストモダニズムによる〕克服と反発の対象としてアヴァンギャルドの役割を演じたのは何か？　いかに逆説的に聞こえようとも、そうした役割を自らに引き受けたのはおそらく社会主義リアリズムだった[37]」）。ただし、あくまで美術を中心に見るグロイスに比べ、イデオロギーの脱正当化をポストモダニズムの契機とするリポヴェツキーの射程ははるかに広い。

具体的には、ウラジーミル・ナボコフ（一八九九－一九七七）がポストモダニズムの「前史」に、ビートフやヴェネディクト・エロフェーエフ（一九三八－九〇）、サーシャ・ソコロフ（一九四三－　）といった六〇～七〇年代の非公式作家がポストモダニズムの「古典」に位置づけられ、前述のソッツ・アートや「ニュー・ウェーブ」散文を含む八〇年代以降の非公式文学（タチヤーナ・トルスタヤ［一九五一－　］、ヴャチェスラフ・ピエツフ［一九四六－二〇一九］、ヴィクトル・エロフェーエフ、ウラジーミル・ソローキン［一九五五－　］など）がポストモダニズム文学として論じられる。

リポヴェツキーの図式に難があるとすれば、ソヴィエト・イデオロギーという「大きな物語」の脱正当化に関わっているものなら何でもポストモダニズムになりかねない点だ。実際そうした観点から、強制収容所の実態を暴いたソルジェニーツィンの『収容所群島』（一九六八、七三－七五刊）をポストモダニズムのプロセスの一部として扱っている。(38) 前述の通りソルジェニーツィンはポストモダニズムに露骨な嫌悪を表明しており、そんな作家をポストモダニズムのコンテクストで語ることは違和感があるかもしれない。

しかし当時、ソルジェニーツィンの作品にポストモダン性を見出したのはリポヴェツキー一人ではなかったことは言っておかなければならないだろう。クーリツィンもまた『収容所群島』に言語の全体性やジャンルの遊戯といったポストモダン的性格を指摘し、バルトやデリダと並べて論じている。(39) また、ロシア革命史を描き直した大作『赤い車輪』をその引用性やレミニッセンス（芸術作品における他作品の反映）から「ポストモダニズム小説」として論じた書評もある。(40)

## ハイパーリアリティとしての共産主義

グロイスとリポヴェツキーはおもにモダニズムとの関係からロシアのポストモダニズムを論じたが、最後に取り上げる批評家ミハイル・エプシテイン（一九五〇－　）は、ソ連の社会主義社会と西側の資本主義社会の同質性に着目した。

ボードリヤールによれば、大量生産・大量消費の力学に支えられた現代資本主義社会において、差異化された記号として大量に複製されるモノは、オリジナルなきコピー、すなわち「シミュラークル」と化す。そして、このようなシミュラークルの集積によって作られるのがシミュレーション社会である。その完璧なモデルとして挙げられるのがディズニーランドで、「実在するアメリカ、その強制と歓喜を表わす社会の縮図、宗教的快楽、ミニアチュア化[41]」であるこのテーマパークは、アメリカ人にとって「ハイパーリアル」、すなわち現実よりも現実らしい幻想空間なのである。

言うまでもないが、シミュレーション社会の前提となるのは、資本主義の大量生産によるモノの過剰や大衆によるモノの大量消費である。一方、社会主義経済のソ連では私有財産が禁じられ、しかも慢性的なモノ不足に悩まされていた。日用品一つ買うにしても長大な行列に並ばなければならず、何が買えるかわからなくともとりあえず行列に並ぶこともざらで、市民はいつも万一に備えて「アヴォーシカ」(「ひょっとしたら」の意)と呼ばれる買い物用の網袋を持ち歩いていた。

一見するとソ連社会は西側社会と文字通り対極の状況にあるようだが、エプシテインはそこにもボードリヤールのいうシミュレーション的性格が見出されると主張する。

> 例えばレーニンが導入した土曜労働《スボートニク》なるものは、典型的なシミュラークル、すなわちそれ自体を目的として作られた出来事であった。しかしだからといって、共産主義のイデオロギーを虚偽として断罪することはできない。なぜならそのイデオロギーは、自らが描き出す世界そのものを創造しようとしているのだから。

同じく「集団農場《コルホーズ》」「文学の党帰属性」「党と人民の一体化」といったソ連特有のイデオロギー的概念も、現実を歪曲するものと見なすべきではない。それらはなんら現実を反映しようとするものではなく、現実をつくり出そうとする概念であって、その意味の現実には十分に対応していたのである。ソ連のイデオロギー全体が、まさにそのようなものであった。(42)

彼によれば、スターリン期のソ連にはイデオロギーと現実の間にはいかなるギャップも存在せず、あたかもディズニーランドのように、現実はイデオロギーが創り出すハイパーリアリティに完全に代替されていた。「社会主義的現実」は社会主義リアリズムとイコールであり、それは「指示対象を持たぬ記号同士が集まって一つの閉鎖的集団を構成し、互いが互いに言及しあっているという、高度な〈文学的〉段階に達した記号世界」だったのだ。(43)「生活の全き似姿（風俗、心理、風景、人物等の委細をきわめた描写）は目的論的論理構造を有する言語によっては描き出しえない」(44)と社会主義リアリズムを厳しく批判したのは著名な亡命作家アンドレイ・シニャフスキー（一九二五-九七）だが、エプシテインは逆に完全なる「現実のテクスト化」こそがソヴィエト・イデオロギーの狙いだったと述べる。

この他にもエプシテインはソ連の共産主義とポストモダニズムの共通点をいくつも指摘しているが、牽強付会と感じられるものも少なくない。たとえば、ソ連のマルクス主義は雑多なイデオロギー群（啓蒙主義、ナロードニキ思想、トルストイ思想、スラブ主義、コスミズム等々）を取り込んだ結果、ポストモダン的な折衷物と化したと言うのだが、実態がいかに歪曲されたものであったにせよ、ソ連におけるマルクス主義が——少なくとも当初は——搾取のない平等な社会の実現という理想を正当化する「大きな物語」として機能していたことは否定できないだろう。

むしろ問われるべきは、ソ連社会にシミュレーション的性格が見出されるとして、では「社会主義リアリズムのシミュレーション的意識に関する観念はどこから現れるのか[45]」ということだ。リポヴェツキーの主張に沿って言えば、そのきっかけとなったのは、「雪どけ」期の自由化政策の失敗によるソヴィエト・イデオロギーの脱正当化である。

エプシテイン自身も共産主義とポストモダニズムを「等号で結ぶのは早計」であり、「共産主義の美学には、ポストモダニズムの持つ遊戯的な気楽さや、アイロニカルな自意識が欠けている」と一定の留保を置き、共産主義を「モダニズムの顔をしたポストモダニズム」と呼んではいる。[46]いずれにせよ、ソ連社会全体をポストモダン的な社会と同一視することは困難が伴うだろう。

## 後期社会主義の文化理論

ここまでグロイス、リポヴェツキー、エプシテインという三者の主張を取り上げながら、ロシア・ポストモダニズムの全体像を概観してきた。それぞれの主張は次のようにまとめられるだろう。二十世紀のロシアにおいて、アヴァンギャルドの理念を受け継いだ社会主義リアリズムは広義のモダニズムと考えられる。しかし、ポストスターリン期の自由化により「大きな物語」としてのソヴィエト・イデオロギーが正当性を失った結果、ポストモダニズムと見なし得る文化が一部に現れた。その始まりに関しては論者によって認識に違いがあるが、その中核を成すのは六〇年代後半〜八〇年代の非公式文化で一致している。こうしたプロセスは概ね、本書の第二章で取り上げる文化学者アレクセイ・ユルチャク（一九六〇－　）が「後期社会主義」と名づけた時期（一九五〇年代初頭〜八〇年代半ば）に重なる。したがって、九〇年代ロシアで構築された独自のポストモダニズムを「後期社会主義の文化理論」と呼ぶこともできるだろう。

ただし、後期ソ連社会に出現した非公式文化をポストモダニズムと呼ぶ根拠は必ずしも明確ではない。たとえば、アメリカのある批評家はロシア・ポストモダニズムを「撞着語法」と呼び、当時のロシアの非公式詩人たちの詩は、ポストモダニズムよりもむしろ、フランスのモダニズムに近いと指摘している。(47)

また、国内ではそもそも八〇年代までは後期ソ連の非公式芸術がポストモダニズムと呼ばれることはほとんどなかった。エプシテインが当時のロシア詩の最新潮流を紹介した記事「新しい詩のカタログ」（一九八七）によれば、「コンセプチュアリズム」、「ポストコンセプチュアリズム」、「ゼロ・スタイル」、「ネオプリミティヴ」、「メタリアリズム」、「コンティニュアリズム」、「プレゼンタリズム」など、様々な「イズム」が群雄割拠していたことがわかるが、そこにポストモダニズムの名前はない。(48)

アヴァンギャルドと社会主義リアリズムの同質性や共産主義のシミュレーション性などの主張に見られる、大胆かつ恣意的な「ロシア文化史の読み換え」(49)を行ってまで、後期ソ連の非公式文化を十把一絡げにポストモダニズムと称したことの背景には、おそらく文化の生存戦略とでも呼ぶべき動機があったのではないだろうか。クーリツィンがポストモダニズムを「新たな原始文化」と呼んだことを思い出してほしい。ソ連の終焉はその公式文化のみならず非公式文化をも含む一つの文化全体の死であり、ソッツ・アートのような、社会主義のコンテクストと分かちがたく結びついた潮流はソ連崩壊とともに消え去る運命だった。実際、九〇年にモスクワを訪れた美術評論家の榿木野衣は、「ソッツ・アートはすでに過去の産物」だと書いている。(50)

続いて引用するエプシテインの文章は、冷戦終結後間もない九〇年代初頭のロシア社会の緊張感を生々しく伝えている。

昨年――一九八九年夏〜一九九〇年夏――は一年という時間にはどうしても収まりきらない。その理由は、新たな十年が始まり、総括と予測のための空間が開けたからというだけではない。昨年の時点で過去と未来の位置が入れ替わったのだ。あの年に提起された根本的な問題は、もはや社会的なものでも政治的なものでもなく（それらは派生的なものだ）、終末論的な問題なのだ。すなわち、自分自身の未来の後で、あるいはこう言ってよければ、自分自身の死の後でどう生きるか？(51)

「自分自身の死の後でどう生きるか？」――ポストモダニズムは、その難問に対する当時のロシアの先鋭的な批評家たちの回答だった。自身ポストモダン作家でもあるミハイル・ベルグ（一九五二―）は、「ある意味で、ソ連期のロシア・ポストモダニズムはコンテクスト的擬態と見なすことができる」と指摘している。(52)「ロシア・ポストモダニズムは西側のそれとは異なり、（デリダを思い出すなら）終焉の哲学を背負わされたことは一度もなく、かといって終焉の終焉でもなく、袋小路の終焉、脱構築を必要とするシミュラークル時代のオルタナティブとして受け取られたのである」。[53]

今日ではポストモダニズムが九〇年代ロシアを代表する文化潮流として国内外で認知されていることからも、批評家たちの戦略は成功を収めたと言えるだろう。しかしその一方で、このような半ば強引な「擬態」は、ソ連文化の「周辺の社会共同体《ソツィウム》とは根本的に異なる自己の価値体系を隠蔽[54]」することにもなったのである。

## 本書の構成

ソ連崩壊後の現代ロシア文学を論じた日本の先行研究の中で本書の内容に近いものとしては、岩本和久『トラウマの果ての声――新世紀のロシア文学』（二〇〇七）、沼野恭子『夢のありか――「未来の後」のロシア文学』（二〇〇七）が挙げられる。前者は九〇年代後半から二十一世紀初頭にかけての現代ロシア文学の動向を概観したもので、後者は現代の女性文学を扱っている。また、現代ロシア文学の個々の作品については、北海道大学スラブ・ユーラシア研究センターのホームページで膨大なデータベースを無料で閲覧することができる（http://src-h.slav.hokudai.ac.jp/literature/literature-list.html）。

本書は、こうした先行研究に対して、一九九〇年代のポストモダニズム論を軸にソ連崩壊後およそ四半世紀にわたるロシア文学のプロセスを論じようとしたものである。もちろん本書でも様々なジャンルの作品を扱うことになるが、単に現代ロシア文学の全般的な状況を概観するのではなく、ポストモダニズムのプリズムを通して九〇年代から〇〇年代にかけての文学プロセスを読み解くことに主眼を置いている。その点で、ポストモダニズムの観点から現代ロシア思想を論じた乗松亨平『ロシアあるいは対立の亡霊――「第二世界」のポストモダン』（二〇一五）は本書のテーマと重なる部分が多い。

本書の構成について簡潔に述べておく。

第一章ではロシアのポストモダニズム論で重要な意味を担った「空虚」の概念について検討する。この概念はもともと後期ソ連の非公式芸術サークルの中で現れたものだったが、九〇年代のポストモダニズム論ではそれがロシア文化に固有の「本質」として語られるようになった。これは、一見ナショナリズムとは無縁に見えるロシア・ポストモダニズムに、欧米文化に対するロシア文化の優越性を主張しようとするナショナルな欲望が潜在していたことを示している。

第二章では〇〇年代に台頭した新世代の「新しいリアリズム」の潮流について論じている。ポストモダニズムからリアリズムへの転回はいわゆる「プーチンの時代」と呼ばれる〇〇年代の社会の保守的な変化の反映として説明されることが多いが、本書では二つの潮流に共通している問題意識に着目した。続く第三章では「新しいリアリズム」を代表する作家ザハール・プリレーピンの政治性について論じ、第四章では同潮流の中でもポストモダン的な傾向が強い作家ミハイル・エリザーロフの長篇『図書館大戦争』における社会主義リアリズムのモチーフについて論じている。

五章、六章では個別のテーマを設定し、九〇年代から〇〇年代の文学プロセスを別の角度から論じた。第五章ではロシア・ポストモダニズム論で重要視されていた自由の概念に着目し、ソ連崩壊後のロシア社会で自由の捉え方がいかに変化したかを具体的な文学作品の分析を通して考察している。第六章ではやはりポストモダニズムの重要な要素であるアイロニーの概念を取り上げ、九〇～〇〇年代に大きな政治課題となったチェチェン戦争にまつわる文学や映画作品においてアイロニーがどのように機能していたかを分析している。

第七章ではロシア・ポストモダニズムの先駆的な作家と見なされているユーリイ・マムレーエフの思想の変容過程およびそれが創作に与えた影響を探る。彼はインド哲学の影響を受けたユニークな思想の提唱者としても知られるが、晩年その思想は愛国的色彩の濃いものへと変貌を遂げた。こうした思想の変容過程およびそれが文学の創作に及ぼした影響を分析すると同時に、彼の思想とロシア・ポストモダニズム論との構造的共通性も指摘した。

第八章では、現代ロシア文学で一貫して重要な作家でありつづけているウラジーミル・ソローキンの〇〇年代の創作について論じた。最初に、〇〇年代前半の代表作である〈氷三部作〉を作家の創作の原点であるコンセプチュアリズムの美学や倫理との関連から考察した。次に、〇〇年代後半の代表作である『親衛隊士の日』に始まる一連のシリーズを取り上げ、そこに描かれたアンビバレントなロシア像に、現代ロシアのナショナリズム言説に対する批判的な視座を見いだすことを試みた。

終章ではこれまでの章のまとめを行ない、今後の課題や現代ロシア文学の展望について論じた。

第一章

1

# ポストモダン的「空虚」の諸相

## ナショナル・ポストモダニズム

序章で述べたように、ロシア・ポストモダニズムの理論はソ連文化史の大きな読み換えによって成立したが、一方でそれはソ連文化と西側文化との間に存在した根本的な差異を隠蔽することに繋がった。しかし隠蔽が完璧に行なわれるはずもなく、西側先進国との歴史的コンテクストの違いから生じるズレがロシア・ポストモダニズムのナショナルな特質として語られる傾向が見られた。

たとえば、ボリス・グロイスはロシアのポストモダニズムは西側のそれとは異なり、「進歩」と闘おうとしていないと主張する。彼に言わせれば、差異やシミュラークルといった理論はつまるところ現実批判の道具であり、西側のポストモダニズムは「差異やシミュラークルや引用や折衷の千年の楽園」というユートピアを標榜する。それに対して、ソ連という実現された「最後の」ユートピアを経験したロシアのポストモダニズムは、そうしたユートピア的企てには荷担せず、あらゆるユートピアを徹底的に「物語《ナラティヴ》」と見なす（したがってそれは「ポストユートピア主義」と呼ばれる[1]）。しかしながら、ロシアのポストモダニズムが西側のそれがいまだ囚われている旧来のユートピア観から自由だという主張は、見方によっては前者が後者より「進歩」していると言いたげにも見える。

もっとも、理論なり思想なりが他の文化圏に伝播し、その内容が現地のナショナリズムと結びついて受容されることは決して珍しいことではない。日本でもかつてバブル景気に沸いた八〇年代にポストモダニズムが流行したが、それは東浩紀によれば「ジャパン・アズ・ナンバーワン」と言われるほどの未曾有の経済成長を遂げた日本の「ナショナルな幻想を理論的に肯定する言説」として受容され、不充分な近代化は逆に日本が容易にポストモダン化し得る論拠となった。(2)

このような近代化の遅れを逆手に取ったいわゆる「後発の利益」論は九〇年代ロシアのポストモダニズム論にも見受けられるが、面白いことに両者の方向性は正反対である。日本のポストモダニズムが欧米の場合と同じく資本主義の大量生産・大量消費がもたらす「過剰」の物語に支えられていたのに対し、ロシアのポストモダニズムを特徴づけているのは、本章で検討する空虚の概念に象徴される「欠如」の物語だった。文化学者ミハイル・ヤンポリスキー(一九四九‐)によれば、様々な芸術言語の蓄積が行われてきた西側に対し、ソ連では社会主義リアリズムという、現実を芸術的に描くには極めて不適当な言語しか存在しなかった。そのため、非公式芸術家たちはもっぱら公式言語の背後にある「完全な空虚の状態」の解釈に努めることになった。(3)

実際、後期ソ連の非公式芸術家たちは、空虚を東西の思想と関連づけながら独自に解釈し、哲学的・宗教的な意味をふんだんに付与した。それはポストモダニズムの理論家たちにも引き継がれ、空虚は後期ソ連のみならずロシア文化全体を覆う「本質」

にまで半ば拡大解釈されていくことになる。

本章ではまず、後期ソ連文化を代表する非公式芸術サークルであるモスクワ・コンセプチュアリズムにおける空虚をめぐる言説を分析する。続いて九〇年代のポストモダニズムがそれをどのように受け継いだかを検討し、最後に現代ロシアを代表するポストモダン作家の一人であるヴィクトル・ペレーヴィンの九〇年代の作品における空虚の描かれ方を見ていく。これらの分析を通じて、ロシア・ポストモダニズムを特徴づける「欠如」の物語において空虚の概念が果たした役割を考察してみたい。

## 1 モスクワ・コンセプチュアリズムにおける空虚

### 「反自然」としての空虚

後期ソ連の非公式芸術の一派であるモスクワ・コンセプチュアリズムにおいて空虚の概念がいかに特権的な地位を占めていたかは、彼らが独自に編纂した用語辞典を見ればわかる。そこでは「空虚」という用語は次のように定義されている。

空虚……「空虚」の概念の両面価値性、可逆性への原初的確信。それは絶対的な「無」でもあり、絶対的な「充実」でもある。「空虚」は時間的・空間的休止ではなく、果てしない緊張を孕むフィールドであり、それは潜在的に多種多様な意味や意義を豊富に含んでいる。(4)

「無」であると同時に「充実」でもあるもの。ここで言われる空虚が意味するものが、

「空っぽの」とか「空疎な」とかいった辞書的な意味とはかけ離れていることは一目瞭然だろう。

コンセプチュアリズムの創始者の一人であるイリヤ・カバコフは、「空虚について」(一九八九)と題されたエッセイの中で空虚の形而上的意味を掘り下げている。それによれば、ロシア的な空虚は、ヨーロッパ言語において「いまだ満たされていない、いまだ究められていない、未発展あるいは発展不十分、わずかに発展、等々」を意味する「空所 vacant place」とは本質的に異なる。(5)

〔……〕この空虚は途方もなく活動的な容量として現れる――つまり、空虚の容器として、存在のある特別な真空状態として。それは驚くほど触媒的であるが、本物の実在、本物の生に対立しており、あらゆる生きた実在に対する完全な対立物の役目を果たす。(6)

それは「存在をそのアンチテーゼに変え、構造を破壊し、現実を神秘化し、すべてを塵と空虚に変える」(7)――つまり、カバコフは空虚をいわば自然の対立物として考えているのである。自然と空虚という二つの次元で生きることを強いられる人間は、空虚によって突如日常が破壊される恐怖に常に怯えながら生きることになる。それはジャングルから何か恐ろしいものが飛び出してくるのを待ち受けるアフリカの原住民の精神状態にも比せられるが、決定的に異なるのは、踏査できるジャングルとは違い、空虚は認識することも、名づけることも、示すこともできない点である。空虚は「自然でも、超自然もなく、**反自然**」(8)なのだ。

ここでカバコフが述べている空虚と自然の二元論を理解するには、同じコンセプチュアリズムに属し、ソッツ・アート画家として知られるエリク・ブラートフ（一九三三―）の代表作『水平線』（一九七一―七二）が恰好の例となる。キャンバスには、海岸に散歩に来たと思しき数人のソ連市民が海を見つめている様子がリアリズム風に描かれている。ところが、人々の視線の先にあるはずの水平線は、ソ連を象徴する勲章の赤い綬に覆われてしまっている。キャンバス内で海岸の風景と赤い綬との間にはいかなる有機的な連関もなく、あたかも一枚のキャンバスの中で二つの異なる次元がオーバーラップしているかのように見える。ここで空虚はソヴィエト権力を象徴する赤い綬という形を取って、ソ連の日常的な風景（＝自然）に暴力的に侵入しているのである。

カバコフによれば、このような反自然としての空虚はソ連以前からずっとロシアに存在していた。ロシア人は穴蔵住まいの原始人のように、制御も理解もできない空虚に常日頃怯えながら生き、果敢にも空虚に立ち向かおうとする者は、「旋風の無力な要素」となることを余儀なくされたのである。

> 確実に、まさにこうした理由から、政府の行為はしばしば超人的で巨大なプロジェクトや建設と関係するのだ。国全体を北から南へ流れるピョートル大帝の運河、ニコライ一世による帝国の国境沿いにある全県の正式な軍備、スターリンの森林保護区、山の地均し、河川の流れの変更、ハバロフスク・モスクワ間の往復スキー路、フルシチョフの処女地開拓や宇宙飛行、そして政治的重要性を有するその他の諸行為。しかし、こうした建設やプロジェクトはどれも、恐ろしい突風

のように次々に入れ替わっては、この場所の領域自体には、これらの穴蔵の住人たちの状況や精神状態には何一つ変化をもたらさなかった——それらはすべてこの住人たちの力で実現されたにもかかわらず。(9)

カバコフの主張は後のロシア・ポストモダニズム理論に影響を与えた点で重要であるが、マルク・リポヴェツキーが指摘しているように、(10)空虚とロシアの同一視はコンセプチュアリズム全体で共有されていた考え方というより、むしろカバコフ特有のものだったという点は注意が必要である。

## 仏教的空と「空虚な行為」

カバコフの空虚論が自然／反自然という西欧哲学的な二元論に立脚しているのに対し、コンセプチュアリズムの一派であるパフォーマンス集団「集団行為」は、空虚を東洋思想と結びつけた。彼らは自分たちのアクションを「空虚な行為」と呼び、リーダーであるアンドレイ・モナストゥイルスキー（一九四九‐ ）はそれを「行為の様々な段階におけるデモンストレーション構造へのデモンストレーション外要素の導入やそのデモンストレーション時間への流入」(11)と定義している。

表現が難解なので、具体的な例を挙げよう。「集団行為」の初期の代表的なアクション『出現』（一九七六）の内容は次のようなものだ。招待状を受け取った参加者たちが森の中の空き地に集まると、主催者が現れ、参加者たちにアクションへの参加の証明書を手渡す——たったそれだけである。「アクション」である以上、何かしら具体的な行為が行なわれることを期待してしまうが、『出現』はそうした参加者の「期待」を無化する。簡単に言えば、「空虚な行為」とは、何かしら行為が行われることを前提としたパフォーマンスアートの概念自体を脱構築する営みなのである。

キュレーターで「集団行為」に関する著述のあるオクタヴィアン・エシャヌは、「空虚な行為」に「四分三三秒」（一九五二）で西洋近代音楽の概念を根底から覆した現代作曲家ジョン・ケージの影響を読み取る。「沈黙という彼〔ケージ〕の中心概念は集団行為の〈空虚〉の聴覚的等価物にして重要な先駆けの一つと見なし得る」[12]。ケージは西洋に禅を広めた仏教学者鈴木大拙経由で禅に大きな影響を受けているが、「集団行為」の「空虚な行為」にも仏教的な意味が付与されており、コンセプチュアリズムの用語辞典には「シューニャター」（サンスクリット語で「空」の意）という項目がある。

**シューニャター**……仏教概念。集団行為の美学にとっては、集団的身体の幻想を還元する方法としての「空虚」のヴァリエーション。知覚、離脱の方法。「実際には何も起こっていない」ことへの確信。シューニャターを通じて「非出来事」が現れる。「真如」にある事物。思索するポイエーシスとしての空虚、個なるものの不確定性。[13]

このように、コンセプチュアリズムの内部でもカバコフと「集団行為」とでは空虚の捉え方が一様ではないが、空虚が帯びた独特の形而上的性格は、共産主義という「大きな物語」が失効し、イデオロギーが形骸化した後期ソ連の社会状況と本質的に結びついていたということは確かだろう。この時代の「パフォーマティヴ・シフト」について論じたアレクセイ・ユルチャクによれば、西側からもたらされた品物の空き瓶や空き箱を収集することがソ連の子どもたちの間で流行ったが、そこで重要なのは「空っぽ」であることだった。なぜなら、「空っぽなので包装物は消費物の文字通りの意味から自由になり、外国の文脈から解き放たれ、象徴記号の〈コンテナ〉として想像の西側を詰め込むことが可能になる[14]」からだ。コンセプチュアリズムの空虚にも同じことが言えるのではないだろうか。イデオロギーが実質を欠いた空虚な記号表現《シニフィアン》と化し、ソ連という国家自体がいわば一種の空っぽの「容器」と化したからこそ、彼らはそこに様々な哲学的・宗教的意味内容《シニフィエ》を自由に詰め込むことができたのである。

## 停滞の時代の隠喩的表現

一九七〇年代後半からコンセプチュアリズムの活動に関わり、「集団行為」のアクションの参加者でもあった作家ウラジーミル・ソローキンに、「馬のスープ」(二〇〇〇)という末期ソ連を舞台にした短篇がある。

一九八〇年、音大生のオリガは、恋人や友人とともにヤルタの保養地からモスクワに戻る列車の中で、ブルミストロフという年齢不詳の奇妙な男と出会う。違法ビジネスで逮捕され、カザフスタンの収容所で七年間過ごし、そこで毎日馬のスープばかり食べさせられていたというこの男は、食事中のオリガに肉を食べるところを見せてほしいとせがんでくる。薄気味悪い要求に困惑しつつも、オリガは押し切られるようにして男の目の前で肉を食べる。モスクワに帰ってからも彼女は月に一回のペースでブルミストロフと会い、百ルーブルと引き替えに肉を食べるところを見せる。ところが、ブレジネフが死去した八二年から出される肉の量がみるみる減りはじめ、八三年には皿はほぼ空になる。しかしそれでもなお、ブルミストロフはオリガに皿の上の「空虚」を食べるよう要求する。この奇妙な儀式はその後も続くが、ソ連崩壊後の九三年にオリガは美容外科医の男性と結婚する。彼女は初めてブルミストロフとの約束を破って夫とヨーロッパに新婚旅行に出かける。ところがジュネーヴでロブスター料理を食べているとき、突然、頭の中で「果てしない空虚が鳴りはじめたかのよう(15)」になり、嘔吐する。水以外のものを一切口にできなくなったオリガは、夢の中で空虚こそが「真の食べ物」だと悟る……。

批評家ボリス・ソコロフは、この短篇に「停滞世代の運命の隠喩的表現」を見出している。いわゆる「停滞の時代」とは、フルシチョフの失脚を受けて党第一書記に就任したブレジネフが政権を担当した一九六四年から一九八二年の十八年間（とくにその後半）を指し、ソローキンを含むコンセプチュアリズムの芸術家たちが活発に活動していたのもこの時期である。

> それ〔停滞の世代〕は、空虚を何か重要な、倫理的・美学的価値を提示するものとして、諸々の理念が具現したものとして想像することに慣れていた。そして時代が変わっても、この空虚に毒された人々はもはや、良質な食べ物だろうが、ポストモダニズム芸術だろうが、別の価値を受け入れられる状態にはないのだ(16)。

ところが、ポストモダニズムの理論家たちは、コンセプチュアリズムの理念を引き継ぎ、空虚がソ連崩壊後以降もなお有効だと主張したのだった。

続いては、九〇年代のロシア・ポストモダニズム論における空虚をめぐる言説を見ていこう。

## 2 ポストモダニズム論における空虚概念の拡張

### キャベツとタマネギ

一九七〇年代にアメリカに亡命し、『亡命ロシア料理』(P・ワイリと共著、一九八七、邦訳一九九六)など軽妙なエッセイ集でも知られる批評家アレクサンドル・ゲニス(一九五三―)は、食べ物の比喩を用いてソ連を前期と後期で二分するユニークな枠組みを提示した。前期は「キャベツ・パラダイム」と呼ばれ、そこではキャベツの葉を一枚一枚剥がしていっても最後には硬い芯が残るように、現実の深層には「その中に文化モデル全体の中心的啓示が含まれているような秘められた核」が存在しており、それ以外の現実の諸層は原則的には「意味形成の中心への侵入」を阻む余計なもの、とする思考様式が支配的である[17]。

たとえば、トルストイの中篇『イワン・イリイチの死』(一八八六)では、主人公は文明という「衝立」の向こうにある絶対の「死」に直面し、この「死」を前にしては文明のあらゆる「衝立」は無意味だと悟る。これをソ連のコンテクストに置き換えれば、共産主義の言説こそが唯一の「秘められた核」であり、それ以外の言説は、この「秘められた核」への接近を阻む「衝立」ということになる。

ところが、スターリン死後の「雪どけ」を境に、ソ連社会は「キャベツ・パラダイム」から「タマネギ・パラダイム」と呼ばれる段階へと移行した。後者の枠組みでは文化はもはや「秘められた核」ではなく、硬い芯を持たないタマネギのように「空虚」を中心に形成されるが、それはただの空洞ではない。

「タマネギ・パラダイム」における空虚は墓場ではなく、意味の源泉である。これは宇宙的ゼロであって、その周囲で存在が増大していく。同時に全でもあり無でもある空虚は世界の中心なのだ。そもそも世界というものが可能なのは、その内部に空虚があるからだ。空虚が存在を構造化し、事物に形を与え、それを機能させるのである。(18)

ゲニスはこれを「創造的空虚」と名づけ、老子の「無之以為用」(「無の以て用を為せばなり」=「形有るものが便利に使われるのは、空虚なところがその働きをするからだ」の意)(19)に言及しつつ、「タマネギ・パラダイム」と中国の道教との共通性を指摘している。「キャベツ・パラダイム」では「秘められた核」への接近を阻むカオスが外側に存在するのに対し、「タマネギ・パラダイム」では「創造的空虚」――すなわちカオス――こそが世界の核となる。

キャベツとタマネギという人を食ったような比喩が用いられているので戸惑うが、空虚の積極性や東洋思想との比較はコンセプチュアリズムですでに試みられたものであり、その枠組みを大きく超えるものではない。空虚が世界の核となる「タマネギ・パラダイム」を「雪どけ」以降のソ連に当てはめているのも、リポヴェツキーが論じたイデオロギーの脱正当化プロセスと重なる。

## 空虚の宗教的直観

ポストモダニズムのコンテクストで空虚の概念をもっとも融通無碍に論じたのは、

共産主義にポストモダン性を見出したミハイル・エプシテインだろう。彼は「ベルジャーエフやその他の一連の思想家たちが考えたように、共産主義がそれ以前のロシア史の発展の合法則的な遺産だとすれば、つまり、必ずしも前近代的《プレモダン》要素とはっきり区別できるわけではないポストモダン的要素は、共産主義以前のロシアの過去にも見出せる(20)」とし、デリダの脱構築は「空虚の宗教的直観」としてロシアに古くから存在していたと主張する。

〔脱構築と〕同じような「現前の形而上学」の暴露は、ロシア文明では昔から認められている。すなわち、記号や名指しの循環の背後で明らかになる空虚の独特な直観である。ひょっとしたら、これは根源的な宗教的直観なのかもしれない。西洋が世俗世界、社会、政治、歴史、文化の宗教的正当化の直観を発展させ、東洋がそれらの否定の直観を発展させてきたとすれば、ロシアでは肯定的な世界の承認・否認を同時に行なう複雑で逆説的な直観が次第に発展してきた。ロシアは熱烈に、熱に浮かされ、荒れ狂うように、肯定的な諸形式——政治、歴史、経済、文化——の世界を構築し、それと同時に各記号の背後に欠如と空虚の空間を発見することで、それらを脱構築するのである。文明が己の仮想的で純粋にイデオロギー的な性格を、現実の世界において何ら合致するものを持たない名指しの集まりのようなものであることを暴露するのだ(21)。

その具体的な例として挙げられるのが、かの有名な「ポチョムキン村」の逸話である。これは十八世紀の露土戦争で手柄を立てたロシアの軍人グリゴリー・ポチョムキンが、女帝エカテリーナ二世のクリミア視察のために大急ぎで偽物の村を作ったという言い伝えに由来する。今でも、たとえば北朝鮮が海外メディアに公開する一見すると近代的な都市像など、実体のない見せかけだけのものがしばしば「ポチョムキン村」になぞらえられる。

しかしエプシテインによれば、ポチョムキン村は単なる政治的欺瞞ではない。「その欺瞞性をろくに隠さず、かといって（インドの精神修行が〈マーヤー〉すなわち幻影を破ることに目的を置いたように）明確な目的意識を持って欺瞞性を破ることもせず、あくまで見せかけとして維持することに気を配り、何かで根拠づけようとしたり満たそうとしたりもしない[22]」特殊な見せかけ性は、西洋的「有」と東洋的「無」の中間に位置し、構築と脱構築を同時に行なうロシア文化の特質を端的に示しているという。そして、「十八〜十九世紀のロシア文化が西洋のモデルに基づいて構成されてきたとすれば、二十世紀末の今こそ、ロシアのモデルに基づいて西洋が自分自身の文化をオリジナルを持たない痕跡に、シニフィエを欠いた記号に帰すことで脱構築を行う番ではないだろうか？[23]」と、あたかもロシアこそがポストモダンの本家だとでも言いたげな転倒した結論を導き出す。

ここまで来ると、「どんな作品（および文化戦略）にもポストモダニズム的プロジェクトの特徴を発見することは可能だ[24]」（ミハイル・ベルグ）と言いたくなるが、こうした極端な主張の背景には、近代ロシア思想の歴史的コンテクストがある。メシアニズムの観点からロシア思想史を研究した高野雅之によれば、十八世紀の文学者デニス・フォンヴィージンは当時の多くのロシア知識人と同じように西欧文化に対する憧れを抱いていたが、実際にフランスに滞在してみて西欧文化に失望する。その後、彼はロシア文化の「後進性」を再考し、ロシアは遅れているからこそ西欧が犯した過ちを避けることができるという考えに到達した。そして、これと同工異曲の主張をロシアの思想家たちは――ピョートル・チャアダーエフやアレクサンドル・ゲルツェンから、晩年のレフ・トルストイやニコライ・ベルジャーエフに至るまで――幾度も繰り返し表明してきた。[25]エプシテインの主張もまたこうした「後発の利益」論の一つだと言える。

それはさておき、エプシテインの空虚論で興味深いのは、彼が再三にわたってカバコフを引用していることだ。たとえば、「唯物論的観念性」や「国際愛国教育」といったソヴィエト・イデオロギー特有の撞着語法は「活動的な意味の空虚」を作り出すとしながら、「これは、イリヤ・カバコフのメタファーを借りれば、静的な空虚＝欠如ではなく、〈吸血鬼的な〉、活動的な空虚であり、それどころか二重の、自己反転的な、〈自己を空にする〉空虚であり、それは単に〈他者〉を食らうのみならず、自分自身をも、自らの土台をも食らうのだ」と述べている。[26]また、空虚がソ連時代に限らずロシア史全体に通底する根元的要素だとする視点もすでにカバコフが提示していた。エプシテインはカバコフの空虚論をポストモダニズムの諸概念と接続することによって、いわば「アップデート」しているのだ。

コンセプチュアリズムにおける空虚の形而上性が、共産主義という「大きな物語」が失効した後期ソ連の空っぽの「容器」の存在に担保されていたとすれば、ソ連という「容器」が失われた一九九〇年代のロシアでは、空虚が持つ意味も当然変わってしまうはずである。ところが、エプシテインの主張ではそうした変化はほとんど考慮されておらず、コンセプチュアリズム由来の空虚がボードリヤールのシミュラークル論や近代ロシア思想の「後発の利益」論と一緒くたに扱われている。結果として、後期ソ連社会の特殊性に根ざしていたはずの空虚は、肯定的な西洋文明を脱構築する「物語」として再構築され、国家の崩壊によって文字通り無に帰した九〇年代ロシアの「ナショナルな幻想」を肯定する根拠となった。

## 3 九〇年代のペレーヴィン作品における空虚の展開

### ポストソ連ロシアの記念碑としての空虚

ロシアのポストモダン文学において、作品で空虚がもっとも重要な役割を果たした作家といえば、真っ先にヴィクトル・ペレーヴィン（一九六二―）の名が挙がるだろう。もっとも、彼はこれまでに言及してきた作家や芸術家たちとは違い、後期ソ連ロシアの非公式文化と直接的な関係を持つわけではないが、ファンタスチカ（SF＋ファンタジー）の作家として世に出る前にアメリカの神秘思想家カルロス・カスタネダの翻訳に携わるなど[27]、古今東西の神秘思想に独自の強い関心を抱いていた。一説によれば韓国で実際に禅の修行をしたことがあるともされ、禅的な「空」は様々な形を取りつつも、現在に至るまで彼の作品においてほとんど常に中心的な役割を果たしている。

たとえば、初期の中篇『宇宙飛行士オモン・ラー』（一九九二、邦訳二〇一〇）は次のような物語だ。末期ソ連を舞台にしたと思われるこの小説の主人公は、息子を警官にと願う父親から「オモン」（「特別任務警察隊」の略[28]）という変わった名前をつけられた若者である。幼い頃から「空への夢」を抱いていたオモンは、飛行士になるために航空学校に入学する。先に月面着陸を果たしたアメリカに追いつこうとする国からの指令で、オモンは月面走行車《ルノホート》による月面の片道探査を命じられる。国の「英雄」になるために命を捧げることに戸惑いを覚えながらも、彼は仲間たちとともに厳しい訓練を積み、ロケットに乗って宇宙へ飛び立つ。そしてついに月への着陸に成功し、オモンはルノホートで念願の月面探査へと出発するが、実はすべてが映画の「セット」だったことが判明する。

ゲニスによれば、この作品はソ連の空疎なイデオロギーに対する諷刺などではなく、共産主義が勝利できる唯一の場所は人間の意識だという「形而上的目的」を示している(29)。小説の結末近くで、上官はオモンに次のように告げる。

そしてわれわれの事業が生き、勝利している魂がひとつでもあるかぎり、その事業が消えてなくなることはない。なぜなら全世界はここを中心として存在しつづけるからだ……。〔……〕わが国が宇宙開発において世界の頂点を極めるには、ただひとつの純粋で誠実な魂があれば十分だ。月の空に社会主義の勝利の赤旗をはためかせるには、そうした魂がひとつあればいい。だがともかくもひとつ、一瞬でもそうした魂が存在しなくてはならない。なぜならその旗はその魂の中にこそはためくのだから……(30)。

ゲニスに言わせれば、『宇宙飛行士オモン・ラー』は創造的空虚を中心に文化が形成される後期ソ連の「タマネギ・パラダイム」の構造を端的に描き出した作品である。そこでは「現実は所与のものでも、外的客体でもなく、目的意識の明確な努力の総体(31)」となる。

一方で、こうした空虚の創造性がソ連という「容器」の存在に担保されていたことはすでに何度も述べた。ソローキンの『馬のスープ』では空虚に取り憑かれた主人公がソ連崩壊後に精神を病んでいく過程が描かれたが、ポストソ連ロシアの空虚を描いたペレーヴィンの代表的長篇『チャパーエフと空虚』（一九九六、邦訳二〇〇七）は、奇しくも「空虚《プストタ》」という名を持つ主人公の精神的治癒の物語となっている。

内容を詳しく見ていこう。本作は一九一八〜一九年の革命直後のロシアとソ連崩壊後の九〇年代の現代ロシアを舞台に、主人公の二十六歳の青年ピョートル・プストタがこれら二つの世界を交互に行き来する形で物語が展開する。過去パートのプストタは詩人であり、自分が殺害した赤軍将校に成り代わって内戦の英雄チャパーエフとともに戦いに身を投じ、その過程で様々な幻想体験をする。他方、現代パートのプストタはモスクワ郊外の精神病院に入院し、統合失調症の治療を受けている。

作者は本作について、「これは出来事が絶対的空虚の中で起こる、世界文学で最初の作品」[32]と述べている。実際、物語には現実と幻覚の境目がほとんどなく、過去と現代のどちらが「真」の現実なのかも定かではない。作中には荘子の「胡蝶の夢」のパロディ的なエピソードも出てくるが、そもそも「真」なる概念自体が無効化されるような構成になっているのだ。

ゲニスは『チャパーエフと空虚』を「ロシアで最初の禅仏教小説」と呼んでおり[33]、本作は師（チャパーエフ）と弟子（プストタ）が禅的な「空」の理解を通して解脱や悟りを目指す物語として読むことができる。言うまでもなく、史実のチャパーエフは仏教とは縁もゆかりもないが、作中では深遠な神秘思想家として描かれており、チャパーエフとプストタの間では再三にわたって次のような禅問答が行なわれる。

「お前の意識はどこにある？」

「ここですよ」。僕は頭を指でたたいた。

「おまえの頭はどこにある？」

「肩の上ですよ」

「なら、肩はどこだ？」

「部屋のなかです」

「部屋はどこだ？」

「家のなかでしょう」

「じゃあ、家は？」

「ロシアにです」

「ロシアはどこにある？」

「不幸のどん底ですかね、ワシーリイ・イワーノヴィチ(34)」


結局、チャパーエフを満足させる答えは、「どこでもない」というものであった……という具合に、作中様々な形で提示される「公案」はいずれも空虚（あるいは無）を志向している。望月哲男によれば、「空虚」という言葉は本文中に全部で九十二回も使用されており、主人公の名前のほか、物質・意味・感情の不在、あるいは哲学的・宗教的概念として多義的に用いられている(35)。

過去と現在の世界は最終的に融合し、現代の精神病院から退院したプストタは、再会したチャパーエフの導きで装甲車に乗り、「内モンゴル」なる場所を目指すことになるが、無論それは地理上の空間ではない。

地理的な意味においてそれがどこかに存在すると言うことはできない。内モンゴルはモンゴルにあるからそう呼ばれているわけではなく、それは空虚《プストタ》を見る者の内面にある――まあ、本来、「内面」という言葉もまるで適当ではないんだが。モンゴルという名は実際には何も関係がなく、ただそう呼ばれているだけだ。それがどういうものかを口で説明するほど、無意味なことはない。ただこれだけは信じてほしい、そこは全人生を賭けてでも向かう価値のあるところだ。この世にはそこに辿り着くこと以上にすばらしいことはあり得ないんだ。(36)

これを一種の涅槃の境地と考えれば、結末はプストタが解脱したことを示唆しているとも考えられる。「空虚」の名を持つ青年が空虚な自我をめぐる禅問答によって空虚へとたどり着く本作は、まさに空虚の空虚による空虚のための物語だと言える。

その一方で、本作にはポストソ連ロシアのアイデンティティ探求の物語としての側面もあり、それは現代パートの主要なテーマとなっている。現代のプストタは狂人として精神病院に収容されている。医者のカルテによれば、彼は「空虚《プストタ》」という自分の苗字を友人や教師にからかわれたことをきっかけに、ヒューム、バークリー、ハイデガーなど空虚や無に関連する哲学書に読みふけるようになり、授業を休むなど日常生活に困難をきたすまでになった。

医者の見立てによると、プストタの世代の人生は「ある特定の社会文化的パラダイムにおいて予定されていたにもかかわらず、実際にはまったく違う状況で展開されることになって(37)」しまい、ソ連崩壊後の新しい現実を受け入れることを拒んだ結果、深刻な内面的葛藤を抱え込むに至った。この葛藤は個人の内側で小規模の核融合にも比せられる心理的エネルギーの爆発を引き起こすが、そのエネルギーが外部に放出されず内部に留まると、病気になってしまう。

　そこで医者は、患者が内に抱え込んでいる病的な世界を他の患者たちと共有することによって己の病を相対化するための集団セラピーをプストタに提案する。この集団セラピーでプストタは他の精神病者の様々な幻想——ロシアで流行したメキシコのテレビドラマ『ただのマリア』（一九八九）の主人公とハリウッド俳優シュワルツェネッガーとの結婚、「タイラ商事」のカワバタ・ヨシツネによる紋切り型の日本論、ごろつきたちによる麻薬談義など——をわが事のように体験する。これらの奇想天外な幻想の中ではアメリカや日本などと現代ロシアとの関係が様々な形で語られる。たとえばそれは、シュワルツェネッガーに象徴される欧米文化とロシアとの結びつきだったり、日本的な「空」の意識を介したロシアと東洋文化との結びつきだったりする。[38]

　この集団セラピーによって分裂していた精神が統合されたと診断されたプストタは退院を許可される。精神病院を出た彼は、幻覚の後遺症を抱えながらモスクワの街をさまよい、トヴェルスコイ並木道にたどり着く。そこは一見するとかつてのままだが、歩いているうちにとある変化に気づく。

> 　とはいえ、遊歩道の端まで歩くと、ちがいもあることに気づいた。青銅のプーシキン像がどこかにいなくなっていた。だが、どういうわけか僕には、彼がいた場所に現れた何もない空間《プストタ》こそ、ほかのどんな記念碑よりもすばらしいものに思えた。ストラスノイ修道院があった場所もいまや空地《プストタ》になり、しなびた木々と風

情に欠けた外灯がわずかに土地を覆っている[39]。

『チャパーエフと空虚』で作者は、後期ソ連というローカルな場でのみあり得た創造的空虚を仏教的「空」という普遍的な宗教概念に変換し、それをポストソ連ロシアの「記念碑」と呼ぶことによって、国家崩壊がもたらした空虚を逆にロシアのアイデンティティへと巧みに転化させているかのようだ。これは、エプシテインが自身の空虚論で行った操作にも似ている。

とはいえ、作者であるペレーヴィン本人が「空虚の国」としてのロシア像をどれほど真剣に信じているかについては疑問が残る。本作を新ユーラシア主義者アレクサンドル・ドゥーギン（一九六二−）の思想のパロディとして読むアメリカのロシア文学研究者エディス・クロウズの分析によれば、右の引用箇所は文学（プーシキン）と正教（ストラスノイ修道院）というロシアの二大アイデンティティの喪失と文化的中心としてのモスクワの地位剥奪を意味しており[40]、この小説はドゥーギンが主張する中心／周辺の地政学的ダイナミズムがロシア文化においてもはや無効だということを示唆しているという[41]。

作品の哲学的・宗教的側面には触れず、新ユーラシア主義に対するパロディ的側面だけを強調するクロウズの分析は穿ち過ぎという気がするが[42]、いずれにせよ『チャパーエフと空虚』でペレーヴィンは、ポストソ連ロシアにおいてもなお空虚が何らかの意味を持つことを示した。だが、「空虚は自然を嫌う[43]」（カバコフ）という転倒した命題を成り立たせてきたソ連という一種の真空室が失われた今、ロシアはいつまでも周囲の「自然」の侵入を防ぐことができるのだろうか。

## 空虚な「ロシア的理念」

『チャパーエフと空虚』で主人公プストタを診断した医者は次のように述べていた――ソ連崩壊による現実のラディカルな変化に対する精神的葛藤が引き起こす爆発のエネルギーが流れるチャンネルは二つある。一つ目は外に流れた場合で、それはファッションや自動車などの消費活動に向かう。二つ目は内に流れた場合で、はけ口を失ったエネルギーは精神を病ませる。(44)後者を描いたのが『チャパーエフと空虚』だったとすれば、前者の、ポストソ連ロシアに出現した消費社会という新たな現実を描いたのが長篇『ジェネレーション〈P〉』(一九九九、邦訳二〇一四)である。これは全世界で三百五十万部以上売れたとされ、(45)九〇年代ロシアのアイコン的小説となっており、二〇一一年には映画化もされている。

主人公は、ヴァシリー・アクショーノフとヴラジーミル・イリイチ・レーニンの名前を組み合わせて作られた「ヴァヴィレン・タタールスキー」という奇妙な名前を持つ青年である。一九七〇年代に少年時代を過ごしたいわゆる「ペプシコーラ」世代で、「昼間は文学大学のがらがらの講義室でウズベク語かキルギス語からの下訳にお決まりの期限までに韻を付けて詩の形にし、夜は永遠のための詩作」(46)に勤しむという将来像を思い描いていたが、ソ連崩壊のために詩作を放棄せざるを得なくなる。そしてキオスクの売り子として働くことになったタタールスキーは、大学の同窓の紹介でコピーライターの職を得、メディア業界でめきめき頭角を現し、最終的にはメディアの「生ける神」にまで上り詰める。身も蓋もない言い方をすれば、『チャパーエフと空虚』が新しいロシアの「負け組」の物語だったのに対し、『ジェネレーション〈P〉』

は「勝ち組」の物語なのである。

ペレーヴィンの作品では主人公と他の登場人物との間でしばしば師弟関係が成立するが、前作では内戦の英雄チャパーエフが師の役割を演じたのに対し、本作ではキューバの革命家チェ・ゲバラの霊がその役割を演じる。タタールスキーにウィジャボードで呼び出されたゲバラの霊は、日本では『帝国主義論』として知られるレーニンの代表的著作『資本主義の最高段階としての帝国主義』をもじった、「二元論の最高段階としての同一論」と題されたエキセントリックな講義を行なう。資本主義社会におけるメディアに関するその独特な講義の要点を簡潔にまとめてみよう。

①テレビという新メディアの出現により、テレビを見る主体の意識は、テレビ局の演出によって生み出されるヴァーチャルな主体に乗っ取られる。リモコンでテレビのチャンネルを頻繁に変える「ザッピング」に取り憑かれた人間は、「ホモ・サピエンス」ならぬ「ホモ・ザピエンス（HZ）」と化す。

②人間がHZとなった要因は経済活動と関連する。経済活動の観点から見た人類は「ORANUS（口尻）」と呼ばれ、それは金銭の出入りを至上命題とする有機体である。個々の人間はORANUSの細胞であり、メディアはその神経系に当たる。神経系は細胞に金銭の吸収（「オーラル・ワウパルス」）、金銭の排出（「アナル・ワウパルス」）、金銭以外の意識の排除（「排除ワウパルス」）という三種の信号を出すことによって細胞の消費欲求を促し、金銭を絶えず循環させることでORANUSの生存を維持する。

③常時HZ化された人間は、これら三種のワウパルスの刺激に反応しながら、人格（自我）ではなく、「アイデンティティ」と呼ばれるメディアが作り出す偽物の自我（どんな家に住み、どんな車に乗り、どんな服を着ているか等々……）を追求するようになる。

こうした主張にボードリヤールの『消費社会の神話と構造』の亜流性を指摘することは容易い。しかしここで重要なのは、自我がメディアによって作り出されるアイデンティティに置き換えられてしまった結果、人間が消費社会のサイクルから「解脱」する術を失ってしまったことだ。リポヴェツキーはここにポストモダニズムの「危機」を見出し、タタールスキーとプストタを比較しながら、その差異を次のように分析している。

プストタは哲学的「啓蒙」の道を通り、最後の最後に「退院」の能力を獲得する。別の言い方をすれば――チャパーエフの例に倣えば――自らの現実を創造する能力を獲得する。タタールスキーも売店の「販売人《レアリザートル》」から生ける神へと、ロシアに幻想の現実を供給するとある秘密結社「カルデアン・ギルド」の頭へと上昇の道を歩むように見える。だが実のところ、彼の上昇は「ヴァシリー・アクショーノフ」と「ヴラジーミル・イリイチ・レーニン」から作られ、たまたま「ある都市の名前」と合致したに過ぎない彼の名前によってあらかじめ定められている。すなわち、「ブランド」という名前によって。タタールスキーの広告業界の同僚が冗談めかして言うように、「どのブランドにも独自の伝説がある」のだ。ヴァヴィレン・タタールスキーは、彼が広告を作っているのと同じようなモノであり商品なのだ。[47]

「スプライト」、「パーラメント」、「スミノフ」、「GAP」、「ディーゼル」等々――前作におけるモスクワの空虚な街並みを埋めるかのように、『ジェネレーション〈P〉』

のテクストには西側のブランド名が氾濫している。ここにありありと露呈しているのは、もはや形而上学をこねくり回すことでは誤魔化しきれない、正真正銘のロシアのアイデンティティの危機なのだ。タタールスキーはある日、顧客から「ロシア的理念」を考え出してほしいという課題を出されるが、それはタタールスキーにとって「初の完全な失敗」に終わる。

なぜ「ロシア的理念」の考案は失敗に終わったのか？　後にタタールスキーは仕事でロシアの煙草ブランド「ゴールデン・ヤーワ」の広告キャンペーンに対する内部批評を書くことになる。広告用の煙草サイズの空き箱には、鳥瞰したニューヨークの街並みと、そこへ向かって弾頭のように急降下していく「ゴールデン・ヤーワ」が描かれており、イラストの下には「反撃」というキャプションがついている。タタールスキーはそれを次のように分析する。

これは、この銘柄の主要消費者であるルンペン＝インテリゲンチアの幅広い層が抱く気分に応えている。マスメディアにおいてはすでに長いあいだ、アメリカのポップカルチャーや先史時代的な自由主義の蔓延に対し、健全で国民的な何かを対峙させる必要性がまことしやかに叫ばれている。問題なのはこの〈何か〉を探し出すということにある。内部批評という第三者の目に触れない場所においてわれわれは、それがそもそも欠落していることを確認出来よう。広告コンセプトの企画者たちはこの意味の欠落を「ゴールデン・ヤーワ」の箱によって穴埋めしており、これが潜在的消費者のあいだに心理的に極めて好ましい感情を顕在化させることは間違いない。それは次のように表現されよう。消費者は意識下におい

て、タバコを吸うたびに少しでも早い地球的規模におけるロシア的理念の勝利をもたらすのだと感じるであろう……[48]

このような「何か」は、精神分析で言う「対象a」に他ならない。スラヴォイ・ジジェクによれば、対象aは「欲望の原因であるが、同時に〔……〕この欲望によって遡及的に設定されるもの[49]」である。たとえばあるポーランド人とユダヤ人がいて、ポーランド人はユダヤ人に金持ちになる秘密を教えてくれとせがむ。ユダヤ人は教える代わりに金を要求する。ポーランド人が金を払うと、ユダヤ人はひとくさり与太話をしてから、続きを知りたければさらに金を払えと言い、以下延々と続く。この小話の中でユダヤ人が知っていると（ポーランド人が）思い込んでいる「秘密」こそが対象aであり、それは欲望の原因であると同時に、欲望によって遡及的に生み出されたものなのである。

これを「ゴールデン・ヤーワ」の広告に応用すれば、ロシアの知識人は自分たちが欧米の文化や思想に対抗する「何か」を持っているはずだと思い込んでいる。しかし実際には、その「何か」は彼らの「欲望の空虚さを物質化[50]」したものに過ぎない。つまりロシア的理念とは、西側に対抗するソ連という「ブランド」を失ったロシアの空虚を他ならぬ空虚によって埋めようとする試みなのだ。これは『チャパーエフと空虚』の結末とよく似ているが、『ジェネレーション〈P〉』の空虚はもはや哲学的・宗教的意味を剥ぎ取られた文字通りの空虚なのである。

## アンビバレントな「永遠」の終わり

ロシア・ポストモダニズムの批評や文学・芸術作品において、空虚の概念は実に多種多様な解釈を施されてきた。しかし本章で考察したように、空虚の形而上的性格は第一に共産主義という「大きな物語」が形骸化した後期ソ連社会の特殊性に由来するものだった。ユルチャクは『最後のソ連世代』(原題『終わるまではすべてが永遠だった』、二〇〇五、邦訳二〇一七)でこの時代特有の感覚を「永遠」という言葉で表現し、本の中で繰り返し『ジェネレーション〈P〉』を引用している。

小説の本編は「永遠が消え失せた途端、タタールスキーは現在にいた(51)」という一節から始まる。ここで「永遠」とは、かつてタタールスキーが没頭していた詩作の目的を指す。先にも触れたように、ソ連崩壊後、彼はソ連の諸民族語の翻訳家になるという夢を奪われるが、「永遠」のための仕事に身を捧げることでこの苦難を切り抜けようとした。しかし、めまぐるしく変化するロシアの現実を前にして、彼は「永遠」が存在するのは、自分が「その存在を本心から信じているあいだだけのことであり、その信心を越えたところに永遠などというものは、本当のところは、どこにもなかった(52)」ことを悟り、詩作をやめてしまう。

ユルチャクによれば、ソ連のシステムについて国民は、それが常に「強大であって脆弱、希望に満ちていて喜びがない、永遠であって今にも崩壊する(53)」と感じていた。このアンビバレンスは、無でありながら充実でもあるコンセプチュアリズムの空虚にも通じるものがある。ソ連崩壊とともに「永遠」が消え失せたとき、空虚の形而上性もまた消滅するはずだった。ところが、九〇年代のポストモダニズムの批評家たちはその後も空虚の概念を引き継ぎ、それを西側文化に対抗するナショナルな物語として再構築したのだった。

次章で検討する〇〇年代に台頭した保守的な文学と九〇年代のポストモダニズムは対立的に捉えられることが多いが、ポストモダニズムがすでにある種のナショナリズムを、目には見えない「空虚」という形で胚胎していたことは見逃されてはならないだろう。

# 第二章

2

# 現実とノスタルジーの狭間で

## ――「新しいリアリズム」の台頭

## ポストモダニズム終焉論

一九九〇年代のロシアを賑わせたポストモダニズム論には、スターリン死後の後期社会主義文化をめぐる言説という側面があった。そのため、ポストモダニズムの台頭を可能にしたソ連の消滅はいわば「諸刃の剣」であり、九〇年代後半には早くも内部からポストモダニズムの「終焉」論が現れるようになる。

かつてポストモダニズムについて「自己を尻尾から食らう蛇」と書いたヴャチェスラフ・クーリツィンは、一九九七年に『新世界』に発表した論考でポストモダニズムの「英雄的段階」は終わったと主張した[1]。「〈現代美術とは己の言語を分析する芸術である〉というコンセプチュアリズムのテーゼは、今日では完全に時代遅れに見える」、なぜなら「ポストモダニストに対立者がいない以上、反省には果てがない」からだ[2]。

そこで彼は、ポストモダニズムにさらに「ポスト」という接頭辞を増やすことを提案する。従来のポストモダニズムは唯一絶対の真理の不在を主張してきたが、そうした主張もまた一つの「物語」に過ぎないことを自覚しているポスト・ポストモダニズムは、「ざっくばらんに真理について語る」[3]。それは真理への盲信ではなく、真理との穏やかな戯れなのだという。

ポストモダニズムの主要な理論家の一人であるエプシテインもまた、ポストモダニズムに関する自身の論考を集めた『ロシアのポストモダン』（二〇〇〇）の結論でポストモダニズムの終焉を論じている。彼はまず、「時代」としてのモダン（ルネサンス期〜二十世紀半ば）と「文化」としてのモダニズム（十九世紀末〜一九五〇‐六〇年代）を区別するように、ポストモダンとポストモダニズムを区別することを提案する。つまり、ポストモダンとは「我々がその始まりに生きているある長期的な時代」であり、ポストモダニズムとは「ポストモダンという大きな時代の入り口にあたる最初の時期」である[4]。

では、エプシテインはポストモダニズムのどこに問題があったと考えるのか。彼によれば、ロシア語の「ポスト」には「斎戒」の意味もあり、「〔ロシアの〕ポストモダニズムは、オリジナリティや独立した作者の声に対するどんな要求をも退けることで、実際には〈斎戒《ポスト》〉の哲学、創造の節制だった[5]」。そして「斎戒」としてのポストモダニズムの時期が過ぎ去った、より広範なポストモダンの時代には、思想や文学が再び新たな事物、歴史、形而上学、ユートピアについて、全体主義的な要求は抜きに語ることが可能になる――そうエプシテインは語る[6]。

両者とも真理の不在や創造性の否定といったポストモダニズムの過度にラディカルな姿勢を反省した上で、より穏健なポストモダニズムの「後《ポスト》」の時代には、文学が再び真理や創造性にアプローチできるようになるとの展望を描いた。しかし今日から振り返ると、彼らの予測はあまりにも楽観的だったと言わざるを得ない。実際、

「ゼロ年代《スレヴィーエ》」のロシア文学で生じた揺り戻しは、当時の批評家たちが想定していたよりもはるかに激しいものだった。

本章ではまず、ポストモダニズムの衰退と入れ替わる形で二〇〇〇年代に台頭した新世代のリアリズム文学を概観する。

## 「新しいリアリズム」の台頭

一九九〇年代後半、まだモスクワのカルト作家に過ぎなかったウラジーミル・ソローキンは、当時の最先端ポップカルチャー誌『プチューチ』のインタビューに答え、「いかに生きるべきか」を教える伝統的なロシア文学はソ連崩壊とともに「永久に滅び」、「埋葬された」と語った(7)。確かにそれは、ポストモダニズムに席巻されていた九〇年代ロシア社会の空気を端的に示す言葉だったに違いない。

当時ロシアのライフスタイル誌『アフィーシャ』で書評を担当していた文芸批評家レフ・ダニールキン（一九七四－）もまた、九〇年代末を回想して、当時は多くの人が「これからの文学はすべて〈ソローキン以後の文学〉になるだろう」、そして「もはや誰も〈人生について〉の浩瀚な伝統主義的長篇など書こうとしないだろうし、もはや読者も、〈小さな黒い文字〉が現実と何らかの関係を持っているなどという幻想で自己欺瞞に耽ることは決してないだろう」と感じていたと書いている(8)。

だが、二〇〇〇年代に待ち受けていたのは予想だにしない事態だった。大衆化したポストモダニズムはかつての先鋭さを失い、ソローキンやヴィクトル・ペレーヴィンなどを除く九〇年代のポストモダン作家の多くが文学の第一線から姿を消した。そしてポストモダニズムの凋落と入れ替わるように、若い世代の作家たちを中心にリアリズム復興の動きが生じた。思いがけず、「新たな祖国の文学——〈理念を持った正真正銘の長篇小説〉——が毎週のようにコンベアーから送り出される」状況が現れたのである。[9] そして、そこで中心的な役割を果たしたのが、当時二十〜三十代だった若手作家たちの「新しいリアリズム」と呼ばれる潮流だった。

二〇〇一年、それを「新世紀の潮流」としていち早く言祝いだのは、後にこの潮流を代表する作家の一人となるロマン・センチン（一九七一‐）である。彼はソヴィエト・イデオロギーの反動に過ぎないポストモダニズムの十年にわたる「支配」が終わりを告げたことを確認した上で、「若い作家たちが最初の第一歩からロシア文学の伝統を、上の世代の作家たちを圧迫してきたイデオロギー的タブーから浄められ一新されたリアリズムを目指しているのは、実に喜ばしいことだ」と書いた。[10]

さらに同年末には、当時まだモスクワ大の学生だった作家セルゲイ・シャルグノフ（一九八〇‐）が『新世界』に「喪の否定」と題したエッセイを発表する。このエッセイで彼は、現実をパロディ化して大衆文化に奉仕するポストモダニズムを痛烈に批判し、具体的にソローキンとペレーヴィンの名前を挙げながら、その「断末魔」の様相を次のように描いている。

悪名高い大衆までその名が届いているのは、せいぜいペレーヴィンとソローキンくらいだ。この二人は文系大学の学生に読まれている。「で、どう？」と訊ねてみると、答えには決まって疎遠な感じがちらつく。ソローキンは文学にほぼいかなる損害ももたらさなかった——彼らは無関心な冷笑を浮かべながらそう評価する。ソローキンはもう食べ飽きた糞便で、ペレーヴィンは「東洋的孤軍奮闘」で、両者とも個人的成功を収めることができはしたが、文学に変革をもたらすことはできなかった。ポストモダニズムの作品はサーカスの出し物だ、手品だ。顔を上げて、お次は何をやるか、まだ何で驚かしてくれるか、目を離さずに待っていろというわけだ。傾向としてのポストモダニズムは明らかに終わっていて、かれるしかないのだ(11)。

シャルグノフによれば、自分のような「ロシアの新世代の人間の頭には、自分を取り巻く愛しい現実をパロディ化しようなどという考えは浮かばない(12)」。そして「ポストモダニズムのポストモダニズム」たる新世代リアリズムは、パロディではない「固い根源を明らかにし、文学的伝統を新たに発見する(13)」と意気込む。

このエッセイの背後には、ポストモダニズムのコンテクストが濃厚に感じられる。ここでシャルグノフは「ポストモダニストは自らの尾を咬む蛇(14)」と書いているが、これは先に言及したクーリツィンのポストモダニズム宣言に出てきた表現だ。また、新世代のリアリズムを「ポストモダニズムのポストモダニズム」と定義するなど、書き手が言外に九〇年代のポストモダニズム論を強く意識していることがうかがえる。

クーリツィンのポスト・ポストモダニズム論でも「ポストモダニズム理論を自明の理として受け取る作家世代(15)」が現れ、そのためにポストモダニズムの諸テーゼが新鮮味を失ったことは指摘されていた。よって、シャルグノフの世代論に特段の目新しさがあるわけではないが、クーリツィンがポストモダニズムの緩やかで日常的な発展という展望を描いたのに対し、「新世代」のシャルグノフは、リアリズムによってポストモダニズムの流れ自体を否定したのである。後に彼は作家としてデビューし、自身が提唱した潮流の中心的作家の一人となる。

## 定義をめぐる紛糾

「新しいリアリズム」の潮流に属するとされる作家はなぜか男性が多いが、批評では逆に女性の書き手が目立つ。なかでも中心的な役割を果たしたのが新進気鋭の批評家ワレリヤ・プストワヤ（一九八二―）だ。彼女は「新しいリアリズム」はポストモダニズムの超克であると同時に、旧来の伝統的なリアリズムとも一線を画するものでなければならないと主張し、議論を呼んだ。

プストワヤによれば、旧来のリアリズムは現実らしい「見かけ」を作りあげる（したがってそれはポストモダニズムに似通う）のに対し、「新しいリアリズム」は現実の「本質」を描くのだという。「人間が現実に隷属していることを、目に映る世界の主要な掟としての必要性や日常の些事といったものに隷属していることを印づける〔旧来の〕リアリズムと異なり、新しいリアリズムは、味わった痛みを美に、労働を思考に、対象を形象に、人間を創造者に、事物を言葉に変えるのだ[16]」――このように、表現こそ仰々しいものの、彼女が主張する「新しいリアリズム」の「新しさ」はきわめて抽象的な次元に留まっている。

プストワヤの文章には、曖昧で、婉曲的で、しばしば誇張的なレトリックが目立つ。たとえば彼女は次のように書く。「若い文学の〈新しいリアリズム〉――これは現代文学の単なる一潮流以上のものだ。これは新しい人間の現実認識、新しい文化時代の英雄なのだ」[17]。これに対してある批評家は、「面白い、いったいいつこの潮流〔リアリズム〕はただの潮流でしかなかったのだろうか？」と皮肉交じりのコメントを寄せた[18]。また、別の若い批評家もプストワヤの大仰なレトリックを批判し、彼女が言っていることはせいぜい「若い文学がある」ということに過ぎないと指摘している[19]。

こうした批判を受け、批評家アリサ・ガニエワ（一九八五－）は、プストワヤの定義が具体性に欠けるとして、「新しいリアリズム」を「これは現実に対するパロディ的な態度の危機を指摘し、ポストモダニズム（「カオスとしての世界」、「権威の危機」、身体性の強調）やリアリズム（典型的な主人公、典型的な状況設定）、ロマン主義（理想と現実の不一致、自我と社会の対比）のトレードマークを、実存的袋小路や疎外、探求、不満、悲劇的身振りなどと結びつける文学潮流である[20]」と定義した。しかし今度は具体的な概念を詰め込みすぎて、かえって本質が霞んでしまったように見える。

結局のところ、「新しいリアリズム」を文学理論として打ち立てる試みは成功したとは言い難い。それどころか、実は「新しいリアリズム」の作家たちは――センチンなどごく一部の作家を除いて――そもそも純粋なリアリズム作家と呼べるかどうかすら怪しいのだ。この潮流の代表的作家と見なされるザハール・プリレーピン（一九七五－）は後にこの運動を振り返り、「問題は、その名前に合致するような文学潮流としてのいかなる新しいリアリズムもなかったことだ[21]」と指摘している。

## ソ連ノスタルジー

定義の問題はひとまず措くとして、「新しいリアリズム」には確かにある興味深い問題が存在している。それは、パロディではない「新しい」現実の探求であるはずの彼らの作品が、しばしばソ連時代の社会主義リアリズムという「古い」文学を想起させることだ。たとえば、詩人のオリガ・マルトゥイノワは「社会主義リアリズムの死後の勝利」と題したエッセイ(二〇〇九)で、「〈新しいリアリスト〉たち〔の作品〕を読みはじめると、たちまち何やら痛ましいほど馴染みのものを、ほとんど忘れかけていたものを感じ」、「そして毎度あの文体を、ワレンチン・ラスプーチンやユーリイ・ボンダレフのようなソ連の役人作家たちの重苦しく無教養な息づかいを認める」と書いている。[22]

ここで言及されているラスプーチン(一九三七-二〇一五)はいわゆる「農村派」を代表する作家だが、現代の農村のある一家の破滅を描いてロシア・ブッカー賞を受賞した長篇『ヨルトゥイシェフ家』(二〇〇九)など、センチンの小説は「農村派」と比較されることが多い。次章で触れるプリレーピンの代表作『サニキャ』(二〇〇六)も、両親や祖父母世代との関係を織り交ぜながら若者たちの革命運動を描くという、明らかにゴーリキーの『母』(一九〇七)を髣髴とさせる内容で、当初は「新しいゴーリキー」とも呼ばれた。[23]

「新しいリアリズム」が社会主義リアリズムに回帰してしまったかのように見える理由はいくつか考えられるが、理由の一つには、この潮流に属する作家たちの世代が挙げられるだろう。たとえば、「ゼロ年代」に台頭した同世代の作家たちの作品を集めたプリレーピン編のアンソロジー『デシャートカ』(二〇一一)に名を連ねている十名の作家たちの生年は次のようになっている。

一九六九年……デニス・グッコ、アンドレイ・ルバノフ、ドミトリー・ダニーロフ
一九七一年……ロマン・センチン
一九七三年……ゲルマン・サドゥラーエフ、ミハイル・エリザーロフ
一九七五年……ザハール・プリレーピン、イリダル・アブジャロフ
一九八〇年……セルゲイ・サムソノフ、セルゲイ・シャルグノフ

このように、どの作家も七〇年代かその前後の生まれであることがわかる。この世代にはソ連崩壊時にはまだ学生だった者も多く、九〇年代の経済的混乱の中で社会に出ることを余儀なくされた。その結果、資本主義や西側の価値観に対して強い不信を抱くとともに、その反動として社会主義の美しい理想にノスタルジーを感じるのかもしれない。

もっとも、ソ連ノスタルジー自体は「新しいリアリズム」に固有のものではない。ロシア文学者で、作家・メディアアーティストでもあるスヴェトラーナ・ボイム(一九五九-二〇一五)によれば、九〇年代のロシアにおいて「ノスタルジーは急速な変化のリズムと経済的ショック療法に対する防衛機制となった[24]」。当時のロシアは「世界でもっとも論争的で、エキサイティングで、矛盾した場所の一つ」であり、「そこではラディカルな自由や予測不可能性、社会実験が、宿命論やソ連の政治施設の残存、宗教や伝統的価値のリバイバルと共存していた[25]」。ところが、九〇年代半ばから徐々に社会に変化が見られるようになる。

突然、古いという言葉が人気と商業的な実現可能性を獲得し、新しいという言

葉よりも多くの商品を宣伝販売するようになった。ロシア市場のベストセラーの一つは『いちばん大事なものについての古い歌』というCDで、もっともよく視聴されたテレビ番組の一つは『古いアパート』というタイトルだった。ここで言う古いは、大きな変化が起きるしばらく前、皆が若かったあの古きよき日々の非歴史的イメージのことだ[26]。

まるで日本の「昭和ノスタルジー」のようだが、ボイムはこうした変化はソ連崩壊によるロシア人の西側イメージの変化の影響だと指摘する。西側文化はペレストロイカ期には「後期共産主義のオルタナティブな夢の神話的構造物[27]」として肯定的に受けとめられていたが、ソ連崩壊後、実際に西側文化を体験したことによって、そうした幻想は打ち砕かれた。ロシアの人気ロックバンド、ノーチラス・ポンピリウスに「グッバイ・アメリカ」という曲があるが、そのサビでは「グッバイ、行ったことのないアメリカ」と歌われる。この曲は大ヒット映画『ブラザー2』（二〇〇〇）のエンディングテーマにもなっており、ボイムによればそれは「ソヴィエトの非公式な想像力の中のアメリカに対する感情的な別れの言葉[28]」だった。

## グローカル・ノスタルジー

ソ連ノスタルジーを扱った『ソヴィエト・パーク』（二〇〇六）という映画がある。タイトルはバイオテクノロジーの力で現代に蘇った恐竜を描いたハリウッド映画『ジュラシック・パーク』（一九九三）をもじったもので、現代のロシアにソ連が一大テーマパークとして再現されるという設定である。来園者はコルホーズ員や宇宙飛行士、果ては強制収容所の囚人に扮するなどして、ソ連時代の雰囲気を存分に楽しめるという趣向だ。

主人公のオレグは有名な芸能人で、休暇にソヴィエト・パークを訪れる。童心に返ったように古きよきソ連の空気に浸っていたところ、従業員のアリョーナに一目惚れしてしまったところから雲行きが怪しくなる。「ソ連にセックスはない」という有名なフレーズを想起させる規則で、来園者とスタッフの間で性的関係を結ぶことは禁じられているのだ。規則に背いたオレグは経営者たちに囚われ、拷問を受ける。そして、アリョーナを連れて逃亡しようとするオレグは最終的にパークそのものを破壊してしまう。

『ソヴィエト・パーク』は、ボイムがポストソ連映画に指摘した「グローカル・ノスタルジー」の特徴によく合致する。それは「ハリウッドのグローバルな語法を採用し、ロシア的ひねりを加えた新生ロシア映画」に顕著なものであり、そこではしばしばハリウッド映画が好む恋愛という「グローバル」な主題と政治という「ローカル」な主題のミックスが行なわれる[29]。

スラヴォイ・ジジェクはかつてVR（ヴァーチャル・リアリティ）を「カフェイン抜きコーヒー」になぞらえ、そこでは「なんでも楽しめる」、ただし「それを危険にするような実質が除去されてさえいれば[30]」と述べたが、ソヴィエト・パークもまさにそうしたVR空間の一種だ。結局のところそれは市場社会が生み出した消費物としてのソ連のコピーにすぎず、資本主義を脅かす社会主義的現実という「実質」は除去されている。

## 過去の復興を目指すノスタルジー

ボイムは、ノスタルジーには「復興的ノスタルジー」と「反省的ノスタルジー」という二つの傾向があると指摘している。

復興的ノスタルジーはnostosを強調し、喪われた故郷の歴史を超えた再構築を試みる。反省的ノスタルジーはalgia、憧憬それ自体の中で育ち、帰郷を――物憂げに、アイロニカルに、絶望的に――遅延させる。復興的ノスタルジーはそれをノスタルジーとは思わず、むしろ真実や伝統だと考える。反省的ノスタルジーは人間の憧憬や帰属のアンビバレンスにこだわり、近代が抱える矛盾に尻込みすることはない。復興的ノスタルジーは絶対的真実を守るが、反省的ノスタルジーはそれに疑義を抱く(31)。

ソ連時代への郷愁を掻き立てながら、同時にソ連時代の記憶は現在の資本主義的現実と不可分であり、その矛盾をグロテスクな形で露呈させることによって観る者に帰郷の不可能性を突きつける映画『ソヴィエト・パーク』が「反省的ノスタルジー」に分類されることは明らかだろう。それに対し、ソ連の理念や精神は現在に蘇らせるべき現実に他ならないと考える「新しいリアリズム」は、「復興的ノスタルジー」の特徴を色濃く帯びている。

シャルグノフのデビュー作『ウラー!』(二〇〇二)には「復興的ノスタルジー」に

特有の現実感覚を象徴する一節がある。十年ぶりに地元に戻った語り手は、警察署で十年前と同じ掲示板を発見する。埃まみれのガラスの下には指名手配犯たちの顔写真が並んでおり、幼い頃犯罪に神秘性を感じていたという語り手は、それを見て次のように感じる。

> 神秘性を失った犯罪は現実に、この世のものとなった。だが、掲示板のガラスの向こう……そこでは、犯罪は以前と同じように凍りついた悪を体現しており、透明だが固い面はこの悪を隔てていた。周囲にあるものは飾りで、真の現実はガラスの向こうにあった。ガラスの向こうで生き、咲き、息づいていた——僕の祖国が。僕の子どもの頃の祖国が。(32)

ここで「現実」は二重化されている。一方には現在のロシアの日常的な現実があり、他方には過去のソ連の神秘的な現実がある。そして、語り手にとっては後者こそが本当の現実に感じられる。

「新しいリアリズム」の作家にとって、ソ連はいわば精神的な「祖国」と言っていいのかもしれない。チェチェン出身の作家ゲルマン・サドゥラーエフ（一九七三― ）のデビュー作『俺はチェチェン人！』（二〇〇六）で、語り手は自分の祖国はチェチェンでもロシアでもなくソ連なのだと堂々と宣言する。

> 俺が生まれたとき、チェチェン共和国なんてものはなかった。俺が生まれたのはチェチェン＝イングーシ自治ソヴィエト社会主義共和国、ソ連の一地域で、他

のすべての地域同様、ソ連共産党の州委員会によって管理されていた。当時俺たちは、自分たちがソ連国民と称される単一の偉大なネーションに属していると教えられた。そして俺たちはそれを信じ、モスクワやレニングラードといった、大きな祖国の大きな街の大学に入り、そこで暮らしつづけた。それなのに今俺たちは、自分たちはチェチェン人なんだと教えられている。そして突然、大きな国は俺たちにとってよその国になってしまった。(33)

サドゥラーエフは共産党員でもあり、小説のみならず政治的著作も発表している。「社会主義は未来」(二〇〇九)と題された論考では、戯画的に人類史を「失われた楽園、あるいは原始リベラリズム」、「パリス・ヒルトン時代」、「公正の王国、あるいは新石器社会主義」、「残酷な現代、あるいはパリス・ヒルトン時代」と区別し、現代では富の生産と消費の主体が著しく分離されてしまっており、富を享受できるのは生産者ではなく、パリス・ヒルトンのような一部のセレブだけだと痛烈に批判する。(34)

続いてサドゥラーエフはＣＩＡによる二〇〇七年の世界総生産額六五兆八二〇〇億ドルと、二〇〇八年の地球人口六六億七〇〇〇万人という数字を引き合いに出し、単純計算で人間一人が年に九八六八ドル七セント(約一一〇万円)得られるという計算を行なっている。現在の日本では貧困層に分類されてしまうレベルだが、彼によれば「贅沢ではないかもしれないが充分」(35)なのだ。その上で、社会主義の今日的な意義を次のように強調する。

社会主義は廃れた、この理念は過去の産物だ、これは人類史が二万年、あるいは二十年前に通り過ぎた段階だ、などというのは誤りだ。逆だ。今こそ社会主義はいつにないほどアクチュアルになったのである。(36)

## ソ連という亡霊

前章でロシア・ポストモダニズムの言説がすでに一種のナショナリズムを「空虚」というアイロニカルな形で内包していたと指摘したが、九〇年代のポストモダニズムと〇〇年代の「新しいリアリズム」は対立する二つの潮流というより、同じコインの裏表と捉えた方がいいだろう。かたやポストモダニズムはソ連の現実を何ら実質を伴わない「空虚」と捉え、かたや「新しいリアリズム」はソ連時代の社会主義的精神こそ取り戻すべき「現実」なのだと訴える。つまり、両者に取り憑いて離れないのは、今もなお現代ロシア社会を徘徊しているソ連という亡霊なのである。

# 第三章

# 3

# ザハール・プリレーピン、あるいはポスト・トゥルース時代の英雄

## 新世代のスター作家

ここからは具体的に「新しいリアリズム」の作家たちについて見ていくことにするが、本章ではこの潮流を代表する作家としてザハール・プリレーピンを取り上げ、彼のナショナリズムに特有の構造を分析する。その上で、「同志スターリンへの手紙」で表明されたスターリン礼賛がソ連崩壊後の現代ロシアの言説空間において持つ意味を考えてみたい。

プリレーピンは二〇〇〇年代の文壇に彗星の如く現れ、「ナショナル・ベストセラー」、「ビッグ・ブック」をはじめとするロシアの名だたる文学賞を多数受賞し、リベラルを含む多方面から高く評価されている。小説以外にも、エッセイ、伝記、ルポ、教科書、アンソロジーの編纂など幅広く活動を行ない、今や現代ロシア文学の若い世代を牽引する「スター」と言っても過言ではない。

一九七五年生まれのプリレーピン——本名エヴゲニー・ニコラエヴィチ・プリレーピン——は、モスクワから南東に二百五十キロ以上離れた場所にあるリャザン州スコピンスキー地区イリインカ村で幼少期を過ごした。村の人口は二〇一〇年時点で五百六十八人[1]というから、けっこうな田舎だ。父親は歴史の教師、母親は病院の看護師だった。ちなみに、「ザハール」というペンネームは、絵画や楽器演奏が趣味だった父親が友人からそのようなあだ名で呼ばれていたことに由来するらしい[2]。

一九八六年、一家はニジニ・ノヴゴロド州の都市ジェルジンスクに移住する。学業のかたわら、エフゲーニーは十六歳から肉体労働を始めた。その間に父親の死があり、卒業後は家を出て州都ニジニ・ノヴゴロドに移住した。九四年には軍に入隊するも後に兵役を免除されているが、その理由は明らかでない。除隊後は警察学校に入り、オモン（ロシア警察の特殊部隊）に入隊。並行してニジニ・ノヴゴロド国立大学文学部で学ぶ。オモン隊員として九六年にはチェチェンに、九九年にはダゲスタンに派遣された。同年に大学を卒業、経済的理由によりオモンを退職し、二〇〇〇年からニジニ・ノヴゴロドの地方紙の編集者として働きはじめる。二〇〇五年にチェチェン戦争を題材にした処女作『病理』を出版し、作家デビューを果たす。

長篇『病理』は、明確な意味を見出せぬまま続けられる戦争や、求めても得られない絶対的な愛への衝動を人間に固有の「病」として赤裸々に描き出した作品で、そこにはすでに、暴力・愛・マッチョイズム、というプリレーピンの創作の核となる三要素が明確に見てとれる。本書第六章でも見るように、チェチェン戦争をめぐる九〇年代のロシアの映画や小説がしばしばロシア文化における既存のコーカサス神話をアイロニカルに再構成したものだったのに対し、『病理』はそういった典型的なコーカサス表象を欠いたものだった。それが作者の明確な意図だったかどうかはともかく、ポストモダン的なアイロニーによらない「脱イデオロギー化」された内容が新世代の戦争文学として高く評価された[3]。
処女作の『病理』がすでにそうであるように、プリレーピンの作品は自伝的性格を持つものが多い。よって、作品内容に劣らず作者自身の人生経験も重要な分析対象であるが、プリレーピンの政治性を考える上では、ロシアの過激派政党「ナショナル・ボリシェヴィキ党」（以下ＮＢＰ）との関わりがことのほか重要になってくる。

## 「ナツボル」作家として

この党が掲げるイデオロギーであるナショナル・ボリシェヴィズムは、文字どおりナショナリズムとボリシェヴィズムを結合させた思想で、もとはヴァイマル共和国時代のドイツの共産主義運動の中で現れた。政治学者の廣岡正久によれば、ナショナル・ボリシェヴィズムは反共産主義的な亡命ロシア知識人の間で強い関心を引き、さらにはロシア民族中心主義を推し進めたスターリニズムの支えとなった。この思想は表面的には世界の共産主義化を目指すソヴィエト・イデオロギーとは異なるものだったが、ソ連が世界革命路線から一国社会主義路線へと舵を切っていく中で、「いわば地下水脈としてソヴィエト政治の〝生命〟を支えてきた[4]」とされる。

ＮＢＰは、作家エドゥアルド・リモーノフ（一九四三―）と思想家アレクサンドル・ドゥーギン（一九六二―）によって一九九三年に結成された。ウクライナ生まれのリモーノフは、まずはモスクワのアングラ詩人として出発し、コンセプチュアリズムの先駆けとも言える非公式芸術グループ「リアノゾヴォ派」のメンバーでもあった。当時のＫＧＢ（ソ連国家保安委員会）議長ユーリイ・アンドロポフから「筋金入りの反ソ主義者」とのレッテルを貼られ、[5]一九七四年にアメリカに亡命、亡命ロシア作家と黒人の同性愛といった（当時としては）スキャンダラスな描写を含む自伝的小説『俺はエジチカ』（一九七九）で広く知られるようになる。既成のあらゆる権威に反抗するデカダン的な生き方を送っていた彼が政治の世界を志すようになった動機は定かではないが、ソ連崩壊後いち早くロシアに舞い戻ってからは反民主主義デモに頻繁に参加するようになり、自身で政治的なグループの結成を考えはじめる。とはいえ、リモーノフ自身はカリスマ性に溢れた魅力的な人物ではあっても、政治思想に精通しているわけではない。彼は協力者を求めていた。そしてまさにそんな折り、右翼作家アレクサンドル・プロハーノフ[6]（一九三八―）が催した宴会で出会ったのが、ドゥーギンという「頭脳」だった。

　興味深いことに、今では新ユーラシア主義者として知られるドゥーギンもまた、リモーノフ同様ソ連のアングラ文化に出自を持っている。本書第七章でも取り上げるが、一九六〇年代のモスクワの非公式文化で主導的な役割を果たし、ソローキンをはじめとする後続世代にも大きな影響を与えた作家ユーリイ・マムレーエフ（一九三一―二〇一五）は、モスクワのユジンスキー横丁にある自宅アパートに仲間を集め、オカルトや神秘主義の要素が濃厚に漂う朗読会を頻繁に行なっていた。この集まりは「ユジンスキー・サークル」と呼ばれ、七〇年代半ばにマムレーエフがアメリカに亡命した後も存続した。古参メンバーの一人で、新たにリーダーの座に就いた詩人エヴゲニー・ゴロヴィン（一九三八―二〇一〇）はサークルを「ＳＳ黒騎士団」と改名し、より神秘思想への傾斜を深めていく。同じくメンバーで後にイスラム教の活動家となるゲイダル・ジェマリ（一九四七―二〇一六）の誘いで若きドゥーギンがサークルに加わったのはまさにその時期だったが、当時からオカルトや神秘主義に加えてファシズムに傾倒していたという(7)。

NBPにはそんなドゥーギンの趣味嗜好がたっぷりと盛り込まれている。党旗のデザインはナチス・ドイツ国旗のハーケンクロイツを共産党のシンボルである鎌とハンマーに置き換えたものであり、モスクワにある党本部はヒトラーが最後に立てこもった総統地下壕のように「バンカー」と呼ばれ、党員にはネオナチを想起させるスキンヘッドの若者たちが大勢いた。

では、肝心のイデオロギーの方はどうか。初期の党綱領（一九九五）から要点を抜き出してみよう。

**本質**……リベラリズム／民主主義／資本主義という三つの反人間的「システム」の破壊、および社会的・民族的公正に基づく伝統主義的階層社会の建設。

**敵**……国外――アメリカ、NATOや国連に加入する欧州諸国。国内――官僚、「新ロシア人〔ソ連崩壊後に現れた新興成金〕」、コスモポリタン知識人。

**目的**……ロシア文明に基づく、ウラジオストクからジブラルタルにまたがる帝国の創出。

**国家**……国家の権利が人権に優先する中央集権的「全体国家」。

**地政学**……ロシア国境の拡張。反米親亜。仮想友好国――ドイツ、イラン、インド、日本。

**経済**……「ロシア的社会主義」に基づく自給自足経済の確立。

**文化・科学・自由**……文化は完全に自由。国にとって重要な基礎科学には国家

## 予算から資金援助。[8]

こうした綱領だけを見ると、NBPはドゥーギンのユーラシア主義的地政学が加味された左派ファシズムの性格を持っているようである。だが、イギリスの現代ロシア政治専門家ステファン・D・シェンフィールドによれば、党首リモーノフはそこに、スターリニズムや無政府主義といった、明らかに綱領に齟齬をきたすような要素を結びつけようとしていた。その意味で、NBPは（フェミニズムや反露ナショナリズムなどを除く）あらゆる「過激主義」の寄せ集めだという見方もできる。[9] たしかに、個人より国家を優先させる「全体国家」の建設を謳いながら、同時に文化の面では個人の完全な自由を容認するのは（聞こえはいいが）無理があるように思えるし、地政学的には敵であるアメリカやイギリスと同じシーパワーであるはずの日本が仮想友好国に含まれているのも奇妙である。[10]

こうした玉虫色のイデオロギーの一方で、パンク的な反権力性をわかりやすく打ち出したNBPが当時の若者のサブカルチャーにおいて一定の支持を集めたことは注目に値する。「ナツボル」と呼ばれる党員の割合は圧倒的に若者が多く、そこには無職者や労働階級出身のいわゆるネオナチだけでなく、学生などインテリ層も多数含まれていた。ドゥーギンはNBPを「政治アート計画」と見なしていたというが、[11] 実際に党の活動は一種の知的なアートパフォーマンスとして受け取られ、党機関誌『リモンカ』は愛国的な傾向を持つ若者の間で人気を博した。[12]

そしてプリレーピンもまた、NBPのスタイルに魅了され、自ら進んで「ナツボル」となった若者の一人だった。エマニュエル・キャレールの本に収められたプリレーピン自身の告白によれば、(13) 地方都市の生活に閉塞感を抱いていた二十歳の彼にとって、レモン型手榴弾《リモンカ》が派手に表紙を飾り、挑発的な見出しや罵り言葉がちりばめられた、およそ政党の機関誌らしくない『リモンカ』は衝撃的だった。彼は地元の仲間たちと新聞に読みふけり、党首リモーノフは彼にとって憧れの「ヒーロー」となった。

　プリレーピンはリモーノフの著作をことごとく読破し、やがて仲間とともに故郷の街から遠く離れたモスクワへ電車で通うようになる。地下鉄フルンゼンスカヤ駅の近くにある「バンカー」を訪れるためだ。バンカーには二つ事務室があり、一方はリモーノフが、もう一方はドゥーギンが使用していた。しかし党の思想よりもそのパンク的なスタイルに惹かれていたプリレーピンの目に、ファシズムに傾倒するドゥーギンはあまり魅力的には映らなかった。もっとも、これは何も彼に限った話ではなく、そもそも党員の多くがドゥーギンの難解な著作を理解していなかったという。(14)

　ドゥーギンは一九九五年にペテルブルグの議会選挙に立候補するも落選、方向性の違いから九八年に離党する。党自体も二〇〇七年に裁判所から過激組織に認定され、ロシア国内での活動は実質不可能になった。しかし、「ナツボル」としての経験がプリレーピンの生き方全般に深い影響を与えたことは間違いないだろう。ロシアは本質的に帝国であるというユーラシア主義的信条、己の生き様を文学作品として提示するリモーノフ的創作スタイル、そして何より、デビュー以来変わることのないスキンヘッドが、彼が現在に至るまで「ナツボル」の精神を保持していることを証している。

## 敵／味方の二項対立を創出する感情的ナショナリズム

ここまでNBPとの関わりからプリレーピンのナショナリストとしての背景を見てきたが、それだけでは彼が右翼以外の多くの読者からも支持を得ることができた理由はわからない。そこで今度は、プリレーピン自身のナショナリズムの特徴に注目することにするが、その愛国心の源泉を辿っていくと興味深い事実に突き当たる。

若い頃のプリレーピンは、自分が住むソ連という国をほとんど意識することがなかったという。それは空気のようにごく当たり前に存在しており、そこには「特徴も、輪郭も」なかった。そんな彼が「祖国」を強く意識するようになったのは、ソ連が崩壊して資本主義ロシアが誕生し、「ソヴォーク」（ソ連やソ連的価値観を持つ人などを蔑む言葉）なる新語が現れ、ソ連的なものがおしなべて悪し様に言われるようになってからだ。「ソ連を憎む連中の憎悪」がソ連に「輪郭」を与え、彼の中に「祖国」への愛情を生んだのである（エッセイ「第二のソヴィエト連邦殺害」(15)）。

もう一つ例を挙げよう。プリレーピンの第二長篇『サニキャ』では、NBPをモデルにした過激派政党の若き党員である主人公サーシャ（表題の「サニキャ」はサーシャの祖父母が彼を呼ぶときの愛称）が「祖国奪還」を目指して仲間と革命運動に明け暮れる様子が描かれる。しかし、NBPのイデオロギーを知りたいと思って本書を手に取った読者はいささか肩すかしを食うことになるだろう。作中で党のイデオロギーが詳しく語られることはないどころか、そもそもサーシャは「どんなイデオロギーもとっくの昔に存在しない」(16)という考えの持ち主なのである。彼の行動原理は「本能」であり、本能のままにデモに参加し、本能のままにコーカサス人に喧嘩をふっかけ、本能のままにマクドナルドを襲撃する。

これら二つの例から、「ナツボル作家」といういかにもイデオロギッシュなレッテルとは裏腹に、プリレーピンのナショナリズムの真髄が実はその徹底した非イデオロギー性にあるということがわかる。彼にとって「ロシア」(あるいはソ連)という概念それ自体は積極的な内容を欠いた空虚なものでしかなく、そのナショナリズム的言動はほとんど常に彼にとって敵対的な他者から向けられる批判や憎悪に対する感情的反発という形を取る。したがって、彼の主張はその時々の「敵」が誰かによって容易に変遷し、矛盾を来すことも少なくない。

マルク・リポヴェツキーは、プリレーピンのこうした非イデオロギー性は「戦術的性格」を帯びていると指摘する。彼が行なっているのは、「世界を〈味方〉と〈敵〉に分割する」ことであり、「彼に中立的な〈他者〉の声は存在しない[17]」。そしてそれは、ロシアの社会学者レフ・グトコフがソ連崩壊後のロシア社会で広まったナショナル・アイデンティティの形式として提唱した「消極的アイデンティティ」――他者の排除や否定といった消極的要因に媒介されたアイデンティティ――の特徴に合致する。リポヴェツキーによれば、その特徴がもっともよく現れている主人公は『サニキャ』のサーシャである――「彼には誰よりも多くの敵がおり、だからこそ彼は問題も疑問も知らず、彼は常にあらゆる点において正しいのだ[18]」。

プリレーピンのナショナリズムを内容空疎だといって批判するのは容易い。事実、彼はこれまでもその「反知性主義」を散々批判されてきた。しかし、もはや社会の中で哲学や思想が従来のように有効に機能せず、客観的な事実ではなく大衆の一時的で流動的な感情によって政治が動く「ポスト・トゥルース」とも呼ばれる現在の世界状況に鑑みれば、プリレーピンの戦略がいかに時代の趨勢を先取りしていたかがわかるだろう。

そして、彼が右派だけに留まらないはるかに幅広い読者からの支持を得た理由もこうした非イデオロギー性にある。二〇〇六年に組織された「もう一つのロシア」と呼ばれる野党連合の運動では、反プーチンという共通の旗印のもとにリベラルと共闘し、「リモーノフが民主主義について語り、若いリベラルたちがナショナリズムについて語る」模様を興奮気味に伝えている。(19) 以下で触れるように、リベラルの中には、行きすぎたナショナリズム的言動には「若気の至り」として目をつむりながら、プリレーピンを「左」の陣営の一員と考えていた者もいたのである。

## スターリン礼賛と全体主義へのノスタルジー

二〇一二年、プリレーピンはネット上で突如として「同志スターリンへの手紙」(以下「手紙」)と題したスターリン礼賛のエッセイを発表して文壇に衝撃を与えた。この年のロシアといえば、大統領選挙が行なわれ、大方の予想通りプーチンが勝利して四年ぶりに大統領に返り咲いたものの、その前年十二月に実施された下院選挙では与党「統一ロシア」の得票数は五割に届かず、さすがのプーチン人気もとうとう翳りか、などとささやかれていた。また、故ボリス・ネムツォフ元第一副首相ら野党勢力の指導者らが下院選挙および大統領選挙の「不正」への抗議を呼び掛けたことにより、国内各地で数万人規模の反政府デモが繰り返し行なわれ、一連の運動は「モスクワの春」とも呼ばれた。

このように、二〇一二年はロシア国内でリベラル派による反体制運動がソ連崩壊後かつてないほどの盛り上がりを見せた年でもあったが、「手紙」はそんな気運に水を差すかのようにネットの海に投下された。そこで書き手は、スターリンは確かに非人道的な行ないをしたが（彼によれば、その実態はしばしば誇張されている）、それでも今日のロシアがあるのはスターリンの偉大な功績のおかげだということを認めるべきだと強く訴えた。そして、偉業を成し遂げた者は得てして憎まれるものだと断った上で、最後はかつての指導者への次のような熱烈な呼びかけで締めくくった。


あんたはロシアをいまだかつてないものに、地球最強の国にしてくれた。全人類史上のどんな帝国も、決してあんたがいたときのロシアほど強くはなかった。

誰がそんなことを気に入る？

どんなに頑張っても、俺たちは、あんたの遺産やあんたの名を浪費して使い果たしたり、あんたの偉業についての輝かしい記憶を、あんたの——現実の、それも怪物的な——犯罪についての黒い記憶と取り替えたりするようなことはできない。

俺たちはすべてにおいてあんたに恩がある。たとえあんたが呪われていようとも。[20]

ここでも彼はスターリンに対するきわめて否定的な評価（具体的に誰によるものかはまったく示されない）があるという前提のもと、そうした評価に対して感情的に反駁するというといういつもながらの戦術を取っているが、そのレトリックはよりいっそう手の込んだものになっている。

右で示した引用からもわかるように、「手紙」は一人称複数形で書かれており、「俺たち《ムイ》」が「あんた《トゥイ》」（スターリン）に語りかけるという体裁を取っている。しかし、いったいこの「俺たち」とは誰のことなのだろうか？　そこはかとない居心地の悪さを感じながら文章を最後まで読み進めると、末尾にさりげなく「ロシアのリベラル界」という署名らしきものが添えられており、意表を突かれる。これを文字通りに受け取れば、「手紙」はこれまでスターリンを正当に評価してこなかったロシアのリベラル界による懺悔とも読めてしまうのだ。

「手紙」が掲載された『自由プレス』は当のプリレーピンや同じく「新しいリアリズム」の作家セルゲイ・シャルグノフが編集主幹を務める右寄りのオンライン新聞であり、単にプリレーピン個人の意見表明であれば騒ぎはそれほど大きくならなかったかもしれない。だが、「手紙」がリベラル界の心の声を代弁するかのような体裁を取っていたがために、彼らも反応しないわけにはいかなくなった。

リベラル陣営でもっとも過敏に反応したのは、ロシアのリベラル誌『ニュー・タイムズ』でコラムニストを務め、かつて来日講演をしたこともある作家ヴィクトル・シェンデロヴィチ（一九五八－　）だった。彼は「手紙」について、それまで「左」だと思っていたプリレーピンが「反ユダヤ主義者」になってしまった、とショックを隠しきれない様子で書いている。[21]　シェンデロヴィチがそれを明確に見てとったのは、第二次世界大戦時の独ソ戦、いわゆる「大祖国戦争」に触れた次のくだりである。

　あんたは俺たち一族の命を守ってくれた。あんたじゃなければ、俺たちの祖父や曽祖父はブレストからウラジオストクまできれいに配置されたガス室の中で殺され、俺たちの問題は最終的に解決されていただろう。

ここに直接「ユダヤ人」という言葉は出てこない。しかし、「ガス室」という言葉はナチスによるユダヤ人虐殺を容易に連想させる。つまり、シェンデロヴィチは「俺たち」をロシア人（あるいはソ連人）ではなく、ユダヤ人のことだと受け取ったのである（シェンデロヴィチはユダヤの出自を持っている）。「手紙」を「反ユダヤ主義」の表明として受け取ったのはシェンデロヴィチばかりではない。「新しいリアリズム」の作家としてプリレーピンに近い立場にあるものの、社会主義の信奉者として排外的なナショナリズムには否定的なサドゥラーエフもまた、「手紙」をめぐる騒動が引き起こされた理由は、「現代ロシアの〈リベラル界〉＝ユダヤ人だということが初めて公然と露骨に表明された」ことにあるとコメントしている。(22)

「反ユダヤ主義」との指摘に対して、プリレーピンは後日『自由プレス』で発表した記事で明確に否定しつつも、「テクストは直ちにそこに自らを見出す者に向けられている」と書いている。(23) つまり、読者を感情的な議論に巻き込むこと自体がプリレーピンの目的なのであり、そういう意味でシェンデロヴィチはまんまと彼の罠に掛かったというべきかもしれない。「手紙」でプリレーピンがスターリンの歴史的意義を真面目に論じようとする気がないのは明らかかで、その行為はむしろ暴論によってコミュニティの破壊を狙うネット上のいわゆる「荒らし」に似ているとの指摘もある。(24) 今風に言えば、いわゆる「炎上商法」という言葉がしっくりくるかもしれない。

とはいえ、「手紙」は巧妙に仕組まれたアジテーションであるだけではない。そこでプリレーピンが提示した、スターリンを憎悪しながらスターリンに感謝する「俺たち」という分裂症的形象は、ソ連というトラウマの処理をめぐる現代ロシア知識人の葛藤を考えてみる上できわめて示唆的なものを含んでいる。

その葛藤は、たとえば、リベラルとして紹介されることも多い作家・ジャーナリストのドミトリー・ブイコフ（一九六七－）のソ連観にも見られる。彼は二〇一一～二〇一二年の反政府デモでは組織委員会に加わるなど積極的な役割を演じ、スターリンの過大評価についても批判的である。[25] プリレーピンのことは作家として高く評価しているものの、「手紙」に関しては、「スターリンが歴史上もっとも偉大な強国を創ったと言うことはもちろんできるが、その偉大さを犠牲者の量から導き出すことは自民族への敬意をあまりにも欠くことを意味」し、「ロシア民族の危機（プリレーピンは「消滅」という、より厳しい表現を用いている）とスターリニズムとの間に関連を見ないこともまた何やら驚くほど、これ見よがしに愚か」[26]と批判した。

これは一見すると冷静な意見のようだが、「スターリンが歴史上もっとも偉大な強国を創ったと言うことはもちろんできる」とスターリン期のソ連を一応は肯定していることに注意しよう。実際、ブイコフはソ連について屈折した評価をしており、スターリンのテロルなどは批判する一方で、「〔ソ連の〕帝国の理念は実現不可能だが、夢としては素晴らしく、実り多いものだ」と述べている（「ロシアに関する九つの神話」[27]）。また、過去には「ソヴィエトの独裁は一流だったが、〔ロシアの〕現在の自由は二流」であり、「上等な肥やしからは卓越した何かが育ち得るが、二流の肥やしでは決してそうはならない」などと発言して物議を醸したこともある。[28]

簡潔にいえば、ブイコフの葛藤は、ソ連を一枚岩的な全体主義国家としてとらえることを拒み、そこには数多くの肯定的価値（多様性）があったとしながら[29]、同時に、その肯定的価値はまさにほかならぬ全体主義体制によってもたらされた、とする逆説にある。それは決して「あの頃はよかった」的な素朴なノスタルジーではなく——ブイコフを批判したミハイル・エプシテインの言葉を借りるなら——「トータルジー」[30]、すなわち全体性、全体主義へのノスタルジーにほかならない。

とはいえ、本書第一章で考察した通り、当のエプシテインもソ連社会を——「空虚」という否定的な形ではあれ——西側に対抗するナショナルな物語として再構築したことを考慮すれば、ロシア・ポストモダニズムが「トータルジー」を完全に免れていたとは言い難い。つまり、現代ロシアの言論空間は、全体主義の記憶と切り離せないソ連という過去のトラウマを上手く解消する言葉をいまだに見出せていないのだ。結果、ソ連の評価をめぐる議論は——否定的にせよ肯定的にせよ——おのずと感情論的な性格を帯び、それは感情による人々の分断を目論むプリレーピンにとって恰好の材料となる。

## 第二の父、そして文学を超えた「現実」へ

自ら「公開ハラキリ」と呼んだ[31]「手紙」の発表後、プリレーピンはリベラルとの対決姿勢を鮮明にした。たとえば、人口問題について論じた「自由は排除から始まる」[32]（二〇一四）では、LGBT運動は「世界人口の質と量の調整」に利用されていると主張し、ロシアにおける新生児の減少を憂慮する「良質の人々」[33]（二〇一三）では、いわゆる「ディンクス」と呼ばれる、子どもを持たずに生きる選択をした夫婦を「不健

全」、「異常ですらある」と言い放ち、さらには四十を超えて独身の男性は「静かな変質者」だと決めつける。そこにはもはや「手紙」で見られたある種巧妙なレトリックすらなく、ただただ「感情」の垂れ流ししかない。

その後、二〇一四年に勃発したユーロマイダンに端を発するウクライナ危機は、リベラルに総攻撃を加える絶好の口実をプリレーピンに与えることとなった。ウクライナ問題を扱った日記風のエッセイ集『この騒動は他人事ではない』(二〇一五)では、リュドミラ・ウリツカヤ、ヴィクトル・エロフェーエフ、レフ・ルビンシテイン、前出のシェンデロヴィチ、ドミトリー・グルホフスキーといったロシアのリベラル作家たちが次々に槍玉に挙げられている。

しかし、ここで批判の俎上に載せられているリベラルたちの発言を見ていくと、「中立」や「普遍性」の立場に立つことをモットーにしているはずの彼らがしばしば「(否定的な)ロシア対(肯定的な)ヨーロッパ」という二項対立で事態を語っていることに気づく。皮肉なことに、彼らも意図せずしてプリレーピンが目論む「敵」と「味方」の分断に手を貸してしまっているようにも見える。(34)

同時に注目すべき動きとして、プリレーピンのプーチンに対する態度の急変が挙げられる。ウクライナ危機の勃発後、彼は親ロシア派の独立運動によって樹立された「ドネツク人民共和国」と「ルガンスク人民共和国」があるウクライナ東部のドンバス地域を頻繁に訪れており、ドンバス紛争に関するルポ『解決せねばならないすべて……』(二〇一六)も発表しているが、親ロシア派の通信社「ニュース・フロント」は、彼がドンバスについて「最低でも一人、心から俺たちの側についてくれている人物がいる、その名はウラジーミル・ウラジーミロヴィチ・プーチン」と語ったと伝えている。[35]

前述のとおり、ナツボルであるプリレーピンはもともとは反体制であり、反プーチンの立場からリベラルと共闘することもあった。その人物が、今度はプーチンの側に立ってリベラルを攻撃する。そこに何らかの論理的一貫性を見出すことは難しいが、プリレーピンの非イデオロギー的戦略を考えればさして意外なことではないだろう。彼にとって、ロシアの「敵」が今やプーチンからリベラルに変わったというにすぎない。

とはいえ、プーチンにはプリレーピンが模範にしてきたリモーノフとの共通点も多いことは確かだ。キャレールはリモーノフとプーチンを比較しながら、家庭環境やマッチョイズム、非情な性格、権力欲など、「まるでエドワルドの分身が目の前にいるようで困惑を覚える」と書いている。二人の違いと言えばただ、「プーチンが成功者だということ」だけなのである。[36]

NBPの綱領で「システム」の破壊を第一に謳っているように、体制《システム》との闘争はリモーノフという人間の本質を成すヒロイズムである。しかし、ナツボル（＝反体制）であると同時にオモン隊員（＝体制）でもあるプリレーピンにとって、「ヒロイズムは必ずしもシステムとの闘争ではない[37]」。彼は敗者としてではなく勝者として「英雄《ヒーロー》」になることを望む。二〇〇〇年代の文壇で同世代のどの作家よりも大きな成功を収めた彼が、リモーノフの成功者版とでもいうべきプーチンに第二の「父」の姿を見出したとしても何ら不思議ではないだろう。

そして今、プリレーピンはさらなる一歩を踏み出そうとしている。彼は二〇一五年から「ドネツク人民共和国」の首相アレクサンドル・ザハルチェンコの「顧問」を務めていたが、二〇一七年二月に突如自身の戦闘部隊を組織したことを明らかにした。この驚くべきニュースを伝えた「コムソモーリスカヤ・プラウダ」のネット記事は、必要ならば銃を撃つことも辞さないというプリレーピン「少佐」の覚悟の言葉とともに、迷彩服に身を包んだ彼が隊員たちの戦闘訓練を視察する様子をとらえた写真を掲載している。(38)

彼と近しい関係にあるサドゥラーエフは、プリレーピンの魅力について次のように述べている。

> ザハール・プリレーピンはあたかも一つの層から作られ、一つの岩の塊から彫られたかのように、おそらくすべてが一体で、純金属製なのだ。人々はずっとそんな人間を待ち望んでいた。人々はたくさんの顔を持つことに疲れたのだ。人々が求めているのは、本人が話したり書いたりしている通りの人間、有言実行で、ありのままのことを行う人間だ。そこに彼が現れた。人々が喜ばないはずがないだろう?(39)

プリレーピンはこれまでも、『病理』、『サニキャ』、そして「スーパーナッツベスト」を受賞した『罪』(二〇〇七)などで、繰り返し自らの人生体験を物語として提示してきた。物語の「作者」から現実の「主人公=英雄《ヒーロー》」へというプリレーピンの立場の転換は、「現実《リアル》」の追求を至上命題としてきた「新しいリアリズム」の一つの帰結なのかもしれない。

# 第四章

4

# 再定義される社会主義リアリズム

――エリザーロフ『図書館大戦争』

## ソ連を「祖国」に持つ作家

第三章で検討したように、「新しいリアリズム」に関連づけられる作家たちの重要な共通点として、ソ連に対する特殊なノスタルジーを挙げることができる。それは単に二度と戻らない過去を懐かしむノスタルジーではなく、ソ連という過去をアクチュアルな問題として現在に蘇らせようとする「復興的ノスタルジー」（スヴェトラーナ・ボイム）だった。以下で取り上げるミハイル・エリザーロフの長篇『図書館大戦争』（二〇〇七、邦訳二〇一五）は、スタイル的にはリアリズムからはほど遠いものの、[1]「新しいリアリズム」におけるソ連的過去の復興という点でこの潮流の特徴をよく示している。

本章では、社会主義リアリズムの研究で知られる文学者カテリーナ・クラークのソ連文学論を援用しながら、『図書館大戦争』に見られる社会主義リアリズムの特徴である儀式性と神話化の要素、およびポストソ連社会の文脈におけるそれらの要素の改変の仕方を検討し、ソ連的過去の復興の描かれ方を考察する。

ミハイル・ユーリエヴィチ・エリザーロフは、一九七三年、ウクライナ西部の都市イヴァーノ＝フランキーウシクで生まれた。父は精神科医、母は技師で、幼少期をハリコフで過ごした。ハリコフ大学を卒業後、オペラ声楽を学び、従軍経験もある。二〇〇一年にドイツに移住し、同年作品集『爪』が出版社アド・マルギネムから出版され、作家デビューを果たした。

第一長篇『パステルナーク』（二〇〇三）は文豪ボリス・パステルナークを悪霊として登場させるというスキャンダラスな内容で、一部の保守的な批評家から「知的なごたまぜと無目的な宗教風の駄法螺」などと批判された。[2] 二〇〇八年にはモスクワに移住し、本章で論じる長篇『図書館大戦争』で「ロシア・ブッカー賞」を受賞した。次の長篇『アニメ』（二〇一〇）では、八〇年代後半のソ連を舞台に不良少年の社会主義的再教育の反復的な歴史を描いており、ソ連を主題にした作品の執筆を継続している。

エリザーロフはデビュー当初からユーリイ・マムレーエフやヴィクトル・ペレーヴィン、ウラジーミル・ソローキンといったポストモダン作家と比較されることが多かった。[3] とりわけソローキンとの比較が多いが、こうした比較がなされる要因としてはまず、文学的モチーフの過激なパロディや暴力への志向といった両者のスタイルの共通性が挙げられる。そしてそれ以上に、社会主義リアリズムの特徴である「儀式」への強い関心がある。ある評者は『爪』に対する書評で「作品集の主人公たちは、人生から単なる行為ではなく、儀式を遂行することを求められる状況に絶えず置かれている」と述べ、ソローキンの作品との共通点を指摘している。[4]

しかしここで着目したいのは、両作家の共通点よりも、世代的・地域的隔たりに由来する両者のソ連観の差異の方である。スターリン死後のソ連に生まれ、モスクワの地下文化との関わりの中で自身の芸術観を培ったソローキンにとって、ソ連とは何よりもまずスターリニズムに象徴される全体主義文化であり、集団化による個の否定だった。

一方、「新しいリアリズム」の他の作家同様、成人する前にソ連の終焉を迎えたエリザーロフのソ連体験は、ソローキンのそれとはまったく異なるものだった。本人のインタビューを引用しよう。

> ソ連体験はある全一性の体験でした。まさにそれをここへ、我々のところへ引っ張り出してこなければならないのです。形而上のソヴィエト連邦は夢のように全一的な国でした。完全な国でした。悲劇はそれが実現しなかったことです。第一に、嫌悪すべきエリートのせいです。結局のところ、帝国の司祭たちの最高階級《カースト》が裏切ったのです。
>
> ソ連の魂はすばらしかったが、その体は不完全でした。計画からすれば、まさに地上の楽園でした。この知的な抽象概念を地上へ引っ張ってこなければならなかったのです。エリートやテクノロジー、何らかの魔術的なものを通じてそれを実現しなければならなかったのです。失敗したのは、国を率いる者たちが悪い連中で、エリートが国を売ったからです。ですが、抽象概念は作用していました！子供の頃、私は自分が最良の国に住んでいると信じていました。信じていたということはつまり、機械が作動し、存在していたということです[5]。

青春時代を末期のソ連で過ごしたエリザーロフにとって、ソ連とはなによりもまず可能性としての抽象的なユートピアだった。負の面を含めたソ連の遺産を多く引き継いだロシアとは異なり、独立とナショナリズム運動によって非ソ連化が急速に進んだウクライナで成長したことで、彼の記憶の中の理想的なソ連像はさらに強化されたのかもしれない。エリザーロフは同インタビューでロシアを敵視するヨーロッパに対する不満を述べ、ウクライナに対しても「好きなだけ自身のヨーロッパ性を口にすればいい」と批判的だ。

エリザーロフにとって「祖国」とは、独立後のウクライナでもなく、ロシアでもなく、ソ連という失われた「地上の楽園」なのである。

## ソ連の遺産を継承する物語

『図書館大戦争』は、特別な力を秘めた「本」をめぐる人々の抗争の物語である。

体制に忠実な架空の社会主義リアリズム作家ドミトリー・グロモフは、作家としては凡庸だったが、彼が残した七冊の本には魔術的な力が秘められていた。本の秘密を知った者たちは各地で「図書館」あるいは「読書室」と呼ばれる秘密組織を結成し、それぞれ独自に本の収集を行なっている。しかし本の所有をめぐる「図書館」同士の対立は激化し、「ネヴェルビノの戦い」と呼ばれる大合戦にまで発展する。終戦後、図書館の「読者」たちは「図書館評議会」という管理組織を立ち上げ、本の所有や管理に関するルール作りを行なう。

主人公のアレクセイ・ヴァージンツェフはウクライナ生まれで、舞台監督になることを夢見る二十七歳の青年である。地元でうだつが上がらない生活を送る中、かつて尊敬していたロシア在住のおじが何者かに殺害されたとの凶報が届く。かねてからロシア進出を志していたアレクセイは、おじのアパートを売却するためにロシアの片田舎へと赴く。

はるばる列車でたどり着いたのはソ連時代の面影を色濃く残す町だった。おじのアパートの購入希望者を難なく見つけたアレクセイだったが、急に正体不明の襲撃者が現れる。購入希望者は殺され、アレクセイは彼らに拉致されてしまう。

襲撃者たちの正体は、グロモフの本を所有する「シローニン読書室」のメンバーだった。彼のおじは実はこの「読書室」を束ねる「司書」で、対立するグループに殺害されたのである。「読書室」の現リーダーであるマルガリータは、アレクセイをおじの後継者にしようとするが、アレクセイはそれを拒む。しかし、読んだものに偽りの記憶を植えつける「記憶の書」を読まされたことで、半ば強制的にグロモフの「本」の「読者」となる。

以後、アレクセイは「シローニン読書室」のメンバーとして「本」をめぐる抗争に積極的に参加していくことになるが、ふとしたきっかけからグロモフの著作の中でも一番の稀覯本とされる『スターリン陶器回想』を手に入れる。これは「意味の書」の異名を持ち、その読者は読んだ者だけが理解できる「意味」を得るとされる。ところが、それを読んだアレクセイは「意味」ではなく、グロモフの七冊の本にまつわる重要な「意図」を知る。

その直後、マルガリータが謎の失踪を遂げる。「シローニン読書室」は無許可の掃討作戦を行った廉で「図書館評議会」から追われる身となり、事態は急変する。アレクセイたちは逃亡を図るが、かつての村ソヴィエトで、「ネヴェルビノの戦い」で壊滅したと思われていた伝説的な「モホヴァ図書館」の急襲を受ける。「力の書」によって力を増強した老婆戦士たちの圧倒的な力の前に「シローニン読書室」はあえなく壊滅する。

再び囚われの身となったアレクセイは、「モホヴァ図書館」を束ねる老婆ゴルンから、マルガリータが「モホヴァ図書館」のスパイだったことを明かされる。彼女は「意味の書」の存在を知ってモホヴァを殺害し、「シローニン読書室」に逃亡したのだ。老婆の「読者」から構成される「モホヴァ図書館」は崩壊の危機に瀕しており、ゴルンはアレクセイを亡きモホヴァの孫に仕立て上げ、「図書館」の新たな「司書」に任命する。

その後、アレクセイはマルガリータの母親から真相を聞かされる。マルガリータの母親は一九九四年に偶然「意味の書」を入手し、読んでみたところ、「ヴァージンツェフ」という言葉が頭の中に響いた。彼女は「シローニン読書室」の「司書」だったアレクセイのおじを見つけだし、娘をスパイとして送り込んだが、おじは暗殺された。だが、それでもなお「意味の書」は同じ名前を呼びつづけた。そこに甥のアレクセイが現れたという情報が娘のマルガリータからもたらされる。母は娘に「意味の本」の存在を打ち明けるが、娘は母の意に反してモホヴァを殺害し、アレクセイに「意味の本」の謎を解かせようとしたのだった。

物語の最後で、アレクセイは「意味の書」が教えてくれた「意図」を実行に移すために地下壕に入り、陽の光すら射さない、かつて地下書庫だったとされる狭い部屋にこもる。そして、「意味の書」で見た幻覚に従って緑色の卓上ランプだけを灯し、グロモフの七冊の「本」を途切れることなく時系列順に読んでいき、伝説の「司書」となるための儀式に入る……。

## 通過儀礼としての書物

クラークによれば、社会主義リアリズムの本質は、儀式としての歴史を提示するいわゆる「マスタープロット」にある。[6] それは、社会主義リアリズム小説に特有の規範化されたプロットを指し、その中で主人公は「社会的統合や、彼自身にとって個人的であるよりもむしろ集団的であるようなアイデンティティが含まれる目的を達成するために自覚的に動き出」し、「冒険の中で、彼より先にそのような冒険を成功させた、年長で、より〈意識的な〉人物に助けられ」ながら目的を達成する。[7]

マスタープロットは、同じく主人公の成長を描く近代的な教養小説との共通性をうかがわせる。しかし、クラークは社会主義リアリズムと教養小説の違いとして、ゴーリキーの『母』を例に出しながら、主人公の成長過程で「内的自己が何ら重要な役割を果たしていない」こと、そして「外的自己の強度が諸々の外的ファクターに由来する」ことを指摘している。[8] すなわち、社会主義リアリズムにおいては近代文学の特徴である個人の内面が重視されず、したがって主人公の成長は、自我の苦悩といった内発的要因によってではなく、共産主義のイデオロギーの習得という外発的要因によってもたらされる。このような理由からクラークは、マスタープロットは前近代的な「伝統文化の通過儀礼」、あるいは「部族のイニシエーション」に似通うと指摘している。[9]

先に述べたあらすじから、『図書館大戦争』が社会主義リアリズムにおけるマスタープロットの特徴を持つことは明白だろう。主人公のアレクセイはマルガリータをはじめとする「年長」の人物たちに導かれ、舞台監督になるという「個人的」な夢を捨て、図書館のための「集団的」な目的に奉仕するようになる。

物語のキーアイテムであるグロモフの七冊の「本」は、マスタープロットにおける主人公の成長の外発性という特徴をあからさまに強調している。社会主義リアリズム小説においては、しばしば書物が重要な役割を担ってきた。ソ連作家同盟が社会主義リアリズムの課題を「社会主義の精神に則った思想的改造および教育」[10]と規定したように、ゴーリキーの『母』やオストロフスキーの『鋼鉄はいかに鍛えられたか』(一九三四)といった社会主義リアリズムの古典において、主人公たちは書物によってイデオロギー的な改造を施され、共産主義に奉仕する人間となる。

グロモフが遺した七冊の「本」の題名およびその異名は、『プロレタリア鉱山』(「力の書」)、『幸せよ、飛んで行け！』(「権力の書」)、『スターリン陶器回想』(「意味の書」)、『ナルヴァ川』(「喜びの書」)、『労働の道を』(「憤怒の書」)、『銀色の瀞』(「忍耐の書」)、『静かな草』(「記憶の書」)となっている。「力の書」を読めば超人的な身体能力が得られ、「喜びの書」を読めば強烈な多幸感を得られる、といった具合に、各本の効能はその異名に示されている。

「本」が効果を発揮するために必要な二つの条件は「連続」と「集中」だとされる。裏を返せば、重要なのはテクストを一文字たりとも漏らさず目で追うという純粋な形式性であり、内容はもとより、物語が読者の心に喚起する諸々の情動といった内発的要因も何ら問題にならない。「本」のメカニズムがコンピューターのプログラムに喩えられるくだりがあるが、ここで言う「読書」はまさにプログラムのインストールのようなものであり、読者の個性が介在する余地は一切ない。アレクセイは最初に「記憶の書」を読むが、それによってアレクセイの記憶は、あたかもパソコンのデータファイルのように、本が与える偽の記憶に「上書き」されてしまう。

このように、読者に対して強制的に身体的・精神的改造を施す「本」の暴力的な性格は、クラークが社会主義リアリズムの相関物として指摘した、割礼や抜歯といった身体的苦痛を伴う前近代的な通過儀礼に相当するものと考えられる。

## 再神話化されるソ連イメージ

クラークは社会主義リアリズムの神話性を論じながら、宗教学者ミルチャ・エリアーデの「大いなる時」という概念に注目している。「大いなる時は超越的現実を与え、そして現在の世俗世界の事象は、神話的アーキタイプを模倣することによって超越的現実へ関与するということによってのみ、自らの現実とアイデンティティーを得る(11)」。

クラークによれば、スターリン期の社会主義リアリズム小説には、現在の出来事を偶像化された過去（革命、国内戦、スターリンの人生など）や公式的な「歴史」によって予告された未来に関係づけるという傾向があった。「現在のどんな出来事も、それが公式的な〈英雄時代〉あるいは〈偉大で輝かしい未来〉の時との何らかの一体化によって権威づけられない限り、その世俗性を超越することはできず、「あらゆる今日的現実の意味は、これらの神話的時間との関係性から得られる(12)」。

『図書館大戦争』にもこうした神話化が見られる。ただし、神話化の対象となるのは、もはやレーニンやスターリンといった特定の個人あるいはソ連の特定の一時代ではない。そうではなく、それ自身がまるごと過去のものとなったソ連の全般的なイメージが神話となる。それはおもに「意味の書」がアレクセイに開示する幻覚の中に現れる。スターリンの肖像が描かれた陶器に関する『スターリン陶器回想』と題されたこの本は、一九五六年にいったんは出版されたものの、フルシチョフのスターリン批判の時期と重なりすぐ販売が差し止められたため入手が難しく、グロモフの著作の中でも一番の稀覯本となっている。「意味の書」を読んだ者は本人にしかわからない「意味」を得ることができるとされるが、それを読んだアレクセイは、そこにあったのが「意味」ではなく「意図」であったことを知る。

その**意図**とは、私がよく覚えているロシアの民芸品パレフの小箱の三次元パノラマで、光沢のある漆塗りの下地に描かれたソ連の聖像画のようなものだ。そこには、金や群青、様々な色合の真紅で、平和な労働の絵が描かれていた。はためく絹に飾られた工場、豊かに実った小麦畑とコンバイン。労働者は力強い両手で鍛冶屋のハンマーを握りしめ、集団農場《コルホーズ》員の女性は空色の袖なし長衣《サラファン》を着て金色の穀物を束ね、宇宙飛行士は輝くヘルメットをかぶり、銀色のコートを翻して人跡未踏の惑星の土を踏みしめる。赤い旋風の中で、十月革命時の情熱的なレーニンがさっと片手を挙げ、果てしなく続く、シフォンでできているように軽い旗を水兵と兵士が運び、その上で巡洋艦〈オーロラ号〉が陽光で黒雲を貫く……。[13]

ここでは「工場」や「ハンマー」、「集団農場《コルホーズ》」、「宇宙飛行士」、「レーニン」、「巡洋艦〈オーロラ号〉」といった、ソ連を象徴する数々のシンボルがイコン画の背景のように配置されており、こうした諸々のシンボルによって成り立つ「ソ連」は、あたかも歴史的時間を超越した宗教的楽園を思わせる。しかし同時に、この楽園は世界中の「敵」によって脅かされており、破滅の瀬戸際に立たされていることが示される。

境界の輝く管が粉々に砕け、共和国間の縫い目がほどけ、新しい弱体化した国の穴の開いた境界線上に、太古からの**敵**が現れた。**敵**は海に、海底の動き一つ一つを捉える音響ブイを撒き散らし、宇宙に完全制御の漁網を投げた。ダイヤモンドでできたガラスカッターで、脆い連邦の裂け目を深くした。この裂け目に沿って、壊滅的で最終的な将来の分裂が起こるのだ。すでに工業都市の地下を掘って特別な貯蔵庫が作られており、そこに入ることができるのは、秘密を守る、横柄で汚らわしい顔をしたヤンキーたちだけだ。(14)

「ヤンキー」といった言葉から冷戦の米ソ対立のことかとも思うが、以降の「敵」のリストには、ソ連が打ち負かしたはずのドイツや、同じく敗戦国である日本、同じ社会主義陣営であった中国、さらにはソ連解体後に紛争問題でクローズアップされたチェチェンなども含まれており、歴史的な敵対関係を指しているのではないことは明らかだ。むしろここで描かれる「祖国」(ソ連)と「敵」との対立は、善悪二元論に基づく、脱歴史化された神話的対立のようである。

続けて、七冊の「本」を使いこなす救世主の存在が示唆される。彼は七冊の「本」にこめられた力――善なる「記憶」、崇高な「忍耐」、心からの「喜び」、強大な「力」、神聖な「権力」、高潔な「憤怒」、偉大な「意図」――をすべて体得しており、彼が次から次へと途切れることなく「本」を読んでいる間、「敵」は無力化されるという。

**本**の読み手は、疲れも眠りも知らず、食事も不要だ。死はその献身的な労働よりも小さいものなので、彼を服従させることはできない。この読み手は、永続的な**祖国**の守り手だ。宇宙という広い場所での当直。労働は永遠に続く。守られている国は堅固だ。(15)

こうした神話的ソ連イメージは、クラークが指摘した「神話的アーキタイプ」として物語の中で機能している。結末でアレクセイは「意味の書」の「意図」を実行すべく、緑色のランプが灯された小部屋で七冊の「本」を途切れなく読む準備に入る。まさに「神話的アーキタイプ」の模倣を通じて、主人公の通過儀礼は最終的に完了するのである。

## 不在の「父」の立場の継承

グロモフの本による通過儀礼と「神話的アーキタイプ」の模倣を通じてアレクセイが得る「意味」については、ポストソ連社会における家族論の観点から考えることができるだろう。クラークはスターリニズム全盛だった一九三〇年代のイデオロギー言説におけるソ連社会の「家族性」について、次のように述べている。

この時期のドイツやその他のいくつかの国々同様、ソ連国民は血族関係における諸々の原初的な愛情に焦点を合わせ、それらを社会的献身にとって最有力のシンボルとして印象づけた。ソ連社会の指導者たちは「父」（スターリンは家父長）となり、国家英雄たちは模範的「息子」となり、国家は「家族」あるいは「部族」となった[16]。

こうした擬似家族的国家観の枠組みにおいて、スターリンの死は家族の大黒柱である「父」の喪失であり、九一年のソ連崩壊は巨大な「家族」の離散となる。『ロシアン・ブラザー』（一九九七）や『父、帰る』（二〇〇三）といったポストソ連ロシア映画で、親がいない兄弟の奮闘や、長く不在だった父の謎めいた帰還といった、父の不在を主題にした映画がしばしば人気を集めたことは、そのような家族的国家観の破綻と無関係ではないだろう[17]。

『図書館大戦争』の主人公アレクセイには父母や妹がおり、一見するとそこに家庭問題は存在しない。しかし、この血縁に基づいた家族はアレクセイの人生においてあまり重要な意味を持っていない。むしろ、アレクセイの夢をあきらめさせようとするなど、彼にとって家族は自己実現を阻む障害である。また、彼は学生結婚をするが、結局は自分の夢を捨てきれずに離婚してしまう。かつて尊敬していたおじの訃報を受けて考えるのも、遺産で自分の住居が持てるのではないかといった利己的なことである。

グロモフの本と出会う前のアレクセイは己の夢を追求する個人主義者であり、家族という集団的な問題は彼にとってたいした意味を持たない。だが、アレクセイはおじの遺産整理のために赴いたロシアで、「図書館」「読書室」という別の「家族」を見出す。これらの組織はグロモフという共通の祖を持つことから「クラン」（氏族）と呼ばれているが、その呼び名にも家族的な性格が現れている。個々のクランは上部組織である「図書館評議会」に管理されており、全体的な組織構造は個別の共和国の連合体であるソ連を思わせる。

物語の結末でアレクセイは伝説的な「モホヴァ図書館」の「司書」となるが、ここには不在の「父」の立場の継承というテーマがより明確に現れている。「モホヴァ図書館」は「図書館」の歴史の初期に発生したもっとも強力なクランである。エリザヴェータ・モホヴァは父のいない家庭で育ち、彼女が支配する「モホヴァ図書館」は女性の「読者」のみから構成されている。つまり、「モホヴァ図書館」は不在の「父」に代わって祖国を守る「母」たちの集団なのだ。だが、モホヴァという強大な「母」を失い、読者の高齢化が進むこのクランもまたソ連のように崩壊の危機に瀕している。ここでアレクセイが「司書」の座に就くことは、不在の「父」の立場の継承とも解釈できる。

## ソ連文学のアイロニカルな「再聖化」

『図書館大戦争』について、ある評者はソローキンの二〇〇〇年代の創作スタイルの変化に言及しながら、エリザーロフの作品もまた「スキャンダラスな突飛さから知的に充実したフィクション」へ進化していると評価した(18)。また別の評者は、「ソローキンのもとでは長年にわたって社会主義リアリズムという固い胡桃〔難物〕を踏みつぶし、体制言語のまったき血だまりへと変えてきた脱構築という鉄の踵が、エリザーロフのもとではほぼ正反対の方向へ打撃を与えて」おり、「エリザーロフは穴の開いたソヴィエト帝国とその公式文化に向かって深くこうべを垂れ、退廃を魔法に変えている」と書いている。[19]

ロシアのポストモダン文学はソ連文学を「脱聖化」したと言われる。[20] それに対して、『図書館大戦争』はソ連文学を他の誰も真似できないほど大胆に「再聖化」しているように見える。おそらくはそれが「新しいリアリズム」の作家たちからエリザーロフが好意的に評価される理由なのだろう。

しかしその一方で、「モホヴァ図書館」の「司書」となったアレクセイが窓のない部屋で一人グロモフの「本」を果てしなく読みつづけるという、どこかテレビゲームのヴァーチャルな世界に没頭する現代人の姿を思わせる結末など、『図書館大戦争』にはポストモダン的なアイロニーが濃厚に感じられることも事実である。ロマン・センチンはエリザーロフがいずれ「本物のリアリズム的な心のこもった長篇」を書くだろうと述べているが、[21] 現在のところそれは書かれないままである。

# 第五章

5

# 交叉する二つの自由

## ——自由の探求から不自由の自由へ

## 「生」に基づく自由のジレンマ

これまでの章で論じてきたとおり、ソ連崩壊後のロシア文学はポストモダニズムが「終焉」を迎えた二〇〇〇年前後に大きな転換を迎えた。そうした認識に立ちつつ、本章と次章では「自由」と「アイロニー」という二つの切り口からポストソ連ロシアの文学プロセスを改めて辿ってみたい。

ヴャチェスラフ・クーリツィンは、ポストモダニズム衰退の要因として、それが今や社会にとって「大きなイデオロギー」と化してしまったことを挙げている。(1) だが、マルク・リポヴェツキーが「ロシアで広く宣言されたある大きな美学潮流の〈終焉〉は、何よりもまず反対のこと——当の美学がすでにスキャンダラスな新しさを失い、文化の血の中へかなり深く入り込んだというまさにそのことを意味する」(2) と指摘したように、それはポストモダニズムの諸テーゼが社会に根づいたことの証左であり、ポストモダニズムが無意味になったということでは決してない。

ポストモダニズムの諸テーゼの中でもっとも重要な概念の一つとして、「自由」が挙げられるだろう。言論の自由や信教の自由、多様性の尊重といったことを我々が当然と思うのは、人間は生まれつき自由な存在であって、多様な文化の中で多様な人生を送り、多様な価値観を信じ、かつ実践する権利があると考えているからである。こうした考え方は、リオタールがポストモダン社会の特徴として指摘した「メタ物語」に対する不信と共通するものだ。

だが、自由によって規定された現代社会の在り方を手放しで喜ぶわけにはいかない。たとえばスラヴォイ・ジジェクは「多文化主義」の問題点を次のように指摘している。

〔……〕多文化主義とは、対象との関わりを否認し、攻撃の矛先を反転させ、自己を持ち上げるための比較参照項を設定する形態をもった人種主義、つまり「傍観する人種主義」なのである――多文化主義は〈他者〉のアイデンティティを「尊重する」態度を表明するが、それは〈他者〉とは自己囲繞した「真正な」共同体であると認識することによって、多文化主義を掲げる者が、みずからを特権的な普遍者の位置に就かせた結果として突き放すことができた〈他者〉との距離を維持し続けているからに他ならない。多文化主義とは、それを唱える者が立っている位置から、あらゆる具体的な内容のすべてを取り去ってしまうことで成り立つ人種主義である〔……〕。[3]

ジジェクに言わせれば、多文化主義を唱える者が己の中立性を主張することが欺瞞なのは、そこにヨーロッパ中心主義的な性格があるからですらなく、「その主体がすでに完全なる〈根無し草〉であり、その者が本当に占めている位置は、普遍という名の虚空に過ぎないという事実を隠蔽するための目隠し用のとばりとなる幻想」[4]が伏在しているからなのだ。そして、リベラルな多文化主義者の寛容さは「〈他者〉の文化の独自性にたいして、あまりに過度に容認しながらも、同時にその容認は充分ではないという循環定義に捉えられて[5]」しまうことになる。

今日こうしたジレンマはいわゆる「表現の自由」をめぐる問題に顕在化している。ネオナチや白人至上主義から「在特会」や二〇一五年の「シャルリー・エブド事件」に至るまで、いわゆる「ヘイトスピーチ」を表現の自由として認めるか否か、また何をもって「ヘイトスピーチ」と認定するかは各国で議論の対象になっており、一義的な結論を導くことは難しい。緩い規制はレイシストを社会にのさばらせてしまうことに繋がる一方で、過度な規制は表現の自由を不当に制限する恐れがある。

ここに現れているのは、リベラルな民主主義社会では自由の拡大が同時に自由の制限や管理を要請するという逆説的な事態だ。ミシェル・フーコーは近代への転換期である十八世紀のヨーロッパに現れた、出生率、健康、寿命、公衆衛生、住居などを管理する新しいタイプの権力を「生権力」と名づけた[6]。

このような「生-権力」は、疑う余地もなく、資本主義の発達に不可欠の要因であった。資本主義が保障されてきたのは、ただ、生産機関へと身体を管理された形で組み込むという対価を払ってのみ、そして人口現象を経済的プロセスにはめ込むという代償によってのみなのであった。しかし資本主義はそれ以上のことを要求した。資本主義にとっては、このどちらもが成長・増大することが、その強化と同時にその使用可能性と従順さとが必要だった。資本主義に必要だったのは、力と適応能力と一般に生を増大させつつも、しかもそれらの隷属化をより困難にせずにすむような、そういう権力の方法だったのである。(7)

古代ギリシャの「生」概念では、単に生きているという事実を指す「ゾーエー」と、各個体や集団に特有の生の形式、すなわち政治的・社会的な生である「ビオス」は区別されていたが、(8)資本主義の発達に必要不可欠な「生政治」は、従来の「ビオス」のみならず、それまで政治から排除されてきた「ゾーエー」をも取り込もうとするものであった。

哲学・倫理学者の岡本裕一郎はこれを、自由を制限する近代型の「規律権力」から、自由を拡大すると同時に、それに伴って増大する危険の回避を達成しようとする「生権力」への移行と捉え、高度なセキュリティによって管理されるようになった社会を、ジル・ドゥルーズの管理社会論に依拠しつつ「自由管理社会」と名づけている。それが「自由」だというのは、スマートフォンのように、我々は強制されてではなくむしろ自ら進んでそれを用い、位置情報やパスワードといった情報を登録しているからだ。「自由管理社会」において「管理は自由を否定するのではなく、むしろ自由を条件としている」のである。(9)

## 「死」を運命づけられた自由

リベラルな民主主義という価値観を共有する欧米の先進諸国では、自由の概念は大きなジレンマを抱えながらも、そこに暮らす市民のそれぞれに内面化されたものとして、決して社会の在り方から切り離すことのできないものとなっている。

ひるがえって、ロシアの場合はどうだろうか。共産党の一党独裁下にあったソ連における自由といえば、それは何よりもまずイデオロギーからの、すなわち国家権力からの解放としての自由を意味した。

ロシアのポストモダニズム論者の中でとくに自由の問題に着目したのは、リポヴェツキーである。序章で述べたように、彼はいわゆる「雪どけ」政策の失敗によるソヴィエト・イデオロギーの正当性の失墜と、それに代わる「カオスとしての文化」の出現をもってロシア社会のポストモダン化の契機とした。彼によれば、一九六〇年代以降のソ連の歩みは逆説的な「自由化」の過程に他ならなかった。

〔雪どけ政策の〕諸々の試みはそれ自身の本質からして逆説的だった。というのも、そもそもの最初から「労働の解放」、「人民の自由」、「全員の自由な成長」の条件としての「各人の自由な成長」といったスローガンによって正当化されていた社会が、できてから三十年も経って、まるで一貫性がなく中途半端であったとはいえ、それでもやはり、自らが今後も機能するために自由化を求めたのだから。(10)

だが、こうした状況にあってもなお文化における「自由」への信頼が失われることはなかった。リポヴェツキーは言う――「西欧文明と異なり、エマンシペーション〔社会的・政治的束縛からの解放〕やリベラリズムの諸価値自体は少しもインフレに陥ることなく、逆に、〈六〇年代人〉のリベラリズムにおいてのみならず、文化の、部分的にはポストモダニズムの進化をも含む七〇～八〇年代の文学の発展過程の全般的輪郭においても〈価値の中心〉として感じられていた[11]」。

では、ロシアのポストモダニズムにおける自由は西側のポストモダニズムのそれと比べてどのような特徴を持つのだろうか。リポヴェツキーによれば、洋の東西を問わずモダニズム文化の目的は「個人の意識の自由の最大限の実現」にあったが、ロシアのポストモダニズムにおける自由の意識は西側のそれとは異なっていた。

創造する意識の自由に関するモダニズム神話を、分層・分散させるべき「全体性」の一つと見なす西欧ポストモダニズムと異なり、ロシア・ポストモダニズムは——モダニズムの伝統を覆そうとするのではなく、それを継続しながら——疎外された「祖国のコンテクスト」の探求自体を、自由という文化空間の探求として理解する[12]。

つまり、自由が十全に実現された——リポヴェツキーの言い方では「インフレ」になるまで溢れている——西側とは対照的に、全体主義イデオロギーのもとで自由を奪われつづけてきたロシアの作家にとって、自由は既得のものではなく、あくまでこれからも「探求」されるべきものだった。

しかし、自由の概念がモダニズムの時代とまったく変わらなかったわけではない。ロシアのポストモダニズムにおける自由の捉え方はモダニズムのそれよりもはるかに徹底的であり、「あらゆるディスクールの抑圧からの解放[13]」を要求するものだった。そのような徹底的な解放という意味での自由の意識は、一方で、自由を求める当の作家が自由から疎外されるというジレンマを生んだ。

〔……〕この自由は誰のものでもない。作者がそれを享受することはできない。というのも、例外なくあらゆる文化言語の潜在的な全体主義性を前提としているがゆえに、彼自身が己を美学的唖者へと運命づけてしまい、口なしのままになってしまうのだ。主人公もまたそれを享受できない。仮死状態にされた彼は影――記号の影に変わる。彼の存在は初めからシミュレーション的であり、ゆえに彼の自由は自己パロディー的な虚構でしかあり得ない〔……〕。[14]

かつてロラン・バルトはテクストの背後に想定される神的な「作者」は近代の産物であって、テクストは「さまざまなエクリチュールが、結びつき、異議をとなえあい、そのどれもが起源となることはない」「多次元の空間」であるとする、いわゆる「作者の死」を宣言した。[15] リポヴェツキーが言うには、それに対してロシアの作家は「形而上的な意味ではなく、国家イデオロギーによって粉砕された、文字通りの〈作者の死〉[16]」を経験したのであり、その結果、「死」はロシア・ポストモダニズムのシンボルとなった。そこで「死」は「一つの文化言語を他の文化言語へ翻訳する普遍的戦略となり、古代性と現代性を、アヴァンギャルドと伝統主義を、古典性と通俗文学性を、社会主義リアリズムと高度モダニズムを、相互の存在論的カオスに直面した弱さにおいて、生を整え死を克服する試みの無力さにおいて、結びつける[17]」というのだ。

こうした「死」の意識に裏打ちされた自由観を、欧米社会の「生」に基づく自由観と比較してみれば、その在り方がまったく対照的であることがわかる。西欧のリベラルな社会が自由の観念を生の諸形式のあらゆる隅々にまで拡大・浸透させてきたのに対し、ロシア・ポストモダニズムは生のあらゆる諸形式を「全体主義的」と見なし、にもかかわらずあらゆるディスクールからの自由＝解放を求める。このようなアポリアを背負ったロシア・ポストモダニズムの主体——作者であれ、小説の登場人物であれ——は、求める自由を決して我が物とすることができず、永久に「死」の側へ留まることを余儀なくされる。

## 全体化するカオス——ウラジーミル・ソローキン『青い脂』

リポヴェツキーはロシア・ポストモダニズムにおけるもっともラディカルな自由の実践者として、ウラジーミル・ソローキンを挙げている(18)。たとえば初期の短篇「セルゲイ・アンドレーエヴィチ」では、学校を卒業する生徒たちが恩師のセルゲイ・アンドレーエヴィチとともに夜の森で焚き火を囲む。生徒たちは森について、技術について、星座について、卒業後の進路について語り合う。その後、紅茶を沸かすための水が尽き、教師と教え子のソコロフが森の中へ水を汲みに行く。道中ソコロフは恩師に篤い感謝の気持ちを伝える。川でバケツに水を汲んだ二人は来た道を戻るが、便意を催した教師は教え子に先へ行ってくれと言う。教師は茂みで野糞を垂れ、それを木陰から盗み見ていたソコロフは、教師の放り出した糞便を食べてしまう。

この短篇では美しい師弟愛が自然や技術や工場といった社会主義リアリズムに典型的な話題とともに描かれるが、教え子の恩師へのプラトニックな愛は結末で食糞というスカトロジックな愛にすり替わる。無論こうした表現を公式文学が許容するはずがない。リポヴェツキーはソローキンのテクストを次のように読み解く。

検討されたソローキンの全テクストでは二つのプロセスが同時並行的に生じている。ディスクールの再神話化、その儀式的意味論の再構築が、ディスクールの矛盾の徹底的な暴露、その諸々の構成要素の衝突、一言で言えばディスクールの脱構築と結びついているのであり、それがディスクールを不条理あるいは完全なカオスの状態へと導く。しかしこの両プロセスは同時並行的に生じるので、どんなソローキン的テクストの結果も不条理の神話と、カオスへの統合儀式と化す。[19]

リポヴェツキーは「カオスから生じ、それと共存する秩序は自由であり得る」[20]としながらも、ソローキンの場合には「どのディスクールも不条理の権力やカオスの空虚に帰するのであれば、創造者たる作者にはまったく自分が（仮にでも）見出した自由を表現するための言語がない」[21]。それは「非-他者語」の不在であり、最終的には作者自身がカオスに呑み込まれてしまいかねない[22]。

こうした懸念はソ連崩壊後の一九九九年に発表された長篇『青い脂』（邦訳二〇一二）で現実化した。物語のあらすじは次のようなものだ。時は二〇六八年、シベリアのとある国家の秘密研究所で、ロシア作家の創作プロセスの副産物としてのみ得られる「青脂《せいし》」という特殊な物質の研究が行なわれている。研究者たちは七体のロシア作家のクローンを使って青脂の製造に成功するが、謎の襲撃者たちによって皆殺しにされた上、青脂を奪われる。襲撃者たちの正体はシベリアの山中にアジトを構えるロシアの大地を崇拝するセクト「大地交合教団」であり、彼らはある秘密の目的のため、ゾロアスター教徒たちが発明したタイムマシーンを使って青脂を一九五四年のモスクワに送り込む。このパラレルワールドの過去ではスターリンやヒトラーがいまだ健在であり、両者は青脂をめぐって熾烈な争いを繰り広げる。こうした荒唐無稽にも見えるストーリーの合間あいまに、クローン作家らによる短篇、スターリンとフルシチョフのグロテスクなベッドシーン、アンナ・アフマートワやヨシフ・ブロツキーらソ連時代に弾圧を受けた詩人たちのエピソードなどが随時挿入される。

この作品でもっとも顕著な特徴は、従来のソローキン作品に見られた、秩序とカオスという明確な二元構造の消滅である。作品のコラージュ的な構造からもわかるように、テクスト上では無数の世界が絶えず干渉しつつ混ざり合い、多元的な世界を形成している。さらに『青い脂』では従来のソローキンの作品に顕著だった「破壊」というピリオドが打たれていない。物語の結末近く、オーバーザルツベルクで繰り広げられるヒトラーとの死闘の末、液状化した青脂を注射器で自らの脳に注入したスターリンは、宇宙規模の脳の膨張・収縮を経験した後、物語冒頭の二〇六八年の世界で意識を取り戻す。そこで年老いたスターリンは「ST」という若者のしもべになっており、彼が実は物語前半の主人公であるボリス・グローゲルが手紙を送っていた同性の愛人だということがわかる。つまり、『青い脂』の物語は円環的な構造を有しているのだ。

この作品の印象を、アレクサンドル・ゲニスは覚めることのない悪夢にたとえている。

実際、『青い脂』を読むことは他人の夢を見ることに等しい。そこから一貫性や物語のロジック、芸術的等価性、あるいは脈絡といったものさえ期待してはいけない。無意味な、純粋に夢を見ているような気前のよさでもって、この本は過剰で、不要で、効果のない内容を結びつけているのだ。そこでは余分なものが必要なものに取って代わっている。我々はすべてを知っている——何が必要かということ以外は。(23)

ここでゲニスが「夢」と表現している「一貫性や物語のロジック、芸術的等価性、あるいは脈絡といったもの」が失われた事態を、リポヴェツキーの言葉を借りて「カオス」と言い換えることも可能だろう。つまり、危惧されていたカオスの全体化が『青い脂』において生じているのである。その意味で、リポヴェツキーが本作品をヴィクトル・ペレーヴィンの『ジェネレーション〈P〉』と並べてロシア・ポストモダニズムの「危機」を象徴する作品として取り上げたのも偶然ではない。(24)

しかし、『青い脂』にはカオスに満ちたテクスト空間をかろうじて一つにつなぎ合わせている細い糸のような「秩序」がある。すなわち、物語のキーアイテムであり、ロシア作家の創作活動によってのみ産出される「青脂」である。序盤の主人公で言語促進学者のボリスによれば、青脂は「永久エネルギーの問題をプラス゠ディレクトに解決する」(25)ものとされ、パラレルワールドのスターリンらはそれを未知の新兵器と考えている。未来のシベリアの山中で暮らす「大地交合教団」のメンバーで、ラブレーの『ガルガンチュアとパンタグリュエル』に登場する巨人を思わせる巨大な童子は、教団の長である大マギストルに青脂の性質を次のように説明する。

この物質は地球上に存在するどんなものとも異なる組成をもっております。これは温まりもせず、冷めもせず、常に我々の血と同じ温度を保っています。切ることは可能です——切れますし、ちぎることもできます——破れもします。ですが、灼熱した炉に入れたところで、燃えもせず、熱くもならず、氷穴に入れたところで、冷たくはなりません。永遠に。そしていつまでも人間の生き血と同じ温度を保ちつづけるでしょう。粉々にして風に飛ばしてしまうことはできますが、その粒子はいずれにせよ世界のごこかにあるでしょうし、かりに我々の世界が凍りついて氷の塊になり、あるいは燃え盛る太陽に変わってしまうにしても、青脂は永久にそこに残っているのです。[26]

リポヴェツキーのロジックにしたがえば、ロシア作家の創作プロセスの副産物としてのみ得られる青脂は、まさにロシア・ポストモダニズムにおける「自由」が具現化した物質として解釈することが可能ではないだろうか。それを我が物にすることは究極的な願望の実現を意味する。しかし誰一人として、その実現が具体的にどのような形を取るのかは知らない。誰もがそれを求めるが、誰もそれを手に入れることはできない。かといってそれは破壊されることも消滅することもないまま、カオスに覆い尽くされた世界を永久に漂いつづけるのである。

## カオスへの沈潜——ミハイル・ブートフ『自由』

本書第二章で引用したスヴェトラーナ・ボイムが、九〇年代のロシアについて「世界でもっとも論争的で、エキサイティングで、矛盾した場所の一つ[27]」と書いているように、カオスの問題は文学のみならずソ連崩壊後のロシア文化全般に関わるものであった。

前衛的な出版社アド・マルギネムから出版された『青い脂』は二〇〇二年までに六度も版を重ね、ソローキンの作品としては異例の十万部以上の発行部数を記録した[28]。文学者マクシム・マルセンコフは「歪んだ鏡としてこの長篇に一九九〇年代のロシアの現実が反映されていた[29]」ことがその異例の売り上げの理由だと指摘している。彼によれば、作品の歴史への関心、前半のボリスの手紙や「大地交合教団」に象徴される西欧派とスラブ派の対立、外国語の氾濫などは、どれも九〇年代のロシア社会で現実に見られたものだった[30]。

『青い脂』がこうした九〇年代のロシア社会を「歪んだ鏡」として間接的に映し出していたとすれば、それをありのままの現実《リアル》として直接的に描き出したのが、『青い脂』と同じ九九年に雑誌『新世界』の一、二号に掲載された、その名もずばり『自由』という名の長篇だった[31]。作者のミハイル・ブートフはモスクワ電気通信技術大学を卒業後、九二年に『新世界』に短篇を発表してデビューした作家で、九四年には初の単行本を上梓し、九七年には中篇のドイツ語訳が出版されている。

とはいえ、それまでブートフの知名度は決して高くなかったが、『自由』はその年の「ロシア・ブッカー」賞に輝き、作家は一躍名声を博した。九二年に創設されたこのロシア版のブッカー賞はそれまで比較的ベテランの作家が受賞することが多く、ブートフのような若手作家の受賞は異例だった。ところが、この受賞を受けての批評家らの作品に対する評価には手厳しいものも多く、「自尊心を〈一万二千五百ドルと新聞の顔写真で慰めた〉幸運児[32]」といった書かれ方もされた。岩本和久は、「この年のブッカー賞は最終候補作選定の時点ですでにかなりの不満を呼んでいたのだが、そうした不満を受賞作が一身に浴びてしまった感もある」と書いている。[33]

たしかに同年に発表された『青い脂』や『ジェネレーション〈P〉』といった話題作に較べると、私小説的な内容の『自由』は非常に地味な作品に見える。舞台はソ連崩壊後間もない一九九二年冬のモスクワ、主人公の「私」は失業中の編集者で、知り合いの元演出家が留守の間、彼の部屋に間借りさせてもらっている。時間を持て余している「私」は、フロイトの著作を読んだり、時々旦那持ちの女性と会ったり、部屋に住み着いた蜘蛛に芸を仕込んだりしながら孤独な生活を送っている。やがてそこに「私」の親友のアンドリューハという男が転がり込んでくる。彼は何やらきな臭い仕事に関わっており、「私」に様々な怪しい話を持ちかけてくるが、結局はどれも実現せずに終わる。そんな奇妙な同居生活の中で生活費は底を突き、決断を迫られた「私」は、仕事に就いて恋人と一緒になることを決め、アンドリューハとの関係にもケリをつける。

岩本は、批評家がペレーヴィンやソローキンらのポストモダン小説と比較して『自由』を「退屈」と評していることに対し、「しかし若者の無為の生活から不死の感覚に至る『自由』のような小説こそ、かつて世界文学で〈ポストモダン〉と呼ばれたのではなかったろうか？」[34]と書いているが、実際、この作品を肯定的に評価している批評家たちは、作品を現代ロシアのポストモダン的状況と積極的に関連づけながら論じている。

その一人セルゲイ・アントネンコは、本作をアメリカの代表的なポストモダン小説の一つであるダグラス・クープランドの長篇『ジェネレーションX』（一九九一）と比較し、アメリカとロシア（モスクワ）における自由の差異という観点から作品分析を行なっている。

クープランドの若者たちの生活とモスクワの「自由」との違いは、カウボーイ・サルーンでの撃ち合いと「ロシアン・ルーレット」の決闘との違いと同じだ。アメリカの若者たちには旅を続けられる可能性がある。カリフォルニアの砂漠の向こうにはメキシコが開け、その向こうにはアマゾンの熱帯雨林がある等々。主人公の一時避難所となったモスクワのアパートからは、二つの道が開けている。無という恐ろしい現実（「……この名前は、無だ。これはそういう風に見える」）か、肯定への帰還か――だが、いかなる肯定へ？……。ひとたび「阿片のように甘美で強烈な」、「到達し得ぬものへの憂愁」が住み着いた魂が、諸々の私的な価値に飽き足りることはないのだ[35]。

アントネンコは、売り上げや利益にばかり固執する聖職者の態度に嫌気が差して「私」が教会の冊子製作の仕事を辞めてしまう冒頭のエピソードを挙げ、そこに資本主義的な価値観を受け入れられない「私」の「内面的危機」を読み取る[36]。一方、別の評者であるカレン・ステパニャンは、「私」の体験を「現実との一体感の喪失」と呼んでいる。そして、そうした状況下では言葉も従来の機能を失ってしまうと指摘し[37]、小説の次のくだりを引用している。

住み慣れた我々の世界は決定的に変化し、こう言ってよければ、消滅しつつあり、急速にいっそう幻影的になりつつある。古代ギリシャ人にとって、運動概念を持つには、誰かが目の前を歩いたり、ガレー船が航行したり、太陽が規則的に岬に沈んだりするだけで充分だった。今はこんな簡単にはすまない。「形式」、「事実」、「無限」、「自由」、「持続」といった言葉〔……〕、おそらくどれも思考のためにたいへん重要なはずのこうした言葉は、もはや以前と同じことを意味してはいない。今日、これらの言葉の背後に何があるのか、もはや誰にもはっきりとわからない。私たちは、時代の移り変わりの目撃者なのだ。(38)

『自由』の中で現実との繋がりを失った「言葉」を代表しているのは、主人公の仮住まいに転がり込んでくる親友のアンドリューハである。アンドリューハは内的な世界に閉じこもる鬱的な主人公とは対照的に、絶えず冒険の計画を立てている、一見すると非常に活動的な男だ。しかし実は、そうした計画はどれもこれも実現性がないものばかりであり、最後には精神病院に収容され、行方をくらませる。

「私」は親友の精神状態を次のように分析する。アンドリューハには「巨大で異質な世界を前にした己の弱さ、小さな自我のちっぽけさ」の強い感覚がある。しかし彼は、そのような感覚から生じる恐怖を回避するため、「模倣や、これ見よがしの楽天さや威厳」を誇示する。こうした二面性のために「安心感を意識できず、それを得ようとして幾度も繰り返し自らを袋小路的状況に追い込む」。しかし本人は自分のそうした傾向を自覚しておらず、無意識的に「自殺を、十全かつ完全なる解放となるだろう破滅」を求める。(39)

『自由』における「私」とアンドリューハの関係は、アントネンコが比較項として持ち出したクープランドよりも、日本の村上春樹の初期作品における「僕」と「鼠」の関係性に重なる部分が多いように思われる。『風の歌を聴け』(一九七九)、『1973年のピンボール』(一九八〇)、『羊をめぐる冒険』(一九八二)の初期三部作に登場する「鼠」は、現実社会との繋がりを断ちながら作家になることを志すが、『羊をめぐる冒険』でアンドリューハと同じように破滅的な結末を迎える。語り手の「僕」にとって「鼠」が一種の分身であるのと同じように、『自由』でも「私」とアンドリューハとの身体的類似が仄めかされている(「背丈、顔のタイプ、不細工、といった点で私とアンドリューハは似ていた」)[40]。

「私」は活動的なアンドリューハと異なり、狭い部屋の中に閉じこもって蜘蛛やごきぶりを相手にしながら、実存的不安からの出口を求める。それは現実世界に対する「私」なりのささやかな抵抗なのだ。

　しかし、外見はこうしてすべて整っていたにもかかわらず、私の生活も同様に平坦で穏やかというわけではまったくなかった。何しろ、結局のところ、私が期限までここに引きこもることにしたのは、ある日無職になってしまい、何から新しく始めればいいか想像できなかったということだけが理由ではなかったのだ。私は沈黙の中で出口を探り当てることを期待していた。秘められた存在の鍛錬へと変えようと努めていたこの人生が、歯医者を訪ねたときのように、椅子に座らされ、痛いことをされ、金を取られる、というお決まりの展開になる宿命だということをまだ認めたくなく、まだ抗議したかったのだ……[41]。

「引きこもり」という行為の象徴的な意味を考えるに当たって、またもや村上の作品が参考になる。長篇『ねじまき鳥クロニクル』（一九九四‐九五）には主人公の「僕」が涸れた井戸に入るエピソードがあるが、文学研究者の徐忍宇によれば、村上にとって井戸は「自己分裂（＝自我の不在）から逃れ、再び自我を獲得する空間（＝死と再生の空間）」である。[42]『自由』の「私」が閉じこもる部屋もまたそのような「死と再生の空間」に他ならず、そこで「私」は自分とアンドリュー・ハという分裂した自我と対話しながら、自我の回復を目指す。ここでいう「回復」とはつまり失われた現実との結びつきの再生であるが、それは容易なことではない。

〔……〕世界をまた新たにゼロから把握せねばならない。これは恐ろしい屈折であり、いつの日か整然さへと、自覚的な目標設定へと戻れるという一縷の希望もなしに、長い放浪へと、カオスへと悲劇的に沈潜するということなのだ。[43]

最終的に「私」は曖昧な関係を続けていた恋人という「他者」を受け入れ、職を得て実社会へ復帰するという形で、現実との結びつきを回復する。図らずも「私」はここで現実と向き合うことを「カオスへの沈潜」と呼んでいる。リポヴェツキーが『青い脂』の全体化したカオスにロシア・ポストモダニズムの「危機」を見出したのに対して、『自由』の「私」はカオスと化した現実に飛び込むことで現実との結びつきを回復し、実存的危機を脱するのである。

## 不自由を選ぶ自由

『自由』が二〇一一年にロシアで再版された際の「世紀を締めくくり、新世紀を開始するしるしとなるロシア散文」というコピーは、二〇〇〇年代のロシアにおける自由に対する考え方の変化を考える上で示唆的だ。

ロシア・ポストモダニズムにおける自由は、何よりもまずソヴィエト・イデオロギーからの「解放」を意味していた。ところが、イデオロギーを支えていた国家自体の消滅により自由は解放されるべき明確な対象を喪失し、『青い脂』はそんな自由の目的喪失を象徴するかのような作品だった。それに対して、『自由』で扱われている自由の問題は、ソ連崩壊がロシアにもたらした新たな社会、すなわち欧米の資本主義社会のメカニズムと密接に結びついていた。あくまで象徴的な意味でだが、両作品が世に出た九九年を、ロシア・ポストモダニズムの「死」の自由から、欧米的な「生」の自由への転換点と考えることができるのではないだろうか。事実、〇〇年代のロシアでは自由はもはや何らかのイデオロギーからの「解放」ではなく、資本主義やリベラリズムといった欧米的な価値観と結びついて語られることが圧倒的に多くなる。

では、『自由』の結末にあるように、ロシアの作家たちは欧米的な「生」の自由を受け入れ、カオスとしての世界を「また新たにゼロから把握」することにしたのだろうか。いや、そうはならなかった。文芸批評家レフ・ダニールキンの「ゼロ年代」ロシア文学論（二〇一〇）によれば、九〇年代のロシア文学に決定的な影響を与えていたのはやはりイデオロギーからの「解放」としての自由であり、今後もこうした自由は拡大を続けるだろうと思われていたが、〇〇年代に入ってその予想は裏切られることになった。

〔……〕ソヴィエト・イデオロギーの代わりに社会に押しつけられた「自由」は、第一に、うまく事前販売《プリセリング》の準備をパスした商品だったのであり、第二に、それもまたイデオロギー的な産物だった。二十一世紀初頭の文学におけるほど、俗物に成り下がり、プチブル的な価値を賛美する自由以外のいかなる自由も存在しない、といった話題が文学で頻繁に繰り返されたことは、いまだかつてなかった。〔……〕ゼロ年代文学の主たる軋轢《あつれき》となったのは、自由の拒絶、自由の危険、「不自由」の優越という体験だった。(44)

自由はなぜ〇〇年代に入ってにわかに欧米から押しつけられたイデオロギーと感じられるようになったのか。一見逆説めいているこの転換も、解放としての「死」の自由と欧米の「生」の自由を分けて考えることによってクリアになる。そして〇〇年代における「生」の自由の優勢は、皮肉にもロシア的な「死」の自由の再活性化を促すことになった。

それを象徴するような興味深い対談が、二〇〇三年、ある総合雑誌上でボイムとボリス・グロイスによって行なわれている。(45) そこでグロイスはアイザイア・バーリンの有名な「積極的自由」と「消極的自由」という二つの自由概念を持ち出している。バーリンは全体主義に繋がる危険性のある積極的自由よりも、西欧近代の市民社会の原理である非目的論的かつ開かれた消極的自由により重要な意義を見出しているが、(46) グロイスはここであえて積極的自由の擁護に回る。彼はナチスに協力した映画監督レニ・リーフェンシュタールや建築家アルベルト・シュペーアを積極的自由の実践者として挙げ、彼らは自分たちのプロジェクトを国全体のものとしてトータルに実現できたと述べる。しかし、現代ではもはやこのような積極的自由の行使は不可能だ。

ヒロイズムは不可能だ、自由の行為としてのクリエイティヴィティは不可能だ。問題は次の点にある——法治社会で暮らしていれば、あらゆることに許可を受けることが義務となり、そのために誰かに頼み込まねばならない。もちろん許可されることもあるし、必ずしも機械的に拒否されるわけではない。だが許可された場合でも、許可を与える者への従属状態に置かれる。問題は、自分のやっていることが他者の自由を侵害するか否かを決定する主体に自分がなれないことにある。つまり、それは自分に訊ねられることではなく、もっぱら他人に訊ねることなのだ。(47)

しかし、この対談においてグロイスは積極的自由を擁護しながらも、自身の「プロジェクト」を何ら具体的な形で提示することはなく、ひたすら西欧のリベラルで「開かれた」社会に対する批判に終始しており、その意味では解放という意味の消極的自由のようにも見える。ナチス芸術家の賛美の背景にあるのも、おそらくは欧米的な「生」の自由からの解放を求める「死」の自由の意識なのではないだろうか。

## 宗教的探求としての自由――アレクサンドル・イリチェフスキー『マティス』

自由を主題とする作品は二〇〇〇年代のロシア文学にも見られる。本章では最後に、アレクサンドル・イリチェフスキー（一九七〇－）のロシア・ブッカー賞受賞長篇『マティス』（二〇〇六）を取り上げてみたい。

アゼルバイジャン共和国出身で、大学で理論物理学を学んだという異色の経歴の持ち主であるイリチェフスキーは、先に触れた『自由』の再版本に次のような推薦文を寄せている。「長篇『自由』はお気に入りの本で、ロシア文学の最高の存在形式の模範の一つだ。彼の主人公たちの冒険は、一九九〇年代初頭の困難な時期の爆発的な雰囲気の中での実存的支柱の探求と共通している」。そして、この『マティス』もやはりソ連崩壊後のロシアを主な舞台とし、「実存的支柱の探求」というテーマをより深く掘り下げた作品となっている。

本作には三人の主人公がいる。最初の二人はヴァージャとナージャという若き路上生活者の二人組である。二人はモスクワ中心部のプレスニャという地域で生活し、アパートの踊り場をねぐらとしている。

ヴァージャはポストモダン社会の「根無し草」を体現するかのような人物だ。彼はノヴォデヴィチ修道院で孤児として育てられた「首都の経歴」と、アストラハンで生まれ、チェチェンで捕虜にされたという「南部の経歴」という二つの経歴を有している。どちらかが（あるいはどちらも）嘘なわけだが、自己証明の手段を持たないホームレスの彼にとって、あらゆる語りは作り話＝神話と化す。

一方、相棒のナージャは口が利けないのかと思えるほど無口である。幼いナージャは母とともにほとんど無一文でアゼルバイジャンからロシアのプスコフにやって来たが、その母を病気で亡くす。その後ひょんなことからヴァージャと出会い、以来行動をともにするようになる。放浪生活にどっぷり浸っている彼とは対照的に、彼女は安住の地を求めており、電気プレートのあるアパートを借りることを夢に見たりする。彼女には死に対するおぼろげな恐怖がある（「恐ろしかったのは、どこで人間が終わるか理解できないことだった」[48]）が、ヴァージャには理解されない。

三人目の主人公はコロリョフという青年である。彼は孤児院で生まれ育ち、学校時代は数学の神童で、「キング」というあだ名をつけられるほどだった。学者の道を志すも、ソ連崩壊による社会の激変によって国内で学問を続けるのが困難になり、デンマークへ留学する。しかし数年後にモスクワへ戻った頃には、もはや学者の道は閉ざされていた。コロリョフはアルバイトを転々としながら七年間も不規則な生活を続け、ギッティスという怪しげな経営者のもとでなんとか安定した職を得る。

ブートフの『自由』やペレーヴィンの『ジェネレーション〈P〉』と同じく、コロリョフの人生にもソ連崩壊が暗い影を落としている。詩という「永遠の労働」に身を捧げるつもりでいたタタールスキー同様、彼は幼い頃から数学の世界に没頭するなど、長いこと「自己存在の充実を宇宙の自然科学的認識に忠実であることに根拠づけていた」[49]。ところがそこにソ連崩壊が起きた。彼は自分と同じ一九七〇年前後生まれの世代が経験したこの社会変革を「ツナミ」という言葉で表現する。[50] 彼にとって、その後に到来した資本主義社会は、科学法則の安定性や確実性とは正反対の、流動性や不確実性に支配された世界だった。そんな世界を彼は恐怖するが、その恐怖はもはや「国家権力」のような抽象的なものではなく、ありふれた日常に偏在するものだ。

まったき安全があり、外的な脅威は完全に不在で、上の世代が糧とし、今や無に帰してしまった世界の終わりは、最終的に起こり得ないものになった――にもかかわらず、至るところに恐怖が氾濫していた。日々の透明な恐怖が目に映り、周囲の恐怖がゼリーのように凍りつき、濃密な真空の塊となってぐらぐら震えた。人々――貧困化に、日々の虚しさの闇にもはや感覚が麻痺した人々――は何を恐れているのかも知らず、鋭く、落ち着きなく恐れていた。恐怖保存の法則が作用していた。遠くにある審級や権力世界の抽象概念ではなく、具体的な日常、具体的な交通警察官《ガイーシニク》、具体的な野蛮行為、具体的な悪罵、干渉を恐れていた。(51)

利益のみを追求する資本主義社会に絶望したコロリョフは、趣味で風景画を始めるなど次第に「路上」への関心を増大させていき、ついには自宅のアパートに住み着いていたヴァージャとナージャとともに放浪生活を始める。社会からのドロップアウトを機に、それまで閉所恐怖症のコロリョフを圧迫してきた大都会モスクワは巨大な「蜂の巣状の迷宮」(52)へと姿を変える。

## 自己目的化する自由

こうした旅の要素、そして主人公の内面と外界の風景との関係性は、イリチェフスキーの創作において重要な意味を持っている。批評家ワレリヤ・プストワヤによれば、イリチェフスキーの作品には「視力を賛美する主人公が、実際には見えないものを探す[53]」という逆説が含まれているという。

そう、イリチェフスキーの散文における心理的な「旅」は、しばしば日常生活の恐怖や不自由からの逃亡として体験されている。しかし、ひとたび家の領域の外に出れば、「〜からの逃亡」は急速に「〜への放浪」に変化する。移動が即座に獲得するのは、地理的論理などではまったくない。主人公の目的は、啓示への渇望とでも言い表すことのできるものなのだ[54]。

意図的かどうか定かではないが、ここでプストワヤが用いている「〜からの逃亡」、「〜への放浪」という表現は、グロイスがボイムとの対談で引き合いに出した消極的自由と積極的自由に対応している。コロリョフの自由は、その契機においては資本主義社会「からの」消極的自由であるが、それはたちまち何ものかを希求する積極的自由に変わる。

しかし、コロリョフが希求するもの——プストワヤの表現を借りれば「啓示」——は作中では明示されない。コロリョフはやがてヴァージャとナージャとともにモスクワを離れて南部へ向かい、オカ川流域でベトナム人が経営する農場で働く。そこで病気に罹ったコロリョフは、病院代わりに使用されている改修された修道院に入院する。そして冬を越し、退院したコロリョフが太陽の方角を目指して歩きだしたところで物語は終わる。

プストワヤによれば、「彼［コロリョフ］の放浪生活は、自由の探求以外の何ものにも制約されていない[55]」。裏を返せば、それはコロリョフにとって自由が自己目的化しているということであり、対談でのグロイスと同じく、自由の積極性はその明確な対象を持たない。

乗松亨平は、ロシアの社会学者レフ・グトコフとボリス・ドゥービンを参照しながら、「権力というXを標的として〈Xからの自由〉を目指し、〈Xにとっての他者〉であること、〈Xではない〉ことにアイデンティティを見出してきたソ連知識人は、その結果、〈私はXである〉、〈私はXを目指す〉という積極的なアイデンティティを充分育めなかったことになる(56)」と指摘している。

本章でも見てきたように、ソ連崩壊後のロシア社会において「解放」としての自由はいったんは衰えたものの、西側的な「生」の自由が浸透するにつれ、再び強力な対抗原理として機能している。〇〇年代ロシア文学において見られるソ連や帝政といった死んだ過去への回帰現象は、ポストソ連ロシアにおいて積極的なアイデンティティを見いだすことの困難さの表れなのかもしれない。

第六章

6

# アイロニーの終焉

## ——ポストソ連ロシアにおけるチェチェン戦争表象

## アメリカ同時多発テロとチェチェン戦争

ジャン・ボードリヤールは大量消費社会における現実に対するシミュレーション・モデルの先行という新たな事態を指摘したが、『湾岸戦争は起こらなかった』(一九九二)で彼はそれを「戦争」という人類にとって究極的な現実にまで当てはめた。一九九一年一月一七日、イラクによるクウェート侵攻を機にアメリカを中心とする多国籍軍がイラクに空爆を仕掛けたことで始まり、わずか一ヵ月半で収束した湾岸戦争は、ボードリヤールに言わせれば「戦争と戦争の起こらない状態《ゲール・ノン・ゲール》」(1)の同時発生に他ならなかった。つまり戦争は確かに発生したのだが、それは事前に存在していた戦争のシミュレーション・モデルに沿って事態が推移したに過ぎず、ある意味ですべてが「予定調和」だった。そして、このようにもはや先行するシミュレーション・モデルを超越するようないかなる出来事も起こりえないとする状態は、「出来事が起こらない状況《ノン・エヴェヌマン》」(2)と呼ばれた。

後に有名になったフランシス・フクヤマの「歴史の終わり」が象徴しているように、

東西冷戦が終結し、最終的に民主主義と自由経済が覇権を握ったかに見えた九〇年代には「出来事が起こらない状況《ノン・エヴェヌマン》」は現実味を持って受け止められた。ところが、新世紀を迎えて間もない二〇〇一年九月十一日、アメリカで発生した同時多発テロはそうした認識に再考を促すものとなった。「出来事が起こらない状況《ノン・エヴェヌマン》」を指摘したボードリヤールは九・一一後間もなく『ル・モンド』紙に「テロリズムの精神」と題するテクストを発表し、あたかも前言を翻すかのように、今回のテロは湾岸戦争とは異なり「グローバリゼーションそのものを挫折させるような」、「純粋な出来事」だと位置づけた[3]。「結局、それを実行したのは彼らだが、望んだのは私たちの方なのだ[4]」と彼は書いている。

> これまでにも、無数のカタストロフィー映画がこの種の幻覚を映像化してきた。もちろん、映像をつうじてすべてを特殊撮影の効果にごっぷりと浸すことで、現実のカタストロフィーを封じこめてきたのである。けれども、こうした映画がもたらす魅力は、じつはポルノ映画に匹敵するものであり、行為への移行がいつも間近に迫っていることを実感させてくれる——あらゆるシステムを否認したいという願望は、システムが完璧で全能な状態に近づくほど、ますます激しくなる[5]。

システムが完全かつ全能な状態に近づくほどそれを否認したい願望が強まるという逆説に、晩年のボードリヤールは「悪の知性」を見出した。悪といってもそれは悪事や悪人といった一般的な意味の悪ではなく、「悪がわれわれのすべての行為に自動的に含まれる[6]」という存在の根元的なレベルにおける悪である。悪は「二者対立的形態」[7]であって、コインの裏表と同じく、善から悪だけを都合よく切り離すことはできない。よって悪を語るということは、「支配と対立のあらゆる過程のなかには、秘密の共犯関係が結ばれており、合意と均衡のあらゆる過程のなかには、秘密の敵対関係が存在していると語ること」[8]となる。その意味で、テロリズムという「悪」は「全能性を獲得したパワーの内部分裂の表現」[9]として解釈される。

ロシアの知識人もまた、全世界に衝撃を与えたアメリカ同時多発テロにいち早く反応した。その一人ミハイル・エプシテインは、ボードリヤールと驚くほど似通った主張を展開している。旅客機が激突した世界貿易センタービルは皮肉にも「モダニズム終焉」の象徴となったあのプルーイット・アイゴーの設計者ミノル・ヤマザキによるものだったが、エプシテインは世界貿易センタービルが倒壊した二〇〇一年九月十一日をポストモダニズム終焉の日として位置づけた。

［プルーイット・アイゴーの爆破解体と］まったく同じ年代的正確さでもって認定することができる——二〇〇一年九月十一日十時二十八分、グローバル資本の財政力と輝きを体現していた世界貿易センターの二つのビルの崩壊とともに、ポストモダニズムの時代は終わったのだと。ただし、モダニズムの住宅団地とは異なり、建設行為ではなく、双子の建物とともに数千人の生命を奪い去ったテロ行為によって終わりを迎えたのだ。現実、真正さ、単一性——反復や引用の遊戯、相似のものの相互反映に基づくポストモダニズムの詩学において軽蔑すべきものと見なされていた諸々のカテゴリー——が残酷に復讐したのだ。[10]

エプシテインはボードリヤールに言及しながら、湾岸戦争という「ハイテク戦争」では戦争という現実があたかもテレビゲームのような幻想に転化したが、それとは逆に、今回のアメリカでのテロにおいては、人々が『インデペンデンス・デイ』(一九九六)などの娯楽映画で親しんでいたニューヨークの破壊という幻想が現実と化したのだと述べる。エプシテインの記事は「テロリズムの精神」よりも早く書かれたものだが、現実のシミュレーション化からシミュレーションの現実化へというボードリヤールの分析を先取りしている。

二〇〇〇年代以降もポストモダニズム論を展開したリポヴェツキーは、ロシアのコンテクストでアメリカ同時多発テロに比することのできる出来事として、一九九九年にモスクワなどロシアの複数の都市で発生した「ロシア高層アパート連続爆破事件」を挙げている(11)。彼は第二次チェチェン戦争勃発の一因となったこの事件を契機とする社会の変質について、思想家ミハイル・ルイクリンの次のような文章を引いている。

〔……〕似非市場改革に幻滅し疲弊した人々は、自分たちが手に入れた自由を、プーチン大統領がそのシンボルとなった民族安全保障国家に委ねてしまったのだ。その際に彼らはおそらく、現在のロシア国家がソ連型の集団主義的制度というよりは、むしろ民間の巨大コーポレーションであることを自覚していなかった。事実上、この大規模なコーポレーションの私的な利害が普遍的だと宣言されたわけだが、それは、その喪失に対して人々が痛みを味わった「現実の社会主義の長所」(失業者ゼロ、ルーブル相場の安定、大国の地位等々)をロシア国民に返そうとはしなかった——したくてもできなかっただろうが。その結果として新政府は、ソ連的なステレオタイプ（その背後には今や別の中身が隠れている）を模倣し、敵のイメージを創出しながら社会を団結させるほかなかったのである。(12)

リポヴェツキーによれば、こうした変化は真っ先にロシア国内のマスメディアや大衆映画に現れ、その主たる特徴は次のようなものだった。すなわち、「必然的に帝国主義的刻印を帯びる〈大きな〉スタイルの諸特徴のノスタルジックな復興」（ニキータ・ミハルコフ『シベリアの理髪師』［一九九八］、ニコライ・レーベジェフ『東部戦線1944』［二〇〇二］、フィリップ・ヤンコフスキー『五等官』［二〇〇五］、フョードル・ボンダルチュク『第9中隊』［二〇〇五］等々）、あるいは「エスニックな（社会的、宗教的、イデオロギー的）他者への侮辱によって民族的優越を確信させる新しい——実際にはさんざん使い古された——〈肯定的〉主人公の探求」（アレクセイ・バラバーノフ『ロシアン・ブラザー』［一九九七］、同『ブラザー2』［二〇〇〇］、スタニスラフ・ゴヴォルーヒン『ヴォロシーロフの狙撃兵』［一九九九］等々）。(13) つまり、「権力のレトリックにおいても、大衆の〈希望や期待〉においても、ラディカルな近代化戦略から社会的単一性と安定性の前近代的モデル（民族的な、しばしば血縁的な同族関係、単一の宗教、軍隊からマフィアに至る様々な社会的〈家族〉）への転換」が生じたのである。(14)

## コーカサス表象をめぐるアイロニー

本章ではリポヴェツキーのこうした指摘を踏まえ、九九年にモスクワで起こった高層アパート連続爆破事件がポストソ連ロシア社会にとって一つのターニングポイントとなったとの認識に立ちながら、それが引き金となって始まった第二次チェチェン戦争を扱った芸術表象が、九〇年代の第一次チェチェン戦争を扱ったそれとどのような質的差異を有しているかを分析する。分析の素材となるのは、九〇年代半ばから〇〇年代半ばにかけてのチェチェン戦争をテーマとした一連のロシア文学・映画作品である。

ここで分析の指標として導入したいのが、戦争表象にまつわる「アイロニー」の要素である。前章でも触れたように、ヴャチェスラフ・クーリツィンは九七年の論文でポストモダニズム終焉の理由としてポストモダニズムのテーゼが「大きなイデオロギー」と化したこと、そして深みに欠け、あまりにもインテリすぎるということを挙げていた。二〇〇〇年に出版された彼の著作『ロシアの文学的ポストモダニズム』に同論考が再録された際、この箇所には大幅な加筆修正が施されており、そこでは二番目の理由が「アイロニーの終焉」と言い換えられている。

以前なら〔アイロニーの〕順調さは、まさしく普遍性、その中でアイロニストたちが自らの脱構築主義者像を構築していた全体主義的文化空間の普遍性によって保障されていた。まさに彼らの少なからぬ活動のおかげもあって、普遍的な空間は数多のローカルな空間に分解した。そして論点はもはや普遍的なものをアイロニカルに語ることではなく、〔数多のローカルな空間から〕自分に適当な部分を選ぶことにあるのだ。(15)

古くはソクラテスに起源を持つアイロニーの概念は非常に多義的だが、ポストモダニズムのコンテクストではとりわけアメリカの哲学者リチャード・ローティの議論が重要である。彼は「アイロニスト」を次のように定義している。

私は「リベラル」という言葉の定義をジュディス・シュクラーから借りている。シュクラーの謂いによれば、残酷さこそ私たちがなしうる最悪のことだと考える人びとが、リベラルである。私は、自分にとって最も重要な信念や欲求の偶然性に直面する類の人物——つまりそうした重要な信念や欲求は、時間と偶然の範囲を超えた何ものかに関連しているのだ、という考えを棄て去るほどに歴史主義的《ヒストリシスト》で唯名論的《ノミナリスト》な人——を、「アイロニスト」と名づけている。リベラル・アイロニストとは、このような基礎づけえない欲求の一つとして、人が受ける苦しみは減少してゆくであろうという、そして人間存在が他の人間存在を辱めることをやめるかもしれないという、自らの希望を挙げる者のことである。(16)

このようなアイロニストは、「何ごとも記述し直すことによって善くも悪くも見せることができると理解し」、「自らを記述する用語が変化に曝されるのをつねに意識し、自らの終極の語彙、したがって自己の偶然性と毀れやすさ《フラジリティ》をつねに意識するがゆえに、自分自身を生真面目に受けとめることがまったくできない」(17)。ここで言われている「終極の語彙」とは、自己を正当化するもっとも強い根拠となる言葉のことであり、「こうした言葉の価値が疑われたときに、この言葉を使う者は循環論法に陥らざるをえな(18)」くなる。

いかなる形而上学や本質主義にも抗うアイロニストが重視するのは、「再記述」の反復である。なぜなら、アイロニストにとって「或る終極の語彙の批評としての役目を果たしうるのは、別の終極の語彙をおいてほかにはな」く、「再記述に対しては、再-再-再記述する以外に解答するすべはない」からだ。[19] こうした際限のない「再記述」の有効性が、近代の「大きな物語」の終焉という認識に担保されていることは言うまでもない。

では、九〇年代のロシアではそうしたアイロニーはなぜ機能不全に陥ったのか。本題に入る前に、そもそも現在のチェチェン共和国を含むコーカサス地域を題材にした作品がロシア文学において重要な位置を占めていたことと、そこに存在したアイロニーの力学を確認しておこう。コーカサスのモチーフを文学に導入した作品の筆頭に挙げられるのは、アレクサンドル・プーシキンが自身の旅行体験を基にして書いた『コーカサスの虜』（一八二二）であり、この叙事詩はロシア文学に「コーカサスもの」の流行をもたらした。ミハイル・レールモントフは若い頃にこのプーシキンの詩の改作とも言うべき同名叙事詩「コーカサスの虜」（一八二八）を書き、後には叙事詩『ムツィリ』（一八四〇）や古典的長篇『現代の英雄』（一八四〇）を著した。さらに十九世紀後半から二十世紀初頭にかけてはレフ・トルストイが長篇『コサック』（一八六三）や、やはりプーシキンと同名の短篇「コーカサスの虜」（一八七二）、長篇『ハジ・ムラート』（一九一二）などを書いている。

こうした主として十九世紀に書かれたコーカサス地方を題材とする古典は、ロシア人のコーカサス・イメージ形成に大きく影響した。たとえば「コーカサスの虜」という表題を持つ作品が複数の作家によって書き継がれているように、そこで繰り返し描かれる「ロシア人がコーカサス人の捕虜になる」という状況は、ロシア作家がコーカサスものを描く際に典型的に借用されるものとなっている。

乗松亨平は十九世紀ロシア・リアリズムの成立をコーカサス地方の植民地表象を通じて分析した『リアリズムの条件』（二〇〇九）の結論で、ロシア文学におけるリアリズムの成立と深く関わる時期に繰り返し生産されてきたコーカサス表象がアイロニーを含んでいると指摘し、そのプロセスを次のように説明している。ロシア文学にとってコーカサスは「他者」の表象という問題と関わっていたが、文学的テクストとして表象される以前の「親密な公共圏」においては、テクストと「行為＝人生」は等価であり、そこではまだテクストと「現実」の差異が問われることはない。しかし、ロマン主義的なテクストが「行為＝人生から遊離した〈虚偽〉」として認識され、テクストと「現実」の差異が問われはじめるに及び、作家たちはアイロニーという道具を用いて「現実」と「虚偽」の問題に様々なアプローチを行いはじめた。プーシキンはテクストの「虚偽性」を強調することによってテクスト外にある「現実」を指示し（『エルズルム紀行』〔一八三六〕）、レールモントフはテクストにおける「真／偽の分割自体をアイロニーにより遅延」した（『現代の英雄』）。しかしこうした遅延はアイロニカルな衝迫自体の忘却につながり、テクストと「現実」を同一視する素朴な反映論に陥る危険性を孕んでいた。それに対して、トルストイはテクストの「虚偽」自体の「現実性」に焦点を当てることでアイロニーの無限化を食い止めた（『コサック』）[20]。

## 二つの「コーカサスの虜」

乗松は十九世紀のロシア・リアリズム文学の成立過程にアイロニーのサイクル（虚偽としてのテクスト、現実の遅延、虚偽自体の現実性）を読み取ったが、ポストソ連ロシアのチェチェン戦争表象に目を向けてみれば、こうしたアイロニーはいまだ健在であるばかりか、映画やテレビ報道といったメディアの発展・拡大によりますます強固かつ複雑なものになっていることがわかる。まずは九〇年代半ばに発表された二つの現代版「コーカサスの虜」を検討してみよう。

最初に取り上げる「コーカサスの虜」は、作家ウラジーミル・マカーニン（一九三七－二〇一七）によるものだ。マカーニンは一九六五年に『直線』でデビューして以来、ソ連・ロシア期にわたって創作活動を行なった作家であり、ソ連崩壊後の九〇年代も中篇『抜け穴』[21]（一九九一）、長篇『アンダーグラウンド、あるいは現代の英雄』（一九九八）などの作品で存在感を示してきた。九三年には「ロシア・ブッカー賞」を受賞している。

そんなベテラン作家による短篇「コーカサスの捕虜」[22]（一九九四）の内容は次の通り。とある山岳地帯でチェチェン軍が道路を封鎖しており、年長のロシア兵ルバーヒンと若い銃兵ヴォーフカは上官のグーロフ中佐に掛け合うが、彼はチェチェンの武器商人アリベコフとの武器の交換に関する交渉にかかり切りで相手にしてくれない。運よくとある美男のチェチェン人捕虜を手に入れたルバーヒンは、捕虜の交換を条件に封鎖を解除させるべく、ヴォーフカとともに捕虜を連れて山に入る。行動をともにしているうち、ルバーヒンは次第に捕虜の青年の美しさに魅了されていくが、最終的にはチェチェン軍の部隊に見つかりそうになり、助けを呼ぼうとした捕虜をやむなく殺害する。

この短篇を読んですぐに気がつくのは、プーシキンの作品にある捕らえる者／捕らわれる者の関係がアイロニカルに逆転されていることだ。しかし物語が進み、ルバーヒンが捕虜の青年の美しさの「虜」となっていくにつれ、いつの間にか捕らえる者／捕らわれる者の関係はまたさらに逆転してしまう。しかもプーシキンの作品ではロシア人を魅了するのはコーカサス人の女性だが、マカーニン版ではそれが男性となり、同性愛的な要素が導入されている。

こうしたいくつもの「転倒」によって作者が捕らえる者／捕らわれる者の関係性を故意に攪乱しようとしていることは明らかだ。それは物語前半でチェチェン人武器商人アリベコフがロシア人中佐グーロフに向かって言い放つ次のような言葉にも表れている。

アリベコフは笑う。
「冗談を言え、ペトローヴィチ。俺が捕虜なもんか……。ここじゃあんたの方が捕虜なんだ！」笑いながら、彼は手押し車を熱心に押しているルバーヒンを指差す。「やつは捕虜だ。あんたは捕虜だ。そして、あんたの兵士ひとりひとりが捕虜なんだ！」(23)

小説の冒頭にはドストエフスキー『白痴』（一八六八）の有名な「美は世界を救う」というフレーズが引用されている。(24)作者は意識的に古典の図式を攪乱し、それと同時にチェチェンの自然やチェチェン人青年の「美」といった、人種や民族を超越する普遍的な観念を強調することによって、「戦争のロジックとロシア軍の（今のところ疑いのない）優越を動揺させる」(25)ことを目論んでいる、とひとまずは言えるだろう。

第二の「コーカサスの虜」は、セルゲイ・ボドロフ（一九四八－）監督による映画作品『コーカサスの虜』(一九九六) である。ボドロフは『自由はパラダイス』(一九八九) でモントリオール世界映画祭の「最優秀作品賞」を受賞するなど世界的に著名なロシアの映画監督で、息子のセルゲイ・ボドロフ・ジュニア (一九七一ー二〇〇二) も俳優として活躍し、この『コーカサスの虜』のほか以下で取り上げるアレクセイ・バラバーノフ監督の映画でも主演したが、二〇〇二年、映画の撮影中に雪崩に巻き込まれて死亡した。

ボドロフはトルストイの児童向け短篇「コーカサスの虜」を現代のチェチェン戦争のコンテクストに合わせて再構築している。オレグ・メニシコフ (一九六〇ー ) 演じるサーニャとボドロフ・ジュニア演じるイワンという二人のロシア兵が、山岳の村に住むチェチェン人アブドゥルの捕虜になる。アブドゥルもまた自分の息子がロシア側に捕らわれており、彼は二人の捕虜と交換に自分の息子を救出したいと考えているが、ロシア側は交渉に応じない。業を煮やしたアブドゥルは捕虜たちに手紙を書かせ、彼らの母親から軍部に直接働きかけてもらおうとするが、それも上手くいかない。事態がなかなか進展しない中、二人の捕虜は脱走を試みるも、サーニャは捕まった後に惨殺される。再び捕虜の身となったイワンも絶体絶命の危機に陥るが、彼に好意を寄せるアブドゥルの娘ジーナに助けられる。アブドゥルは脱走したイワンに銃を向けるが、結局引き金を引くことができず、イワンを逃がす。

映画のプロットはトルストイの原作をかなり忠実になぞっている。異なる点としては時代背景や一人の捕虜の死 (原作では二人とも生還する) などが挙げられるが、中でも注目すべき変更点は、ロシア人を捕虜にした理由である。原作ではアブドゥルは借金の形にロシア人を捕虜にするが、映画のアブドゥルはロシア側の捕虜となっている自分の息子を救出するためにロシア人を捕虜にする。

映画は捕らえる者／捕らわれる者という原作の図式を踏襲しつつ、マカーニンの短篇と同じくアイロニカルな改変を加えている。すなわち、捕らえる者（アブドゥル）の側にも捕らわれる者（その息子）が存在し、原作の一方向的な関係が二重化され、双方向化されているのだ。捕らえる者の側にも捕らわれる者が存在するというこの二重性により、アブドゥルがイワンに同情する可能性が生じ、映画のラストに繋がっている。

これら二作品はいずれも「コーカサスの虜」という古典のイメージをアイロニカルに改変しながら、「美」や「同情」といった普遍的な要素を新たに導入することにより、一方向的な憎悪に基づく報復の連鎖を断ち切り、相互理解への可能性を示唆するヒューマニスティックな物語として再構成している。

しかしもちろんヒューマニスティックな物語＝現実というわけではなく、乗松が指摘したような物語と現実との間のズレが問われなければならない。たとえばマカーニンの『コーカサスの捕虜』について中村唯史は、「プロットや登場人物の行動・思考は、既存のコーカサス神話によって事前に厳密に規定されていて、けっしてこの神話の枠を越えることがない」と批判している。(26)

しかしそれを批判する側も神話の図式から抜け出すことは容易ではない。作家オレグ・パヴロフ（一九七〇－二〇一八）は男性性を重んじる山岳民の戦闘員にあのような女々しい若者がいるはずがないとしてマカーニンの作品の「虚偽」を糾弾するが、批判者パヴロフによって語られる「真実」（「男らしさの神格化」）もまた「コーカサス神話の一つの型に過ぎない(27)」。

## 「消極的アイデンティティ」とアイロニーの袋小路

こうしたアイロニーに対するアイロニーの際限ない連鎖は、乗松が十九世紀ロシア文学のコーカサス表象について述べた「コード＝意味から逸脱することで〈現実〉を目指すアイロニカルな衝迫(28)」それ自体の忘却をもたらす危険性を孕んでいる。そしてそれに似た傾向は、ポストソ連ロシアにおけるチェチェン戦争――とりわけ第二次チェチェン戦争――の表象において顕著だった。

ロシアの社会学者レフ・グトコフは、第一次チェチェン戦争と第二次チェチェン戦争におけるロシアの国民感情の質的差異を指摘している。グトコフによれば、第一次チェチェン戦争の時期には「民族紛争解決のためのいかなる武力行使も人口の大多数に激しく否定的な態度を引き起こし(29)」、ロシア国民の間では民族問題に対する関心の低さや戦場で戦うロシア・チェチェン双方の兵士に対する分け隔てない憐憫や同情が支配的だった。しかしこうした国民感情は、一九九九年にロシアで立て続けに起こったダゲスタン侵攻やロシア高層アパート連続爆破事件を機に劇的な変化をこうむり、続いて始まった第二次チェチェン戦争では「復讐心」が主要な国民感情に取って代わった。しかもそれはチェチェン人に対する復讐のみならず、ポストソ連ロシア社会内部の様々な不安や不満が転化した錯綜した感情であり、こうした「他者や敵対者の消極的なファクターへの関係によって共同体自体が組織され、そのファクターが［……］共同体の成員の団結条件となる(30)」ことによって得られる集団的アイデンティティを、グトコフは「消極的アイデンティティ」と呼んだ。

上で取り上げた二つの「コーカサスの虜」が第一次チェチェン戦争で支配的だったとされる「憐憫」や「同情」といった感情を色濃く反映しているように見える一方で、第二次チェチェン戦争で顕著となる「消極的アイデンティティ」は、しばしばナショナリスティックな傾向を持つ大衆作家たちによって積極的に利用された。ワシントン・アンド・リー大学のアンナ・ブロツキによれば、ロシアの大衆的なチェチェン戦争小説で頻繁に描かれるのは、「チェチェン人に体現された悪と戦う、強大で公正なロシア兵たちの信じられないような冒険[31]」である。

たとえば、右翼作家アレクサンドル・プロハーノフの長篇『チェチェン・ブルース』(一九九八)はその典型だ。新年パーティーの最中、ロシア軍の大尉クドリャフツェフはチェチェンの街へ部隊の移動を命じられる。戦闘もなく街に無事たどり着いたロシア軍の部隊はチェチェン人たちから大仰な歓待を受けるが、実はそれは罠だった。「神は偉大なり《アラー・アクバル》!」の叫び声とともに豹変したチェチェン人らの手によってロシア兵たちは惨殺され、部隊は壊滅的な被害を受ける。一方、同時刻、モスクワのビジネスクラブでは巨大コンツェルンの社長ベルネルがロシアの政界、財界、宗教界、マスコミ界などの大物たちとパーティーを開いており、石油の利権など戦争の裏に隠された様々な陰謀が次々に明らかになっていく。

作中では戦争がモスクワ出身のユダヤ人オリガルヒの陰謀によって引き起こされたことになっていたり、チェチェン人に儀式的殺人を行うカルト教団的な性格が付与されていたりと、現代ロシア社会でいまだ根強い反ユダヤ主義や陰謀論がチェチェン戦争と露骨に結びつけられているが、ブロツキはこうしたナショナリズム剥き出しの作品が社会的な支持を集める理由として、そこには「喪われたナショナル・アイデンティティの感覚を再び獲得したいという、多数の人々の死に物狂いの欲求」[32]があると分析している。つまり、そこでは物語は大衆の願望を映す鏡となり、鏡の向こうにあるはずの現実とのズレが問われることはない。

こうした現実の不在とでもいうべき事態をもっとも直截に描き出しているのが、バラバーノフ監督による第二次チェチェン戦争を題材にした映画『チェチェン・ウォー』（二〇〇二）である。バラバーノフは結合双生児を描いた『フリークスも人間も』（一九九八）、反米ナショナリズムを扱った『ブラザー2』、アフガニスタン紛争を背景にソ連末期の田舎の腐敗を描いた『貨物200』（二〇〇七）など、常に社会の病理を鋭く抉るような作品を撮りつづけてきたが、二〇一三年に心臓発作で惜しくもこの世を去った。

そんなバラバーノフがチェチェン戦争を真っ向から扱ったこの映画の筋書きは次のようなものだ。若いロシア兵イワンは、大尉メドヴェージェフ、イギリス人ジョンとその妻マーガレットとともにチェチェン人の捕虜になっている。イワンは捕虜の価値なしとみなされ、ジョンは妻の身代金二百万ポンドを用意することを条件に、それぞれ解放される。祖国イギリスに戻ったジョンは身代金集めに奔走するがなかなか思うようにいかない。そこに、とあるテレビ局が救出劇の模様を撮影することを条件に身代金の融資を申し出る。ハンディカメラを片手に単身ロシアへ乗り込んだジョンは、故郷トボリスクに戻っていたイワンに協力を要請し、二人は再びチェチェンに舞い戻る。イワンは銃を撃ち、ジョンはカメラで戦場を撮る。激戦の末に二人は大尉とジョンの妻を救出する。イワンはジョンから約束の報酬を受け取るが、救出に協力してくれたチェチェン人に残らず与えてしまう。正規の兵でないにもかかわらず戦ったイワンは殺人罪で逮捕され、一方ジョンは自身の体験を綴った本を書いて脚光を浴びる。映画の表面的な内容は、チェチェン人という「悪」に捕らわれたヨーロッパ人を救い出す「公正な」ロシア人という、いかにもロシアのナショナリズムを剥き出しにしたヒロイックなものだ。しかし重要なのはストーリーそのものではなく、映画が作り物＝「虚偽」であることをまったく隠そうとしない監督の姿勢である。映画の中で妻を取り戻そうとするジョンは戦場でも絶えずカメラを回しつづけており、戦争の「撃つshoot」という「現実」はそれを「撮るshoot」カメラというメディアを通してしか表象されない(33)。

バラバーノフは映画のメイキング映像で「真実は人の数だけあり、皆がそれぞれの真実を語るのだ」と述べている。テクストと現実のズレを（無）意識的に隠蔽する大衆文学的レトリックを拒否して、逆に、作品が作り物＝「虚偽」であることを惜しげもなくさらけ出し、そもそも戦争の「真実」とは描き方次第だと言ってのける監督の姿勢は、ローティが主張したポストモダン的アイロニーに近いように思える。

もちろん、リベラリズムを信条とするローティとナショナリスティックなテーマに固執しつづけたバラバーノフは政治的には対照的な立場にある。しかしながら、カメラというメディアの外部にある「現実」や「真実」といった「終極の語彙」を放棄し、画面に映し出されたものが表象＝「再記述」でしかないことを暴露する映画『チェチェン・ウォー』において、バラバーノフの見解はローティのそれと奇妙な一致を見る。ここには、これまで見過ごされていたアイロニーの別の側面があるのではないか。

ローティはアメリカの政治学者ジュディス・シュクラーの主張に基づき「残酷さこそ私たちがなしうる最悪のことだと考える人びと」を「リベラル」と定義した。シュクラー自身はそれを「恐怖のリベラリズム」と呼び、人間の残酷さが引き起こす恐怖を「共通悪」として普遍化することを求めた[34]。

しかしこうした恐怖の普遍性を自身の思想の基礎に据えることは、歴史や制度を超えたいかなる「終極の語彙」も求めないというアイロニーの戦略からの明確な逸脱ではないだろうか。ローティは「リベラル・アイロニストにとって、〈なぜ残酷であってはならないのか〉という問いに対する答えなどない」、「残酷さはぞっとするものだという信念を、循環論に陥らずに支持する理論などないのだ」と言い切るが[35]、そうした「信念」がアイロニストの批判する形而上学や神学と根本的にどう異なるのかは不明確である。政治学者の渡辺幹雄は「ローティは、〈残酷さ cruelty〉の尺度である〈苦痛 pain〉だけは、言語ゲームないしテクストの外部にある、と考えている節がある」と指摘し、アイロニストの定義を「残酷さの回避」に求めるローティの戦略を「アド・ホック」（その場しのぎ）と呼んでいる[36]。

「残酷さの回避」はローティの「リベラル・ユートピア」を支える唯一の根本的ルールである。「終極の語彙」の禁止はそのルール自体にまでは及ばない。ルールを破れば、ルールが支えているシステム全体の破綻につながる。ジジェクもまた民主主義の矛盾について、民主主義は「民主主義のゲームのルールを否定するものたちを排除する」と指摘している[37]。

では、「残酷さの回避」といった最低限の「ルール」を抜きにアイロニーの論理を徹底すればどうなるか。社会学者の宮台真司はその帰結を日本のインターネット文化に見出している。日本最大のインターネット掲示板「2ちゃんねる」（現「5ちゃんねる」）には「オマエモナー」というアイロニカルなクリシェがある。これを用いることによって、「〈自明に見える前提（全体）も、個人が選択したものに過ぎない（部分）〉という具合に、あらゆるメッセージの相対化がなされる」[38]。しかも、2ちゃんねるの「オマエモナー」型アイロニーはあらゆる言明を相対化するだけでなく、同時に自己防衛のための「強迫的obsessive」な行為でもある。つまり、「大きな物語」を喪失し、自己の存在根拠がひどく希薄になるポストモダン社会においては、アイロニーは無根拠な自己の防衛に対する強迫的な要請を満たすための道具へと容易に転化し得るということだ。

ソ連崩壊後のリベラルな改革に対する失望や不満、将来への不安感などが蔓延していた世紀末のロシアでアイロニーの論理を徹底させた先に、他者への憎悪に基づく「消極的アイデンティティ」という国民の集団的なオブセッションが現れたとしても何ら不思議ではないだろう。『チェチェン・ウォー』で、バラバーノフはまさにそうした国民的病理を鋭く抉り出している。

## アイロニーの終焉

このように、九〇年代半ばから二〇〇〇年代初頭にかけてのチェチェン戦争表象においては、ロシア文学のコーカサス表象に伝統的に含まれていたアイロニーが強く作用していた。テクストや映像とその外部に想定される「現実」とのズレに基づくアイロニーが繰り返される過程で、表象されるものの「虚偽性」はしばしば隠蔽され、戦争の表象がポストソ連ロシア社会に渦巻く大衆の「消極的アイデンティティ」と結びつくこともあった。そして「真実は人の数だけあり、皆がそれぞれの真実を語るのだ」と述べるバラバーノフ監督の映画『チェチェン・ウォー』において、アイロニーは現実の記述を放棄するポストモダン的アイロニーに達した。これがボードリヤールが指摘した「システム」の「完璧で全能な状態」の到来だとすれば、それと同時に「システムを否認したいという願望」が生じてくるはずである。

二〇〇〇年代に頭角を現した若手文芸批評家のワレリヤ・プストワヤは、現代の戦争文学について論じた論考（二〇〇五）の中で、とある若い詩人のチェチェン戦争に関する詩を取り上げている。詩の内容は、六人の志願兵が「愛国」や「復讐」など自分が戦争に志願したそれぞれの動機を語るが、いざ戦場に行った後でその選択を後悔し、最後には一発の手榴弾によって全滅するというものだ。(39)

プストワヤは、この詩の中で「己の尊い企てとともに戦争に赴いた主人公たちは誰一人としてそこにほんのわずかな価値ある意味も見いだせなかった」と述べ、この現代詩が提示している戦争の無意味さという考え方は、「学校の頃から戦争に、クリコヴォやボロジノやスターリングラードの英雄たちの高い功績を見ることに慣れてしまっている我々」にとって新しいものだと指摘する。(40)今日の戦争文学の書き手たちは、「戦闘を最大限に脱イデオロギー化」しているというのである。(41)

彼女によれば、かつての大祖国戦争文学と現代の戦争文学はまったく異質なものだ。大祖国戦争とは、それを通して人間が内に秘めた美点や弱点が露わになる特殊な状況であり、「人間はあたかも戦争体験によって証明されねばならないかのよう」(42)だった。それに対して現代の戦争文学の主人公は、かつての戦争文学で描かれたような「戦争の英雄」などではまったくなく、「弱く、少し臆病で、優柔不断で――ということはつまり、もっとも人間的で、もっとも純粋に、そして冷静に（つまり現代の意識に相応しく）戦争を受け取っている」(43)。

ここからはそうした〇〇年代に文壇に登場した若い世代の作家による新しいタイプの戦争文学として、ザハール・プリレーピンの長篇『病理』（二〇〇四）とゲルマン・サドゥラーエフの中篇『ツバメ一羽ではまだ春は来ない』（二〇〇六）を取り上げてみたい。

どちらも作者の実体験に基づく自伝的意味合いの濃い作品であり、すでに分析した小説や映画がいずれもすでにその分野で一定の地位を築いたベテランの創作者によるものであったのとは対照的に、彼らは当時作家としては新人であり、いずれも――プリレーピンはロシア兵として、サドゥラーエフはチェチェンを出自とする人間として――チェチェン戦争の当事者だった。これは戦争が長期化する中でようやく、戦争に関する自らの体験を、既存の物語の枠組みを通してではなく、個人の目を通して内側から物語ることのできる力量を備えた作家が文壇に現れたことを意味しているのだろう。

## 「現実」を描く物語の不在――ザハール・プリレーピン『病理』

プリレーピンの長篇『病理』は、自身のチェチェン戦争従軍体験を基にして書かれている。従軍することになった経緯や動機について作者は次のように語っている。

最初はニジニノヴゴロドのオモン〔特別任務警察隊〕でただの戦闘員として働いて、それから分隊長に就任した。チェチェンで戦争が始まり、あそこへの派遣も始まったんだ。だけど、俺たちオモン隊員が紛争地帯《ホットスポット》に行くかどうかはもっぱら各人の意志に委ねられていた。行きたくないやつは家に残った。言っとくけど、残ったやつがひどく軽蔑されたなんてことはない。

俺は自分自身の意思で〔戦争に〕行ったんだ——自分の市民としての立場にすっかり従って。当時の俺は今よりはるかにアグレッシヴな気分だった。帝国的と言ってもいい。そして今日に至るまで、俺はロシアを絶対的な帝国だと受け取っている。だが、それとともに刺すような哀感が現れたんだ——戦争の行われ方が愚かで、ロシアの帝国的な（そして有益な！）政治の継続ではなく、その正反対のものになっちまってたせいで。[44]

『病理』は当初インターネット上で公開された後、出版社「アンドレーエフ旗」から出版され、「ナショナル・ベストセラー賞」の二〇〇五年度最終候補作に選出されるに至るなど、それまで作家としてはほぼ無名だったプリレーピンの出世作となった。作品は孤児の若いロシア兵エゴール・タシェフスキーによる一人称で語られる。彼の部隊はチェチェンの首都グロズヌイのとある学校の校舎に駐屯する。その日早速夜襲があり、幼少期から激しい死の恐怖に取り憑かれているエゴールは怯えながら「なぜこんなところへ来た？」と自問する。エゴールの唯一の心の支えは、亡き父や愛犬デージー、そしてとりわけかつての恋人ダーシャに関する記憶であり、激戦の合間にそうした過去のエピソードがフラッシュバックのように挿入される。物語のクライマックスでは学校が大規模な襲撃を受け部隊は壊滅的な打撃をこうむるが、エゴールと数人の仲間だけは水中に隠れていたおかげで命拾いする。生き残ったエゴールたちに軍は勲章を約束するが、彼らは受け取りを拒否し、飛行機で故郷に帰還する。

あらすじだけを取り出すと、『病理』もまたブロツキが大衆的なチェチェン戦争小説の特徴として指摘した、チェチェン人という「悪」と戦う「公正な」ロシア兵を描いた作品のように見えるかもしれない。事実、そのような人種主義的視線をテクストに発見することは難しくない。たとえば、グロズヌイ郊外のハンカラでロシア人の少佐とチェチェン人が会話しているのを見かけたエゴールは、「チェチェン人は着飾った悪魔に似ており、少佐はイーゼルを持たない芸術家を想起させる」(45)と感じる。

ところがその一方で、工場での掃討作戦でチェチェン人のグループを発見したエゴールは、彼らの一人がロシア語のマート(卑猥な言葉)を口にするのを耳にし、「きっと、やつが性器を意味するマートを発したせいで、俺は全身全霊でやつが生きた人間だと感じているんだ」(46)と考えたりもする。エゴールにとって、チェチェン人は状況次第で「悪魔」にも「人間」にもなる。

こうしたチェチェン人イメージの曖昧さは、『病理』がチェチェン戦争小説であるにもかかわらず、右で検討したいずれの作品とも異なり、ロシア人とチェチェン人との接触がほとんど描かれないという逆説的な事態に由来する。従来のチェチェン戦争作品が既存のコーカサス表象を引用しつつアイロニカルな改変を行っていたのに対し、『病理』においてはそもそもアイロニーの条件としてのコーカサス表象自体が大幅に欠落しているのだ。

『病理』におけるチェチェン兵は概して建物や山岳の背後に潜んでおり、ロシア兵の前に姿を現さない。こうした敵の不在はあたかも亡霊のようにエゴールの意識に取り憑き、遍在する強い死の恐怖を与える。たとえば、グロズヌイに向かう道すがら、彼は考える。「[……]今に弾が飛んでくる。至る所から、窓という窓から、屋根から、茂みから、ごぶから、子ども用の四阿から……。そして俺たちは皆殺しにされる。俺は殺される(47)」。あるいは工場での最初の掃討作戦でも、「今にカチッと音がして、真っ直ぐ俺の頭に命中する。頭蓋骨を貫通しなくとも、首が折れただけでお陀仏だ……(48)」という風に。さらに、こうした場面ではいずれも「毎秒の」という単語が用いられており、死の恐怖がその場限りのものでなく、絶えず持続していることを示している。

死に対するエゴールの恐怖は戦場に限ったことではない。他の兵士との会話の中で、彼が幼少期からずっと不意に訪れる死を恐れていたことが仄めかされる。「子どもの頃はいつも、赤の他人たちの間で俺と父さんが偶然火事の家の中にいるとかいったことを考えてた……。あるいは、氷結期に氷の塊の上にいるとかさ……みんなくたばっちまうんだけど、俺たちは助かるんだ。いつもそんなばかげたことで頭がくらくらしてた(49)」。

作品全体の通奏低音となっている死に対する実存的な恐怖の背景には、世界に対するエゴールの強い不信感がある。プロローグとして置かれた後日譚で彼は、養子として引き取ったと思しき子どもとともに町中を散歩しながら次のように考える。

ときどき俺は運転手の運転の腕前が疑わしくなる。俺たち、魅力的な二人の男性、俺と養子が町中を旅しているとき、俺にはすべてが疑わしく思える。バルコニーから花瓶が落ちてきやしないかとか、番犬が人に襲いかかりやしないかと疑う。先月断線した電柱の電線で感電しやしないかとか、排水口が壊れて熱湯が大量に溢れ出してきやしないかとか疑う(50)。

果たせるかな、この後でエゴールが養子とともに乗っていたバスが川に転落し、二人は命からがら助かる。プストワヤによれば、作品における水のイメージは死を象徴している。「川の動き、豪雨でできた深い水溜まり、不可避的に流れ去っていく人生を主人公に想起させる血の流れ、小説終盤の悲劇的な章での雨、その克服が戦闘員に占領された学校から唯一助かる道となる水が溜まった深い窪地。これらはどれも、主人公たちにしつこくつきまとう死の印なのだ(51)」。

こうした水のように流動的で定まらない死に対する強い恐怖を打ち消すため、戦場の真っ只中にいるエゴールは決して揺らぐことのない「絶対的なもの」を探し求める。一つ目は「神」である。主人公と同じ部隊に「モナーフ」(修道士)というあだ名の神学校出身の兵士がいる。モナーフとエゴールは神をめぐって激論を交わす。エゴールは様々な屁理屈を捏ねながら神を信じるモナーフを論破しようとするが、心の底では自分が参加している戦争を神の名の下に正当化したいと望んでいる。しかし彼はどうしても「神の意志」に納得することができない。もし神がいるとしたら、仲間たちは何のために死んでいったのか？　エゴールは人間の生を意味づけるのが神なら、人間の死に意味を与えることができるのは人間自身だと考えて自らを慰める。

二つ目の揺るぎないものは「愛」である。幼くして両親を亡くしたエゴールは初恋の人であるダーシャを「病的に」愛していた。しかし皮肉なことに、エゴールにとってては最初の女であるダーシャから、彼女が実はエゴールの前に二十六人もの男性とつきあったことを告白される。独占的な愛を求めるエゴールにとってこの事実は到底受け入れがたく、際限ない猜疑心に捕らわれてしまう。

「神」や「愛」といった揺るぎないものを求める衝動はエゴールにとって「病的」であるが、その衝動は眼前で繰り広げられる戦争という同じように「病的」な状況を変えることも、説明することもできない。結局エゴールは最後まで大勢の仲間の死に対する意味＝物語を見出すことができず、「祖国の英雄」として勲章を受け取ることを拒否する。作者は自らが体験した現実を既存のコーカサス神話の枠組みで語ることを拒みながら、現実を意味づける物語の不在を読者に突きつけるのである。

## 破片としてのテクスト──ゲルマン・サドゥラーエフ『ツバメ一羽で春は来ない』

サドゥラーエフはグロズヌイの南東に位置する町シャリで生まれ育った作家である。一九八九年にペテルブルグに移住して現地の大学を卒業し、以来ロシア語で作家活動を行っている。プリレーピンのように従軍経験があるわけではないが、作品集『俺はチェチェン人！』（二〇〇六）や長篇『シャリ急襲』[52]（二〇一〇）など、チェチェン戦争についての作品を数多く執筆している。

『ツバメ一羽ではまだ春は来ない』（以下『ツバメ』）は、五十を超える断片的なエピソードから構成された作品である。物語は作者自身と思しき「俺」の一人称で語られるが、以下で述べるように一貫したプロットがあるわけではなく、断片的なテクストの集合体といった性格が強い。

冒頭で語り手の「俺」は「あなたに、俺の愛を、俺の恐怖を、俺の孤独を、俺の悲哀を、愉悦を、あなたに対する俺の罪を語るよ、母さん」と呼びかけながら、次のように綴る。

あなたは俺を許してくれるかい？　覚えているだろう、俺はあなたの草原を歩き、あなたの小川の畔に座り、あなたの木々を抱きしめた。あなたは猫になって俺の膝の上で喉を鳴らし、ツバメとなって歌い、青い星となって俺を照らした。俺はあなたの末っ子で、あなたは俺を愛してくれた。あなたが俺を他の子よりもたくさん愛してくれたことは知っている。ひょっとしたら、俺が不健康で、ひ弱で、人見知りだったからかもしれないな。母親とはいつも自分が憐れむ者をより多く愛するものだから。他の子たちは誇り高く、力強く、独立していたのに、俺ときたら、あなたのところへやって来て、自分の頭に草花を載っけたのだ。だからあなたは俺を可愛がってくれた。そして言葉が詩行になり、俺はあなたに歌を歌って詩を読んだ、高い藪の中で、背丈ほどもある雑草の中で。あなたは俺に微笑んでくれたけれど、あざ笑いはしなかった。あなたは俺を柳の枝で抱きしめ、他から隠した。誰にも見えないように、自分の子が病身で頭がおかしいと誰にも言わせないように。その子の中に自分の魂のすべてがあるのだ(53)。

ここで呼びかけの対象である「あなた」は直接的には自分の母親のことだが、「俺はあなたの草原を歩き、あなたの小川の畔に座り、あなたの木々を抱きしめた」などという描写からわかるように、母国（＝チェチェン）のことでもあり、作品内で「あなた」という言葉の意味はしばしば二重化し、区別ができなくなる。

このように故郷を母になぞらえ、それに対する愛を情熱的に語る姿勢から、『ツバメ』には『病理』と違ってコーカサスの神話的空間が厳然と存在しているように見えるかもしれない。だがその後で明らかになるように、語り手の「俺」はそれほご愛していた母（国）を捨て、その敵であるロシアで生きることを選ぶ。「俺」は母（国）に対する愛情と背信との間の葛藤で苦しんでおり、物語自体も分裂症的な性格を帯びる。

たとえば「俺」は戦争が始まってから祖国に現れたイスラム原理主義やナショナリズム的言説に対しては、「チェチェン人が原理主義者だったことなど一度もない」と痛烈に批判し、権力を嫌う自由の気風こそがチェチェン人の美徳だと称賛する。(54) しかしその一方で、「俺」はそんなチェチェンの共同体からドロップアウトしてしまった。「チェチェン男児」たろうとすれば、復讐や自己犠牲に関する数々の厳しい掟を守らねばならず、泣いていいのは母親が死んだときだけだ。「チェチェン人でいることは難しい」——そう「俺」は嘆く。(55)

「俺」の内には母国への愛情と同時に、新しい言説への違和感や伝統からの疎外感が混在している。しかしその一方で、移住先のペテルブルグでも「俺」はロシア人にとっては依然として「よそ者」のままだ。「俺」は居住登録の必要から役所を訪れ、担当のロシア人に訊ねる。ロシア国民であるはずの自分になぜ特別な待遇が必要なのか？　それに対する係官の返答は、「戦争中はすべてのチェチェン人は敵だ」というものだった。「つまりそういうことだなんだ。俺たちはチェチェン人で、俺たちはロシアの敵なんだ。俺たちがそのことを忘れたら、向こうが思い出させてくれる」(56)。

アイデンティティの分裂に苦しむ「俺」は自らをツバメになぞらえる。故郷の言い伝えによれば、ツバメは不死の存在であり、毎年春に飛んでくるツバメはその前年の春に飛んできたツバメの再来とされる。ツバメは祖先の魂の化身であり、人々は死ぬと皆ツバメになる。チェチェン人とロシア人の狭間で亡霊のように生きるしかない「俺」にとって、自己をかろうじて仮託できるのが不死のツバメという生と死の狭間の存在なのである。しかし「俺」という一羽のツバメだけでは戦争という大きな「神話」の前ではとうてい無力である。つまり、「ツバメ一羽で春は来ない」のだ。

『ツバメ』におけるテクストの断片性は、こうした語り手の分裂したアイデンティティに由来している。「俺」が自らの作品を「クラスター爆弾」になぞらえ、執筆の苦痛を「内側から爆発させ、扇状に痛みを散らばらせる」[57]と表現するのも偶然ではない。「俺」にとっては母国チェチェンについて一貫した物語を書こうと試みることが、逆に物語の一貫性や完結性を破壊してしまい、テクスト全体を決して一つに統合されることのない、ときには相互に矛盾するような無数の断片的エピソードの集積へと変えてしまうのだ。

## 新たな物語を求めて

『病理』と『ツバメ』という新世紀の二つの戦争文学においては、戦争という「現実」を意味づける物語の不在や、一貫した語りの不可能性が強調されていた。そこにはまさに、ボードリヤールがアメリカ同時多発テロに見た「システムの否認」――チェチェン戦争にまつわる文学・映画作品、マスメディアなどで形成されてきた表象空間の拒絶がある。「現実」を否定してアイロニーの全能性をシニカルに示したバラバーノフ『チェチェン・ウォー』のわずか数年後に、こうした作品が若手作家らによって書かれたことは興味深い。いみじくもクーリツィンが述べたように、ここでまさしくアイロニーを可能にしていたコーカサス神話という一種の「普遍的空間」が崩壊し、「数多のローカルな空間」への分解が生じているかのようだ。

しかしその一方で、『病理』や『ツバメ』で示された物語の不在や不可能性といったものが、実は作者自身が体験した現実を意味づける「物語」を欲する作者たちの強い願望の裏返しだということも忘れてはならないだろう。事実、本書の第二章で検討したように、彼らはその後の創作活動において、現代社会における「大きな物語」の不在を埋めるように、ソ連という過去の「物語」へと回帰していくことになる。

# 第七章

7

# 身体なき魂の帝国

## ――マムレーエフの創作における「我」の変容

## 二十一世紀の「皇帝」と「怪物」

二〇一一年十二月十一日、ロシアの通信社「ロスバルト」は、当時首相だったプーチンがとある現代ロシア作家の八十歳の誕生日を祝福したという記事を掲載した。それによると、彼は次のように述べたという。

充分な根拠に基づき、貴殿は才能豊かで深遠な作家・哲学者であり、また、貴殿の作品は、祖国の、そして世界の文学において重要な出来事であると見なされています。貴殿が創作なさる作品は常に特別な、独自の文体で傑出しています。(1)

何の変哲もない格式張った祝辞に見えるが、その宛先があのユーリイ・マムレーエフだというのだから、穏やかではない。ソ連の公式文学とはおよそかけ離れた、暴力や性的倒錯に満ちたアンダーグラウンド世界を展開し、かつてヨシフ・ブロツキーと並ぶ「現代ロシア文学の二つの極」(2)とまで言われたこの異端作家のことを多少なりとも知っている者にとって、現代ロシアの「皇帝」から「怪物」への祝辞はかなりグロテスクに映る。

マムレーエフは一九六〇年代から七〇年代初頭にかけてモスクワで非公式作家として活躍した後、七〇年代半ばに亡命し、以後はアメリカやヨーロッパの大学で教鞭を執りながら英語で作品集を刊行するなど、亡命作家として知名度を高めた。ソ連崩壊後はいち早くロシアに帰国し、国内でも非公式作家時代や亡命作家時代のものを含む主要作品が続々と刊行されるようになった。それと同時に評論などで作品が取り上げられる機会も増え、国内での評価も高まった。

「非公式作家」、「亡命作家」といった肩書きからもわかるように、マムレーエフは「異論派《ディシデント》」ではなかったものの、体制とはまったく隔絶した場所で創作を行なってきた作家である。そうした事情を知る者にとってマムレーエフとプーチンという組み合わせは奇異に思えるが、実は、ロシア帰国後のマムレーエフは、次第に哲学的な観念としての「ロシア」への傾斜を深める中で、政権の理念である「主権民主主義」を賛美するなど[3]、ロシアの伝統や宗教の復活を推進するプーチンを一貫して評価しつづけてきたのだった。たとえば、二〇一二年に行なわれた大統領選挙の直前には、ある保守系新聞のインタビューに答え、ともすればリベラル陣営からの批判に曝されがちなプーチンを擁護しつつ、その施政を高く評価している。

> 彼〔プーチン〕に向けられる非難はしばしば、もっぱら感情的な性格を帯びていて、事実が蔑ろにされている。何しろ、我々のすべての不幸はプーチンのせいではなく、極悪非道な九〇年代のせいだからだ。あまりにもひどい悪夢から国を

救い出すために、プーチンは大統領在職の初期に多くのことを、実に多くのことを行なった。彼は国を債務から解放し、テレビの破壊的な性格を是正した。住民には規則正しく給料が支払われるようになった。当時の彼の功績はよく知られている。国は再起し、大強国としてのその地位が確認された。それは誰もが気に入ることではないだろうが、そんな必要はない。ロシアはこれまでもこれからも、誰のことも脅かしたりしない。この世の平和が我々の国民的利益なのだ。(4)

ソルジェニーツィンのように、かつての亡命作家がロシアへの帰国後、ソ連以前のロシアへの回帰や伝統の復活を声高に叫ぶこと自体は、決して珍しい事例ではない。しかしながら、以下で詳しく論じるように、マムレーエフは九〇年代のロシア・ポストモダニズム論においてポストモダニズムの先駆的作家と位置づけられてきただけに、こうしたナショナリズムへの回帰を単に反ソ亡命作家の典型的帰還事例の一つとだけ片づけてしまうことはできないだろう。

本章では、ロシア・ポストモダニズムのプリズムを介して二十一世紀のマムレーエフの文学・思想活動を評価する作業を通じて、作家の思想や文学表現の変化の内的なロジックや連続性を検証する。またそれと同時に、ロシア・ポストモダニズムのディスクールに潜在していたナショナルな構造との共通性についても考察を行う。

## 三つの顔を持つ作家

一九三一年、ユーリイ・ヴィタリエヴィチ・マムレーエフは、モスクワの精神科医の家庭に生まれた。死後に出版された『回想録』(二〇一七)によると[5]、若い頃から形而上的な問題に関心を持っていたマムレーエフは、学校で数学の教師をするかたわら、モスクワの様々な地下サークルに出入りし、一九六〇年代初頭にユジンスキー横丁にあった自身のアパートで仲間たちと朗読会を開始する。こうして密かに創作活動に励み、六〇年代半ばには代表作『シャトゥーンたち』(一九六六)を完成させるが、作品が国内で公になることはついになかった。その理由について本人は、「私の文学は完全に社会主義リアリズムの境界を、ソ連で印刷可能なすべてのものの境界を超えてしまっていた[6]」と語っている。

とはいうものの、モスクワ時代の活動は決して孤独で閉鎖的なものではなかった。詩人のゲンリフ・サプギール(一九二八-一九九九)や作家のヴェネディクト・エロフェーエフ、当時「リアノゾヴォ派」の詩人だったエドゥアルド・リモーノフなど、後期ソ連の非公式文化を代表する数多くの人物が所属する、高度な文化サークルの中に彼はいたのである。「ユジンスキー・サークル」の活動の雰囲気を、彼は次のように述懐している。

> 私は将来に望みをかけていた。現在には、あの年代に発展した地下活動や交流があった。それは幾分、古代ギリシャを髣髴とさせるものだった。交流は基本的に口頭で行なわれ、アパートでの朗読から成り立っていたが、この朗読会はある独特な宗教的秘儀へと変わっていった。そこには少しドストエフスキー的なものがあった。それは奇妙な魂の発現にも似て、ごこに文学と人生の差があるのかを理解することすら困難だった。[……]我々の「地下」生活は濃密なものだった

が、社会的・政治的闘争とは切り離されていた。(7)

しかし自身の作品を世に出したいという願いは断ちがたく、作家はついに妻とともに亡命を決意する。国から異論派《ディシデント》と同一視されていた非公式芸術家にとって亡命は比較的容易であり、「可能などころか、望まれてすらいた」。(8) 一九七四年マムレーエフはリモーノフと同じ飛行機で出国し、ウィーンに一時的に滞在した後、渡米した。アメリカのペンクラブの助けでナボコフも教鞭を執ったコーネル大学に職を得たマムレーエフは、ロシア文学を教えながら、初の作品集『地獄の上の空』(一九八〇)を英語で刊行し、ようやく「公」の作家活動に入る。さらに、このアメリカ生活に基づいて複数の短篇を書いており、後にロシアで出版された短篇集『黒い鏡』(一九九九)に「アメリカの短篇」として収録されている。

ところがアメリカの生活は肌に合わなかったらしく、マムレーエフは八三年に今度はパリに移住し、そこでも大学などでロシア文学やロシア語の講義を行なった。この間、彼の作品は英語・フランス語・ドイツ語などヨーロッパ各国語に翻訳され、八九年からはようやくソ連国内でも作品が出版されるようになる。

ペレストロイカが始まると彼は毎年のようにモスクワを訪れ、かつてのサークルのメンバーたちと旧交を温めた。マムレーエフの亡命後にサークルに加入した思想家アレクサンドル・ドゥーギンともそこで知り合ったらしい。ソ連崩壊後はいち早くロシア国籍を取得し、九三年には完全な帰国を果たした。

帰国後は二〇一五年に死去するまで旺盛な創作活動を続け、長篇だけでも、『漂泊する時』(二〇〇一)、『世界と哄笑』(二〇〇三)、『他なる者』(二〇〇六)、『魂の帝国』

（二〇一一）、『終焉の後』（二〇一二）、『森羅万象の物語』（二〇一三）と多数の作品を発表し、「アンドレイ・ベールイ賞」（一九九三）や「プーシキン賞」（二〇〇〇）といった権威ある文学賞も多数受賞している。その他、「形而上的リアリズム」（二〇〇〇）という独自の文学潮流を提唱し、若手作家の育成にも熱心だった。

また、ロシア帰国後は文学活動のほか、九四年から九九年にかけてモスクワ大の哲学部でインド哲学の講義を行なうなど、思想家としても活動し、以下で詳しく検討する『存在の運命』（一九九三、一九九七刊）、『永遠のロシア』（二〇〇二）という二つの哲学的論考を遺している。

## ポストモダニズム論の中のマムレーエフ

マムレーエフは「非公式作家」（六〇年代〜七四年）、「亡命作家」（七四年〜八〇年代）、「ロシア作家」（九〇年代〜）という三つの顔を持ち、死去するまで半世紀以上にわたり創作活動を続けた。亡命ロシア人雑誌『コンチネント』に掲載された早い段階の批評（一九八三）では、ゴーゴリやドストエフスキーの作品との比較や、精神分析的手法の指摘などが行なわれている[9]。

以後、現在に至るまでマムレーエフの作品については大小様々な論考が発表されているが、おそらく作品分析のアプローチとしてもっともポピュラーなのは、ドストエフスキーとの比較である[10]。「［ロシア文学の］ユニークさや天才の豊富さにもかかわらず、ロシア文学の中心に立っているのは、疑いなくドストエフスキーである[11]」と、マムレーエフ自身がドストエフスキーをひときわ高く評価している。さらに、非公式作家時代に書かれた代表的長篇『シャトゥーンたち』について作者自身が「〔長篇の主人公たちは〕病歴にドストエフスキーの地下室人とその限界を超えたものへの衝動を有している」(12)と語っていることからも、ドストエフスキー的主題がマムレーエフの作品に深い影響を与えていることは明らかだ。

したがって、マムレーエフの作品がドストエフスキーとの比較の中で論じられること自体は何ら不思議ではないが、そうした論考の多くが同時に九〇年代ロシアのポストモダニズム論におけるマムレーエフ評価を参照していることは注目に値する。つまり、ドストエフスキーのような古典作家との比較というアプローチを取る場合においても、ポストモダニズムのコンテクストを抜きにしてマムレーエフを語ることはできないのである。

先行研究でも指摘されているように、ロシアのポストモダン文学においてマムレーエフは中心的存在というよりはむしろ「先駆者」に位置づけられてきた(13)。たとえば、ポストモダニズム論の立役者の一人であるミハイル・エプシテインは、彼がロシア・ポストモダニズムの本流と見なす七〇～八〇年代のコンセプチュアリズム派の前段階の「神話主義」の作家としてマムレーエフの名前を挙げている(14)。しかし、こうした位置づけはマムレーエフの重要性を減ずるものではなく、むしろロシアのポストモダン文学の形成に本質的な影響を与えた重要な先駆者としての評価に繋がっている。

マムレーエフは「ユジンスキー・サークル」が若者に与えた影響を語っているが、とりわけポストモダン文学の代表的な作家の一人であるウラジーミル・ソローキンにマムレーエフが与えた影響は大きい。ソローキン自身がマムレーエフを自らの「師」と見なしているとされる(15)ほか、ボリス・グロイスもソローキンを論じながら、彼の作

品に見られる「醜悪の美学」にマムレーエフが強い影響を与えていることを強調している。(16)

では、ロシアのポストモダニズム論においてマムレーエフの作品は実際にどのように論じられてきたのだろうか。まずは、精神分析の手法でプーシキンから二十世紀末の現代文学までロシア文学史を通観したイーゴリ・スミルノフ（一九四一－）の『サイコダイアクロノロジー』（一九九四）を見ていこう。

スミルノフによれば、キリスト教社会は地上的な悦楽の否定を通じて人間の中の怪物性を抑制しようとしてきた。ところが、キリスト教社会の究極形であるソ連やナチスドイツといった全体主義社会は、その反対に怪物性を保持する。たとえば、社会主義リアリズムの古典『真実の人間の物語』（一九四六）では、両脚をなくした主人公の兵隊が義肢を装着してリハビリを行ない、ついにはダンスを踊り、再び戦闘機を操れるようにまでなる。無論、現実にそんな人間がいるとすればスーパーマンか、あるいはそれこそ「怪物」だろうが、社会主義リアリズムではそれが怪物性として意識されることはなく、むしろ極度のヒロイズムとして賞賛される。

それに対して、ポストモダニズムはこうした社会主義リアリズムの無意識的な怪物性を暴露する。そしてマムレーエフは「ロシア語ポストモダニズムにおいて、その小説に描かれた世界全体を怪物性へと引きずり下ろした、最初のではないにせよ、初期の作家の一人」(17)だった。たとえば『シャトゥーンたち』では、とくに動機もなく殺人を繰り返す男や、自分の肉体を食らう少年、死後の生に対する疑念からある日突然ニワトリに変わってしまう「人生の教師」など、怪物的な登場人物たちが代わる代わる現れる。カフカの『変身』とは異なり、マムレーエフの作品において怪物的なのはソ連的日常そのものであって、怪物は何ら例外的な存在ではない。

また、スミルノフはマムレーエフ作品の怪物的世界を生きる登場人物たちを「スキゾイド」に分類している。両親などの規範的な存在を欠くスキゾイドは、客体性・主体性の区分を喪失しており、それゆえ、その精神状態は、生後二、三ヵ月の乳幼児に見られる、主客の区別が未分化な「共生状態」に似るという[18]。

一方、批評家ミハイル・ルイクリンは、ソ連社会における「集団的身体」と絡めてマムレーエフの作品を論じている。彼によれば、この問題はこれまでもレヴィ＝ストロースなど民族学者らによって研究されてきたが、そのアプローチには問題があった。彼らにとって身体はもっぱら思考の対象、つまり「思考するまなざしの空間」に捉えられる観察対象に留まっており、思考に抗う身体の「強さ」や「爆発の生成の直接性」は等閑視されてきた[19]。

それに対して、ソ連の共同住宅《コムナルカ》に押し込められた、「壁や仕切り、おおい布に絶え間なく突き当たる都市の身体[20]」を描くマムレーエフの作品は、観察する「まなざし」を徹底的に欠く点において際立っている。「身体はただリアリティの原理を可能な限り攻撃し、ハイパーリアルなものとして維持されることができるのだ。そしてマムレーエフは、これら全体的シミュレーションの詩人となり、個人のまなざしが単に不可能である世界に移住する[21]」。

マムレーエフの作品に対する眼差しの不在という指摘は、スミルノフがマムレーエフ作品の登場人物の特徴として指摘したスキゾ的共生状態とも共通する。眼差しを持たないということは、自己を客体として認識する術を持たないことに他ならない。それは、同じ共同住宅を扱いながらも、「共同性の世界についてのまなざしの間隔を維持している」[22]コンセプチュアリズムの芸術家たちよりもはるかにラディカルである。

また彼は、異形の怪物が跳梁跋扈するマムレーエフの作品世界は、単なる作者の空想の産物ではないと主張する。真に「空想的」なのは、作者の想像力ではなく、コムナルカの身体性の深層にある「動力因」の方だ。「動力因」とはアリストテレスが説いた四原因の一つで、物事が引き起こされる原因となるものであるが、この場合、それはコムナルカを生み出したソ連社会の源泉、すなわち共産主義のイデオロギーに他ならない。そしてもし、共産主義という第一原因自体が狂っているとすれば、「私たちに与えられているあらゆる形態の〈高い〉文化の基礎にこの狂気を置かざるをえない」とルイクリンは結論づける[23]。

スミルノフとルイクリンの主張を整理してみると、おおよそ次のような共通点が浮かび上がる。まず、マムレーエフはソ連という「全体主義」社会が抑圧していた異常性（「怪物性」、「狂気」）を暴き出した。そして、マムレーエフの創作の独自性は、そうした異常性を「観察者」として、すなわち見る主体と見られる客体の関係として描くのではなく、主客未分の状態で描く（「共生状態」、「眼差しの不在」）、言い換えれば、「他者のいない世界」[24]の様態として描くところにあった。

こうした主張が九〇年代ロシアのポストモダニズム論においてかなりの説得力を持っていたことは確かだとしても、マムレーエフの作品が徹頭徹尾「全体主義」としてのソ連社会との関連性においてのみ論じられていることの妥当性については留保を要する。たとえば、（右の論文ではまったく触れられていないものの）初期の代表的長篇『シャトゥーンたち』では、以下で考察する「我教」というマムレーエフ独自の思想が展開されているが、はたしてこうした思想をソ連社会に内在するとされる「怪物性」や

「狂気」だけで説明できるかははなはだ疑問だ。作家自身の思想も含め、より包括的な視点で分析を行うことが求められる。

## 変容する「我」の思想

マムレーエフの主要な思想的著作は『存在の運命』、『永遠のロシア』の二冊である。ロシア帰国後まもなく雑誌『哲学の諸問題』一九九三年一〇、一一号に発表された『存在の運命』（九七年に単行本化）は、非公式作家・亡命作家時代の思想の総括であり、その約十年後の二〇〇二年に発表された『永遠のロシア』は、おそらく前著を受けてロシア帰国後に展開された思索の成果と考えられる。

マムレーエフの思想は、一言で言えば「我」（自我）をめぐる形而上学である。「我」の内容は、作家自身がソ連、西側（アメリカ、フランス）、ロシアと身を置く場所を変え、その都度自らを新しい文化的コンテクストに置き直す過程で変化してきた。よってここでは、マムレーエフ思想の「我」を、①私的段階、②普遍的段階、③ローカル段階の三つに分け、その特異な思想の歩みを概観する。

### ①私的段階――「我教」

非公式作家時代の思想は『存在の運命』第二章に「我教（我のウトリズム）[25]」として収録されている。また、『シャトゥーンたち』ではグルベフという作中人物の創設した独自の宗教として登場し、内容の片鱗を窺い知ることができる[26]。

「ソヴィエト連邦で、若かりし日に、まだ東洋の形而上学に親しむよりずっと前に[27]」

考案された「我教」は、西欧哲学における独我論的性格を強く持つ疑似宗教哲学である。ここではまずアプリオリな概念として「我」が措定される。「我」には、人間に到達可能な「所与我」と、形態や時空に囚われた人間の限界を超えたところにある「最高我」がある。この「最高我」は、人間性を超越しているにもかかわらず、それもまたやはり信者自身の「我」であるという二重性を持つ。「我教」の信者は、瞑想などによってこの「最高我」への到達を目指す。

「我教」においては自分自身の「我」以外に現実的で価値あるものは何一つ存在せず、「非我」の世界は「非存在の存在」と定義される。幽霊や幻影にも喩えられることの「非存在の存在」という概念によって、「我」と「非我」の間にある「深淵」が明らかにされる。

「宗教」という名が冠されていることもあり、「我教」はいかにも地下文化のオカルト的で私的な哲学という印象を受ける。しかしその一方で、後年のマムレーエフ思想のキー概念である「深淵」がここですでに明確に打ち出されている点は注目に値する。

## ②普遍的段階――インド思想への接近

アメリカ亡命後、マムレーエフは居住地のイタカにあった「形而上学センター」でインド哲学者トミー・ダミアーニと交流を持ち、インド思想に傾倒していく[28]。それを受けて、『存在の運命』第三章以下では「我教」とインド哲学との比較が展開される。

インド哲学には、基本的な考え方として、宇宙の根本原理であるブラフマン（梵）と個人の本体であるアートマン（我）が存在し、両者は本来的には同一とされる（梵我一如）。たしかに「我教」の「所与我」をアートマン、「最高我」をブラフマンといった風に置き換え、「所与我」と「最高我」は本来的には同一だとする「我教」のテーゼを梵我一如だと考えれば、両思想には構造的な共通性が認められる。

しかし、マムレーエフは単にインド思想に自身の思想との共通性を見出して満足しているわけではない。梵我一如を根本原理とするインド哲学に超越的なものは存在しないのに対し、マムレーエフは「神」や「絶対」といった至高の概念の向こう側にある「真に超越的なもの」という概念を提示する。マムレーエフの教えに従う者は、実現された「絶対」の領域から「存在の周縁」へと赴き、「絶対」の向こう側にある「超深淵」に到達しなければならない。そして、その境地に入った者は神（「絶対我」）であると同時に神以上の存在となり、「我」を含めた世界全体が「変容」するとされる。

『存在の運命』は、「我教」という若き哲学青年の私的な思想をインド哲学という普遍的な思想にいわば「翻訳」しようとする試みであり、こうした思想の移行は、ソ連の非公式作家から世界の亡命作家へというマムレーエフ自身の立場の移行に対応しているように見える。しかしその結論は、存在の彼岸にある「超越的深淵」を新たに提示することによって、インド哲学の普遍性すらも超越しようとするかのようであり、マムレーエフの思想は彼自身の小説世界にも似た、何やら怪物じみたものへと変わってしまう。

### ③ローカル段階――ロシア化される「我」

マムレーエフの第二の思想書『永遠のロシア』は本全体が「ロシアのナショナルな魂の研究[29]」に捧げられており、分量だけで言えば『存在の運命』をはるかにしのぐ大著である。しかしながら、本の後半は著者がそれまでに発表したエッセイやインタビューなどがまとめられた雑駁な内容であり、実質的には「永遠のロシア」と題された第一篇が思想的核となる。

作者によれば、ドストエフスキーやエセーニンといったロシア作家にとっての最重要問題は「ロシアとは何か?」という問いであり、神や真理といった概念と同じく――ときにはそれらよりさらに重要なものとして――「ロシア」そのものが哲学的考察の対象となってきた。ロシアは「絶対と限界を超えた深淵との間の仲介者」であり、「この（絶対に由来する）存在と（深淵に由来する）限界を超えたものとの結合は、ロシアを〈新たな〉（絶対と限界を超えた深淵に並ぶ）第三の形而上的始原にする」[30]。そして、そうした形而上的存在としてのロシアは「永遠のロシア」と呼ばれる。すなわちそれは、歴史的にロシアに現れた七つの形而上的本質から構成される。すなわちそれは、①聖ルーシ、正教、②ロシア文化、③「第二の現実」とロシア的存在、④不可視の世界観、⑤聖なるカオス、⑥東洋のルーシ、自己認識のルーシ、⑦（「深淵」との）「最後の諸関係」、およびそれと結びつくすべてのもの[31]。七つの本質はロシアの「形而上的中心」の周囲で次元を超える「同心円」を形成し、「深淵」と接するその全体が「永遠のロシア」となる。

詳細には立ち入らないが、「永遠のロシア」構想にもまたインド哲学からの影響を見てとることができる。ここではブラフマンが「形而上的中心」としてのロシアに、アートマンがロシアの個々の本質に当たる。インド哲学において個々のアートマンが本来的にはブラフマンと同一（梵我一如）であるように、個々の本質はロシアという「形而上的中心」の個別的な現象として理解できる。『存在の運命』では「絶対」の彼岸にある「超越的深淵」が提示されたが、「永遠のロシア」構想は、そうした「深淵」への志向を「ロシア」という名辞に固有の性質として固定しようとするものだと言える。

こうして、マムレーエフの「我」は、「我教」の私的段階から、インド哲学の普遍的段階を経て、最終的にロシアというローカルな「我」へと変形を遂げたのである。

## 鏡像の否定と否定神学

こうした思想はそれ自体として見ればかなり特異なものであるが、インド思想への関心は、マムレーエフ自身が言及しているように、レフ・トルストイやニコライ・グミリョフといった一部のロシア知識人たちが有していたものだ[32]。たとえば、ロシア人画家ニコライ・レーリヒは仏教と共産主義の合一を目指しながら、普遍志向と祖国礼賛という相反する傾向を調停するためにロシアを単なる民族や国家を超越した存在と考えるに至ったが[33]、そこにマムレーエフ思想が辿った道筋との類似性を見出すこともできるだろう。

とはいえ、『存在の運命』の純粋に形而上的で無限定な「我」から、「ロシア」という、明白に形而下的時空間に限定された「我」への飛躍は、マムレーエフの世界は「共生状態」や「眼差しの不在」によって特徴づけられる他者不在の世界であるとする従来の評価とは食い違う。なぜなら、「我」に「ロシア」という限定を加えるならば、「非我」＝「非ロシア」という他者を前提としてしまい、自他の区別を導入することになるからだ。『永遠のロシア』の内容は、前著『存在の運命』に比してはるかにイデオロギー的色彩が濃い。それは、形而上学というよりもむしろ、形式的な普遍性と内容的な具体性が結びついたナショナリズムに近いように見える。

しかしもし、マムレーエフの世界がポストモダニズム論でそう見なされていたような他者なき世界ではなく、逆に、徹頭徹尾「他者」に規定された世界だったとすればどうだろうか。そうだとすれば、『存在の運命』から『永遠のロシア』への「飛躍」と見えるものは、実は飛躍などではなく、むしろ隠された構造の露見だった、という別の解釈が可能となる。

上で検討したスミルノフのマムレーエフ論に戻れば、そこで彼の小説の主人公たちのスキゾ的精神状態は、生後間もない幼児に見られるような、主客未分の共生状態に近いとされていた。ラカンの精神分析理論では、幼児の共生期の後には「鏡像段階」が訪れるとされている。鏡像段階とは、「まだ口もきけず、無力でその運動をコントロールしていく能力もない、本源的な欲動のアナーキーに突き動かされているだけの幼児が、鏡を前にそこに映る成熟した自己の全体像を、小躍りして自分のものとして引き受ける段階のこと[34]」だ。これは人間の自我形成にとって重要な萌芽となるが、一方で、鏡像という外部の像を自己として受け入れるというパラドックスを経ることで、幼児は「自己を外部の他なるもののうちにしか還元できないという他者への疎外を経験する[35]」。

実は、マムレーエフの小説・思想に一貫して見られるのは、こうした「我」(自我)の分裂を生じさせる鏡像＝他者の徹底した否定なのである。そのことを象徴的に描き出した、「黒い鏡」というアメリカを舞台にした短篇がある。ニューヨーク在住で、自殺願望に苦しめられている主人公セミョーン・イリイチは、「私とは何者か?」

という問いに取り憑かれている。彼の部屋には何も映さない巨大な「黒い鏡」がある。ところがある日、セミョーンが鏡を覗き込むと、そこにはこの世のものとは思えない「耐えがたいほど底なしの奇妙な風景」[36]が映っており、鏡の中から二つの頭を持つ怪物が出てくる。セミョーンは怪物に「お前は何者だ?」と問うが、怪物から同じ問いを返された上、「なぜお前には頭が一つしかないのか?」と逆に問い詰められ、正常と異常の区別を失ってしまう。

その数日後、妙なものを映しはじめた鏡に、今度はジョンという名の知的障害のアメリカ人青年が映し出される。ジョンは鏡から出てくると、金やビジネスや選挙について喚きちらしながら、頻繁に「ハウ・アー・ユー?」というフレーズを意味もなく繰り返したり、原因不明の仮死状態に陥ったりする。ジョンは鏡には戻らず、ニューヨークの街並みへと消えてしまう。

ジョンが消えた後、黒い鏡はいったん普通の鏡のようになるが、その数日後、今度は鏡から目に見えない哄笑が聞こえだし、部屋中のものが変容を始める。

> その後、椅子にごす黒く巨大な何かが座り、セミョーン・イリイチはおとなしくなった。その目は絶対に理解不能なものを湛えながら、セミョーン・イリイチをじっと見つめていた。何かの奇跡で部屋に迷い込んだ猫は、あたかも豚に変わったかのように荒々しく泣き喚き、ごこにも自分の姿を映さぬよう、部屋の隅から隅へとかけずり回っていた。巨大な猫の頭が急に転がり落ち、その場所に不気味で没個性的な輝きが現れた。猫はまるで踊るように、この輝く一帯を回りはじめた。ランプが揺れ、壁では二匹の悪魔が接吻し合っていた。[37]

その後も部屋には死んだ姉妹やヤギが現れるなど異常な事態が続き、セミョーンは「私とは何者か？」という問いを繰り返すが、不意に、彼はある悟りを得る。それと同時に部屋の異常は収束し、鏡は元通り何も映さない黒い鏡に戻る。彼の得た悟りとは、「自分の深層の〈我〉の本質は、この黒い鏡同様、認識不可能なのであり、超絶対へと導く、この鏡の目に見えぬ底なしの深みは、自分自身の〈我〉の投影に過ぎない」[38]ということであり、彼は鏡の前で一人泣く。

この短篇には、怪物だろうが拝金主義者だろうが、いかなる形であれ、「我」の本質は肯定的な形では定義できない、逆に言えば、否定的な形でのみ捉えうるという、マムレーエフの「否定神学」[39]的な思想傾向が端的に表れている。セミョーンが悟りを得た後、「ニューヨークやそれに類するものは彼にとってあらゆる意味を喪失した」[40]というのは偶然ではない。セミョーンの「我」の本質は、本来ならば鏡に映るはずの風景、すなわち「アメリカ」という鏡像（他者）の否定によってのみ認識され得るからである。

『黒い鏡』ではアメリカ社会が否定されるべき他者として描かれているが、非公式作家時代の他者とは、言うまでもなくソ連社会だっただろう。この時期の小説でマムレーエフの主人公たちが「怪物」に見えるのは、彼らが社会主義リアリズムのいかなる典型にも分類不可能という、その純然たる否定性においてだった。

そして、このように考えると、彼の非公式作家時代の思想である「我教」において、「非存在の存在」たる他者の認識が重要視されていたことも理解可能になる。つまり、マムレーエフの「我」は、まず他者の認識があって、それを否定することにより成立するものだが、そもそも「我」が肯定的な他者の存在によって消極的に規定されている以上、他者が完全に消去されることはない。だからこそ、「我」と「非存在の存在」との間に横たわる「深淵」というマムレーエフ思想のキー概念が出てくるのだ。そして「存在」からいかなる肯定的な定義もできない「深淵」への飛躍において、「我」が「深淵」へと赴く要因として、マムレーエフが理由なき「ロシア的憂愁」を挙げていることを見逃すわけにはいかない(41)。『存在の運命』の思想内容が述べられる部分で「ロシア」という単語が出てくるのはここだけだが、にもかかわらず、ここにはすでに「ロシア」を否定性の主体として提示しようとする作家の欲望が垣間見える。

そしてこのような「否定神学」的構造は、マムレーエフを高く評価したポストモダニズムのディスクールにも見られるものだ。マムレーエフと同じく、ロシア・ポストモダニズムの理論家たちも、西欧ポストモダニズムに「擬態」しつつ、同時に「空虚」や「カオス」といった消極的概念を「ロシア的なもの」として提示することで、西欧ポストモダニズムに対するロシア・ポストモダニズムの独自性(あるいは優越性)を主張しようとしてきた。

とりわけ「カオス」に関して言えば、マムレーエフの主張はロシア・ポストモダニズム論のそれよりはるかに踏み込んだものになっている。彼によれば、ロシア史にたえず存在しつづけてきた「カオス」は、古代ローマ文明の末裔である西洋が体現する「世界秩序」に対立してきたのであり、しかも「秩序」は「カオス」の一部であるがゆえに、「秩序」は決して「カオス」に勝利することはできない(42)。

西洋でも東洋でもないロシアという特殊な空間を「第三の始原」として普遍化しようとするマムレーエフの思想は、「人類としてのロシア」という転倒した結論を導き出す[43]。マムレーエフによれば、ロシアという理念は人類という理念より高遠であり、人類の方が「永遠のロシア」の具現化に尽力しなければならない。「我」をめぐるマムレーエフの思索がたどり着いた「永遠のロシア」という観念は、ロシア・ポストモダニズムのディスクールが潜在的に有していたナショナルな欲望を極端に肥大化させたものだと言える。

また、同じ亡命作家であるソルジェニーツィンとの比較という点では、ソ連に対する否定的な評価や、ロシアの民族の保全を訴える姿勢は共通している。ただし、ソルジェニーツィンが諸民族・文化・宗教の分離や統治機構改革など、かなり具体的な政治問題にまで踏み込んで主張しているのに対し[44]、マムレーエフが主張する、西洋ともインドとも異なる「第三の始原」としての「ロシア」は、あくまでも精神的な概念である。このような「ロシア」に比べれば、「あらゆる政治的、社会的、そしていわゆる全人類的優先課題は後景に退く[45]」と述べているように、彼にとっては形而上的な問題としての「ロシア」の探求が第一であり、政治や社会といった形而下的な諸問題に対する提言は漠然としたものに留まっている。

## 「ラセア」――膨張する「我」の楽園

当然ながら、マムレーエフの思想的変化は彼の小説の内容にも影響を与えた。ここでは、『永遠のロシア』の思想を文学作品として提示した異色の中篇『ロシアと差し向かいで』（二〇〇九）を取り上げる。これは、二〇〇九年に出版された『玄妙なる世界へのロシア人の行軍』に、『永遠のロシア』の概略が記されたエッセイ「ロシアの形而上的形象」とともに収録された。

本の出版前夜、文学者中央会館で開催された「形而上的リアリズムクラブ」の会合でマムレーエフは講演を行なった。その模様を伝える記事(46)によれば、作家はロシア詩の朗読を交えながら『永遠のロシア』の概略を語り、その思想に基づいて書かれた新作について、「私は地獄から天国へと赴いた」と述べたという。実際、この作品は終始陰鬱な描写に彩られた従来のマムレーエフ作品とはかなり毛色が違うものになっている。

主人公のアルセーニイ・ルサノフは二十六歳の青年で、結婚しているが、妻との関係は疎遠になっている。モスクワ大学哲学部の院生であり、オカルト思想家ルネ・ゲノンやゴーゴリ、ドストエフスキーなどを好み、もっぱら祖国ロシアの運命を憂えている。モスクワ郊外の別荘《ダーチャ》で一人休息していた彼は近所の森でロシアの民族衣装を着た謎めいた金髪の娘に遭遇する。娘は無言で立ち去るが、以来ルサノフの頭から娘のことが離れなくなる。やがてルサノフは森のさらに奥深くへと入り込み、そこで娘と再会する。娘に好きなように呼べと言われたルサノフは彼女を「ナースチャ」と名づけ、彼女はルサノフを「ラセア」(47)と呼ばれる異世界へと導く。

文学的形象としてのラセアは一種のナショナルなユートピアである。これは「全ロシアの本質を有する」(48)国とされ、選挙で選ばれた一人の元首による統治が行われている。戦争もなければ搾取もなく、犯罪も滅多にない。そもそもラセアの住人はそうした問題に興味がなく、唯一の関心事は「ロシア人とは何者か？」という問いなのだ。(49)

作中ではかつてこの異世界に迷い込んだロシアの賢人たちがロシア精神を涵養するためにラセアを樹立したと説明されるが、(50)これは明らかにマムレーエフが考えるロシアの本質の一つである「第二の現実」を具現したものだろう。『永遠のロシア』ではそれは「自らの固有の、独立した宇宙を形成」し、「ロシア的存在に、ある異質で、隠され秘められた次元への出口を与える」と説明されていた。(51) ロシアをマトリョーシカにたとえれば、ラセアはロシアの内側にある、ロシアの精髄が凝縮されたミニチュアのロシアなのだ。

ラセアは帝政時代のロシアように多数の県から構成されており、各県がロシア精神の様々な本質を体現している。作中では「セヴェルスク」、「リコフ」、「ヴェリコグラード」という三つの県が登場し、一番目がカオスを、二番目が空虚・無限性・憂愁《トスカ》を、三番目がロシア文化を現している。ここでは『永遠のロシア』には出てこなかった空虚が新たにロシアの本質に加えられているが、本書第二章で検討したように、カオスと同じくこれもまたポストモダニズム論で重要な役割を果たした概念である。

## ロシア精神の深奥を訪ねる旅

謎の娘ナースチャによってラセアに導かれた哲学青年ルサノフは、まず最初にセヴェルスクを訪れる。ここではバスが運転手の気紛れで逆走したり、注文したサラダを他の客が勝手にビールと交換したりと、とにかくすべてが混沌としている。ここでルサノフはセミョーンとヴェーラという二人の若者と知り合い、無を賛美する詩を聞かされたり、地元の大学でライプニッツやカントから猫の運命や年金の支払いに至るまで話題が入り乱れる支離滅裂な講義を受けたりする。その後、十九世紀ロシア貴族の屋敷を髣髴とさせる屋敷に案内され、そこに住むトゥロフという人物から、セヴェルスクが「聖なるカオス」を体現する県であることを教えられる。

第二の訪問先であるリコフは、セヴェルスクとは違い喧噪はなく、より秩序だっている。バスの窓外に果てしなく広がる森林や野原はほとんどが無人の土地で、ルサノフはその「無限の光り輝く空虚」(52)に圧倒される。ここで彼はグレブネフという哲学者が書いた『現実としての無限』という本の朗読会に出席する。本はマムレーエフの『存在の運命』を簡潔に語り直したような内容で、人間の意識変容や死後の生、不死や永遠と人間の運命との関わりが語られた後、「絶対」の奥深くにある無を前にした世界の変容が示唆される。朗読の後、参加者たちは深淵を前にした憂愁の無限性について語り合う。

最後に訪れるのは、モスクワと並ぶ第二の首都ヴェリコグラードである。主要広場にはマムレーエフが崇拝する作家アンドレイ・プラトーノフの像が立ち、大学や劇場、文化会館、工芸品市場、ヴェーダンタ・センター(!)など、ロシア精神のすべてが集中する文化都市である。ここでルサノフはまたもや十九世紀ロシア的なスラヴィン家に居候し、チェーホフの『三人姉妹』を観劇したり、家族と哲学・文学談義を繰り広げる。

このように、ルサノフは『神曲』のダンテさながらロシアの精髄を体現する各県を遍歴しつつ、徐々にラセアの世界に馴染んでいくが、一方でかつて不幸なすれ違いから破局してしまった最愛の女性カーチャに思いを馳せるなどして、もとのロシアへの郷愁も募ってくる。しかしまだやり残したことがあると感じる彼は、「絶対」との合一を果たしたコルネフという老人から「永遠のロシア」に関する教えを授かる。

その翌日、ルサノフは唐突に終局が間近に迫っていることを感じ、彼をラセアに導いたナースチャが実はロシアの魂が受肉したものだったとの確信を得るに至る。ある日、彼はリコフの哲学者グレブネフの家に招かれ、知人たちとロシアの精神性についてたっぷり議論するが、そこに再びナースチャが現れる。ルサノフは「永遠のロシア」に入ることを望むが願いは聞き容れられず、気がつくともとのロシアに戻っている。

## 身体性の消滅と眼差しの露出

『ロシアと差し向かいで』を九〇年代のポストモダニズム論におけるマムレーエフ批評に照らして読むと、初期作品からの重大な変化が見てとれる。

第一に、マムレーエフ作品のトレードマークであった身体性が極度に希薄になっている。それは物質文明の消去という形で現れており、たとえばルサノフが訪ねたセヴェルスクの居酒屋ではわざわざ「パソコン・携帯電話持ち込み禁止」という但し書きについて言及される[53]。また、空虚を特徴とするリコフは言うまでもなく、大都市であるヴェリコグラードにも高層建築の類いはほとんど見られない。ここには、かつてルイクリンがマムレーエフの作品について述べた「壁や仕切り、おおい布に絶え間なく突き当たる都市の身体」はもはや存在しない。その代わりラセアで遭遇するのは、マムレーエフが理想とする十九世紀ロシア的な風景や人物ばかりである。

次に、マムレーエフ作品特有の怪物たちも姿を消している。ラセアの住人たちは異世界から来たルサノフを初対面であるにもかかわらず家族のように温かく迎え入れる。以前は怪物に体現されていた「深淵」や「無」といったキー概念も、ここではサロン風の日常会話のレベルで論じられる。「絶対」との合一を果たしたコルネフなど風変わりな人間も登場するが、彼らは無論怪物などではなく、むしろ精神世界の深奥に通暁した導師のような存在である。

スミルノフは怪物性について論じながら、「不気味なもの《ウンハイムリッヒ》」という概念に言及していた[54]。フロイトによれば、「不気味なものとは実際、何ら新しいものでも疎遠なものでもなく、心の生活には古くから馴染みのものであり、それが抑圧のプロセスを通して心の生活から疎外されていた[55]」ものだが、すでに見てきたように、マムレーエフ思想の「我」は潜在的にソ連やアメリカといった「他者」の存在によって否定的に規定されてきた。しかし、ソ連崩壊前の「我」は純粋な否定性に留まっており、それゆえ作者は自身の小説の主人公たちを肯定的に描写することができず、(ソ連やアメリカのような)社会から疎外された存在――「不気味なもの」、すなわち「怪物」――として消極的に描くしかなかった。

しかし上で見たように、存在の彼岸にあり、日常を禍々しく変容させる「深淵」のような「不気味なもの」へ引きつけられる「我」の性格が、実はきわめて「ロシア的なもの」であることは、『存在の運命』においてすでに仄めかされていた。ソ連の消滅とロシアの復活により、マムレーエフは「我」を心置きなく「ロシア的なもの」として積極的に描写する可能性を得た。その結果、短篇『黒い鏡』の「私とは何者か?」という問いは『ロシアと差し向かいで』では「ロシア人とは何者か?」という問いへと置き換えられ、さらに、社会から疎外された「怪物」や「不気味なもの」には、「ロシア」という「馴染みの《ハイムリッヒ》」性格が投影されることになった。ここには、かつては隠されていた作者の「眼差し」が明瞭に現れている。

## 救世主としてのロシア

もっとも異端的な非公式作家として出発したマムレーエフは、ソ連文学について「〔……〕ソヴィエトの唯物論に歪められた二十世紀後半の文学研究と文芸批評は文学の哲学的・形而上的理解の可能性を失った[56]」と書いており、ソ連には極めて否定的な態度を取っている。このことは一見、本書第二章で取り上げた「新しいリアリズム」のソ連回帰とは相反するものだが、資本主義に象徴される西側社会への強い反発という点では一致している。

『ロシアと差し向かいで』において、ルサノフのかつての恋人カーチャは、高額な治療費を払うことができず、彼のもとを去った。彼は資本主義を「人間をちっぽけな魂しか持たない未来の地獄の住人に変えてしまう、真の奈落の前兆[57]」だと糾弾し、それは「西」からやって来ると主張する。そして、『永遠のロシア』で語られた「人類としてのロシア人」という理念が別の登場人物の口から再び語られる。「新しいリアリズム」は資本主義にソ連の社会主義精神で対抗しようとしたが、マムレーエフは文学や宗教に根ざしたロシアの精神性によって現代の物質文明を克服しようとするのである。

とはいえ、マムレーエフが力説するロシアの精神性が西側の物質文明の裏返しでしかないように、マムレーエフにとって理想の「ロシア」は西洋世界の陰画《ネガ》としてでしか存在し得ない。その意味で、「ラセア」はやはりどこにもない場所《ユートピア》に留まっている。

# 第八章

8

# ナショナルな欲望の再（脱）構築

## ――二〇〇〇年代以降のソローキン

## 「現代ロシア文学のモンスター」

本書ではポストモダニズムを軸に一九九〇年代から二〇〇〇年代にかけての現代ロシア文学の変化を論じてきたが、ロシアを代表するポストモダン作家の一人であるウラジーミル・ソローキンは、一貫してそのプロセスの中心にいた数少ない作家の一人と言っていいだろう。

一九五五年八月七日、モスクワ近郊のブイコヴォに生まれたソローキンは、モスクワの石油ガス工業大学を卒業後、一年間雑誌社に勤務するが、コムソモールへの加入を拒否した廉で解雇される。その後七〇年代半ばにモスクワ・コンセプチュアリズムの活動に加わり、それがソローキンの芸術観に決定的な影響を与えることになった。

七〇年代の中頃、私はモスクワのアンダーグラウンドの仲間、つまりイリヤ・カバコフ、エリーク・ブラートフ、アンドレイ・モナストゥイルスキーといったコンセプトゥアリストたちのサークルに加わりました。当時はソッツアートがピークを迎えた時期でしてね、ブラートフの仕事には強烈な印象を受けましたし、多くの点で彼らは美学全体に対する私の考え方を変えてしまいました[1]。

コンセプチュアリズム時代のソローキンの作品は、文学というよりも、文学という素材を用いた現代アートを思わせる。たとえば長篇『ロマン』（一九八五－八九）は、この時期のソローキンの作風を端的に示している。田舎の故郷に帰ってきた画家志望の青年ロマンを中心に、ツルゲーネフやゴンチャロフ、トルストイといった十九世紀のリアリズム小説を想起させるロシアの牧歌的な田園世界のシミュラークルが数百ページにわたって展開されるが、事態はクライマックスで暗転する。突然、婚礼の場でロマンが花嫁のタチヤーナとともに斧で村人たちに襲いかかるのだ。この動機なき殺戮の開始とともにテクストからは段落が消え、内面描写が消え、文章全体が主語と動詞のみからなる単文の果てしない反復へと変わっていく。この機械的なプロセスはロマンが花嫁を殺しその後自害するまで続き、テクストは「ロマンは死んだ」という一文によって閉じられる。それは主人公ロマンの死だけでなく、ロシア文学の伝統的な小説形式である「長篇小説《ロマン》」の死をも意味する。

こうした過剰な暴力描写を含む作品群は検閲の緩んだペレストロイカ期でさえ出版できず、ようやくロシア国内で本格的に出版が始まったのは九〇年代半ばになってのことだった。そしてソローキンは「現代ロシア文学のモンスター」（ヴィクトル・エロフェーエフ）と呼ばれ、ロシア・ポストモダニズムのもっとも先鋭的な部分を代表する作家として評価されるようになるが、一方で保守的な作家・批評家には強烈な拒否反応を引き起こした。

ところが、こうした状況は二〇〇〇年代に入ると一変する。〈氷三部作〉（二〇〇二－〇五）、『親衛隊士の日』（二〇〇六）といった作品で従来の実験的な作風から物語性を重視する作風に転じ、より広範な読者を獲得することに成功した。これらの作品は英訳もされ、二〇一三年にはイギリスのブッカー国際賞にもノミネートされた。国内でも「NOS」、「ビッグ・ブック」といった大きな賞をたびたび受賞するようになり、かつて「モンスター」と呼ばれたソローキンは、今や名実ともに現代ロシアを代表する作家の一人となった。

本章では、ソローキンの二〇〇〇年代の創作のメカニズムを分析するとともに、それが本書で検討してきた〇〇年代ロシア文学の保守化に対して持っている意味を考察する。

## 1 〈氷三部作〉における文学の「倫理《エチカ》」

### 失われた精神の楽園探しの小説

本書の第二章でも論じたように、モスクワ・コンセプチュアリズムの美学は後期ソ連社会の特殊性と深く関わっており、ソ連崩壊は芸術家たちに創作の危機をもたらした。それはソローキンとて例外ではなかった。九〇年代になってようやく国内で作品の刊行が始まったためわかりにくいが、九一年に『四人の心臓』を発表して以来、九九年の『青い脂』まで実に八年もの間、ソローキンは小説を発表していない(2)。エロフェーエフはソローキンの作品について「メニューの制限、手法の反復〔……〕は次第に最初の印象を弱めていく(3)」と指摘しており、本人にとっても新機軸を打ち出すことが課題になっていたことは確かだろう。
その意味で、二〇〇二年に発表された長篇『氷』は、新世紀のソローキンの創作の方向性を決定づける作品となった。小説の出版前に公表されたインタビューで、ソローキンはコンセプチュアリズムとの訣別を高らかに宣言したのである。

コンセプチュアリズムとは訣別しました。テクストの形式ではなく、新しい内容の方へ移りたかったんです。コンセプチュアリストは芸術家です。「A」という文字だけで小説を書くことのできる人間がコンセプチュアリストですが、これはヴィジュアルな作品であって、文学ではありません。(4)

そして『氷』は作者にとって「形式ではなく内容が前面に出た最初の小説(5)」だとし、作品の主題については以下のように語った。

こう言ってもいいでしょう――『氷』は現代の主知主義に対する幻滅への反応であると。文明は破壊を行う。人々はどうも自己を見失ってしまっている。食べ物から愛に至るまで、あらゆる点で外的なテクノロジーの形象と化している。根源的なもの、直接的なものへの郷愁が感じられるのです。我々は間接性という蜘蛛の巣の中で生きています。私は自分の祖父を思い出します。今日《こんにち》、心で語ることのできる人はたいへん少ない。そして、失われた楽園への郷愁もあります。楽園とは直接性です。『氷』は全体主義の小説ではなく、失われた精神の楽園探しの小説なのです。(6)

作者自ら「失われた精神の楽園探しの小説」と銘打った物語の根底に据えられているのは、「原初の光」と呼ばれる独自の神話である。二万三千の光線から成る「原初の光」はかつて宇宙を創造した。二万三千の光は地球と呼ばれる水の惑星に反射したことで、二万三千の光は地球の微生物に変わってしまう。やがて彼らは人間へと進化するが、そのままでは自らの心臓に宿る「光」に気づくことはできない。そこで世界の調和を取り戻すために宇宙から一つの巨大隕石が飛来し、一九〇八年六月三十日、シベリアのポドカメンナヤ・ツングースカ川付近に落下した（いわゆる「ツングース隕石」[7]）。隕石の正体は特殊な性質を持つ氷の塊であり、「原初の光」を心臓に宿す人間はこの氷で作ったハンマーで胸を叩かれることで覚醒し、己の正体と目的を理解する。その目的とは、二万三千人の仲間をすべて集め、ある特別な儀式を行うことによって「大いなる過ち」である人間の世界を消滅させ、「原初の光」に戻ることである。

　現代のモスクワが舞台となる『氷』の第一部はミステリー仕立てになっている。金髪碧眼の人間のみから構成される「兄弟団」と自称する謎の組織がモスクワで暗躍しており、彼らは密かに人々を拉致しては、氷でできた特殊なハンマーを用い、「心臓《こころ》で語れ」と叫びながら拉致した人々の胸を殴打する。ここで氷のハンマーの餌食となるのは、大学生の青年ラーピン、娼婦のニコラーエワ、ビジネスマンのボレンボイム。三人は職業も年齢もバラバラで、一見すると何の繋がりもなさそうだが、いずれも金髪碧眼という共通点がある。三人はそれぞれ異なる場所で兄弟団のメンバーに拉致され、氷のハンマーで胸を殴打される。その結果、彼らの心臓は「ウラル」、「ディアル」、「モホ」という「真の名」を告げる。その後、三人は兄弟団の施設で傷の治療を受けるなどして日常に戻るが、奇妙な夢を見たり、原因不明の号泣の発作に襲われたりするようになり、徐々に心身に変調をきたしていく。そしてついに「覚醒」した三人は、兄弟団の指導者フラムに面会する。

第二部では、兄弟団の現指導者であるフラム（ワルワーラ・サムシコワ）の口から、およそ半世紀以上にわたる自伝的な物語が展開される。始まりは一九四一年に遡る。独ソ戦が始まり、十二歳になったばかりのサムシコワが住む小村にドイツ軍がやって来る。彼らは二年間村に駐留し、最後には村を焼き払った上、労働力として子どもたちを連れ去る。列車ではるばるドイツへ運ばれたサムシコワは他の子どもたちとともに収容所へ送られるが、そこで密かに仲間探しを行っていた兄弟団のメンバーによって氷のハンマーで打たれ、「フラム」として覚醒する。彼女は兄弟団に加わり、最初の覚醒者であるブロから「原初の光」による創世神話を聞かされる。二十三の「心臓《こころ》の言葉」をすべて習得した彼女は祖国へ帰還し、秘密警察の要職に就く仲間たちの助けを借りながら、次々にロシアの仲間を見つけ出していく。

第三部は趣が異なり、兄弟団が資金集めのために開発した、氷のハンマーの効果を疑似体験できる健康増進機「アイス」の取扱説明書と、その最初のモニターたちの感想文から構成されている。大真面目に書かれていた前二部に対する一種のセルフパロディと言えよう。

結末のごく短い第四部はエピローグ的な内容で、文体は再び第一部と同じミニマルなものに戻っている。ある幼い男の子が家の中で健康増進機「アイス」のケースを見つけるが、その中にある氷の数はすでに残り一つになっており、兄弟団の目的が成就の一歩手前まで迫っていることが暗示される。

### ソローキンの「こころ」

批評家たちは『氷』をどのように受け取ったのだろうか。これはソローキンの最高傑作だとする評価も見られた一方で、[8] 作品には「失われた精神の楽園探しの小説」というメッセージをストレートに受け取ることを躊躇させる要素も明らかに存在していた。たとえば、金髪碧眼という兄弟団の特徴はナチスドイツの主張した「純粋なアーリア人」を想起させ、また、氷のハンマーで心臓を殴るという覚醒の儀式は、普通に考えれば殺人である（事実、仲間でなかった者は死ぬか重傷を負う）。ソローキンは兄弟団と全体主義セクトとの類似はあくまで「形式的」だと語ったが、はたしてそれは作者の「本心」なのだろうか。

こうした疑惑は、『氷』の続編『ブロの道』（二〇〇四）が発表されてからさらに大きくなった。本作は兄弟団の創始者であるブロ（アレクサンドル・スネギリョフ）の自伝的内容となっている。シベリアで謎の大爆発が起こった一九〇八年六月三十日、スネギリョフは裕福な製糖工場主の家庭に生を受ける。ロシアとウクライナにある領地で家族や大勢の親戚に囲まれながら幸福な幼年時代を送るが、第一次世界大戦やロシア革命、それに伴う国内戦による混乱が彼から家族を奪い去る。数年間放浪生活を送った後、伯母の伝手でペトログラード（サンクトペテルブルグの旧称）の大学に入ったスネギリョフは、ひょんなことからシベリアに落下したとされる「ツングース隕石」を探す探検隊に同行することになる。針葉樹林帯《タイガ》での長く過酷な旅の途中、スネギリョフは精神に変調を来し、何かに導かれるように沼の中に入っていく。そこに沈んでいた巨大な宇宙の氷の力によって彼は「ブロ」として覚醒し、二万三千人の兄弟姉妹を探す長い旅に出ることになる。

作家のマイヤ・クチェルスカヤは、『プロの道』を次のように批判している。たとえ小説の文明批判が真剣なものだとしても、人間を「肉機械」としか見なさない「プロの立場がどれだけヒューマニスティック」かは疑問であり、作家の「堕落した人類への重い嘆息を通して、すぐにそれとわかるソローキン的な笑い声が噴き出してくる[9]」と指摘した。

作者の「こころ」をめぐる議論は、作家自身をも巻き込んだちょっとした論争にまで発展した。それは、批評家ワシーリィ・シェフツォフがインターネット雑誌『トポス』に掲載した、『プロの道』に対する書評[10]およびジャーナリストのアンドレイ・ゴローホフとの公開書簡[11]に端を発する。それらは『プロの道』にロシアの伝統的な古典文学への回帰が見られることを批判するものであり、それに対してソローキンは同誌のインタビューで「まるでベリンスキーとドブロリューボフの文通だ[12]」とコメントした。

これを受け、シェフツォフは「独立新聞」でさらなる反論を行なう。彼の主張は次のようなものだ。「『氷』はいつもと異なる方面から自分たちを見るという直感的な試みの一つに過ぎない」という作者の発言を文字通り受け取るとすれば、『氷』は「形而上的小説」だという作者の定義の真剣さは疑わしくなる。まるで劇場のように、ソローキンは覚え込んだ「役割」を演じているだけなのではないか[13]。

このような批判に対して、ソローキンは「我が罪なりや?」と題した長いエッセイを同紙に寄せ、テクストを通してのみ世界を見、「世界のすべてはテクストだ[14]」などと豪語する文学者の姿勢を批判した。そして反論の矛先は、直接の批判者であるシェフツォフだけでなく、『プロの道』を「文学に意外さを期待する社会の趣味への平手打ち[15]」と評した旧友のイーゴリ・スミルノフにも向けられることとなった。

親愛なるイーゴリ・パーヴロヴィチ、ウォッカでも飲んで、ドイツの蒸し風呂に行って湯気でも浴びて、ボーリング場に行ってボールでも投げて、頭の中をきれいにしてくれ。せめて半時間でも、ヤコブソン、レヴィ・ストロース、脱構築、超情報性、「カーニバル」とかいう西側のスラヴ学者にとってのマジックワードを忘れてくれないか。信じてくれ、宇宙の氷を発見してそれに触れ、人ならざる者に生まれ変わったサーシャ・スネギリョフの伝記の執筆に取り掛かったのは、何もわざわざ「退屈に、情報を与えずに」書いて、教養社会を嘲笑するためだけではない。[16]

続けてソローキンは、コンセプチュアリズムの影響を色濃く受けた『ロマン』を書いたのは二十年も前の話で、時代の変化とともに作家自身も変化する以上、二十年前と同じものは書かない、と述べている。彼にとって『氷』は依然として「形而上的小説」だが、あくまで問いを提起するだけで、何らかの解答を与えるものではない。この三部作はあくまで「ホモ・サピエンスについて、人々の完全な断絶状態について、存在と時間について、苦しみの中にあるユートピア的幸福について語り合う試み[17]」なのだ。

## コンセプチュアリズムの美学から倫理へ

ここまで作品をめぐる二次的な言説を長々と追ってきたが、それはこうした議論が〈氷三部作〉という、ソローキンの作家としての全キャリアの中でも特異な地位を占める作品の理解にとって重要だと思われるからだ。もしもソローキンが従来通り文字というオブジェを扱う「芸術家」の立場を堅持し、文学は「紙の上の文字にすぎない」という主張を続けていれば、誰も作者の「真剣さ」や「誠実さ」を云々しようとはしなかっただろう。かつて彼はソ連の不良娘マリーナが党委員会書記とのセックスを通じて模範的な共産主義者に生まれ変わる『マリーナの三十番目の恋』（一九八二―八四）という作品を書き、結末でマリーナが「個性というものから〈解き放たれ〉、無個性の〈集団〉へと溶け合っていく」ことを「救い」だと述べたが、[19]当時の批評家は誰もそうした救済の是非について真面目に論じようとはしなかった。「芸術家」から「作家」へという戦略的な立場の移行が意味したのは、テクストという「美学《エステチカ》」の領域に、それまで厳格に分離していた「倫理《エチカ》」を持ち込むことだったのである。

では、「原初の光」という独自の神話によって作者が問おうとした倫理とはいかなるものだったのか。先行研究では、テクストから明らかに見て取れるナチス的要素の他に、『ヨハネの福音書』、ウラジーミル・ソロヴィヨフの「神人」思想、ニーチェの「超人」思想、ルソーやトルストイの文明批判などとの関連が指摘されてきたが、[20]ここでは作者ソローキンの創作にとって決定的な役割を果たしたコンセプチュアリズムとの関わりから考えてみたい。

前述の通り、『氷』出版前のインタビューでソローキンはコンセプチュアリズムとの訣別を宣言したが、文学者オリガ・ボグダノワは疑問を呈している。彼女はソッツ・アートがソ連崩壊後、「〔……〕不完全な脱神秘化ではなく、まさしく神話の設計を意味する神話創造」[21]へと方向転換したことに触れ、ソローキンはそれに追随しているのだと主張した。[22]

『氷』以降のソローキンが「コンセプチュアリスト」だと断定できるどうかかはともかく、ボグダノワの指摘で重要なのは、『氷』の執筆に当たって、ソローキンが自身のルーツであるコンセプチュアリズムに立ち返った可能性だ。興味深いことに、彼のコンセプチュアリズムでの活動記録の中には、三部作の内容を想起させる発言が残っている。それは一九八七年、パフォーマンス集団「集団行為」のアクション「造形芸術作品は絵画である」に参加したときのことである。これは野原で九人の観客がカバコフの声が録音されたテープレコーダーを次々に回していくという内容なのだが、その内容自体はさほど重要ではない。というのも、このアクションでソローキンは「集団行為」のリーダーであるモナストゥイルスキーとともに離れた場所におり、そこでマットに寝転びながらテープに会話を吹き込んでいるだけだからである。[23]ところが、このアクションはソローキンに大きな感銘を与えたらしく、後の「談話」で次のように語っている。

たぶん、集団行為のアクションについて詳しく意見を述べたいと思ったのはこれが初めてだ。以前はすべてが明々白々で、すべてを理解し、受け入れることができたので、集団行為をめぐるどんな言説も同語反復に思え、議論には参加しなかった。このアクションは例外だった。それは、アクションの前後や最中に味わった特別な精神状態と関係がある、あるいはもっと正確に言えば、あらゆる非日常性と全体性のもとでも完全に自分でコントロールできた体験と関係している。私ならこの体験を「**空虚の観察**」と名づけただろう。(24)

その記述によれば、ソローキンはアクションの前日から「集団行為の全参加者は空虚、〈空《シュニヤ》〉の全権代表でなければならない——つまり、空虚を身に帯びねばならない」と感じており、その考えはごんごん強まっていった。

〔……〕私はすでに、テーブルについている全員（私以外）が空虚な殻であり、その中は真っ暗闇で、そこには何も存在していないのだということを知っていた。この殻たちは人間的な振る舞いの機能をすべて保持したまま、飲み、食い、笑い、好きな話題を口にし、ふざけ、暖炉を焚いていた。しかも、彼らはこうしたことを人造人間《バイオロボット》のように無感情にするのではなく、創造的に、驚くべき腕前でやってみせるのだった。そして重要なことは、私——生きた人間——がこれに参加し、同じように飲み、食い、笑い、ゴーガという名の空虚な体を持つ人形とチェスまで打ち、その人形が私を打ち負かすことさえできるということだ。この空虚な体たち——簡単に言えば空虚人間たち——の振る舞いを観察することは、私にとって本当に楽しく、私も熱を込めて自分の役割を演じていたので、狡猾な空虚人間パニトコフから少し興奮しているなと言われたほどだ。この驚くべきやり取りに正しい評価を下せるのは、私のような空虚の真の観察者だけだ！　空虚は抜け目がない。身動きにも、話し方にも、どこにも自分の恐ろしい形而上学をさらけ出さないのだ。(25)

その翌日、本番を迎えたソローキンは、アクションが行なわれる野原で、参加者だけでなく、周囲の世界すべてが空虚だと感じる。

私たちの頭上を空虚を乗せた一機の飛行機が飛んでいった。それは本物みたいにゴォォッと音を立てるのだった。空虚な鳥たちが鳥っぽく鳴きながら飛んでいた。すぐそばのどこかでは空虚な人間たちを乗せた空虚な車がかすかに低い音を出していた。目に見える全世界に空虚がパンパンに詰まっていた!

そして、ただ私一人だけが生きた、温かい血の通った人間であり、この空虚な世界の中で寝そべり、ウォッカを飲み、出来事に耳を傾けているのだった。(26)

語り手のソローキンを「ブロ」に、「空虚人間」を「肉機械」に置き換えれば、そのまま『ブロの道』の一節としてほぼ完全に通用するだろう。その後、帰り道でソローキンは実は自分も「周囲の空虚人間と何一つ異ならない」と確信し、「すべてが空虚でなければならぬ」という言葉の意味を悟る。そして自宅に帰って入浴し、紅茶を飲んだ後、「私は再び人間となった」と感じる。(27)

後期ソ連社会において空虚が持っていた独特の形而上性については本書第二章で詳しく論じた。世界を空虚として見ること。それは当時のコンセプチュアリズムの美学であると同時に、世界に対する彼らの倫理的態度でもあった。そして、同じく第二章で取り上げた短篇「馬のスープ」でソローキンが寓意的に描いたように、空虚の美学と倫理はそれを成り立たせていたソ連の崩壊とともに滅び、空虚は形而上的な性格を失った。このようなコンテクストで考えれば、『氷』や『ブロの道』のテーマが、コンセプチュアリズムの活動の中で涵養された空虚の倫理の克服にあることが見えてくる。実際、まさにここで、空虚の中に「原初の光」と呼ばれる絶対的な実体が燦然と輝きはじめるのである（「初めに原初の光のみがあった。光は絶対の空虚で光り輝いていた」[28]）。

もっとも、かつてフーコーを引き合いに出しながら「どんなテクストも全体主義的である」[29]と語った作家にとって、そうした克服の試みが矛盾を孕んだものであることは言うまでもないだろう。以下ではまず、ソローキンが新たな小説で構築した言語世界の構造を、作家の従来の諸作品との比較を通して見ていくことにする。

## 言語の破壊から聖化へ

ソローキンの初期作品では主としてロシアの十九世紀リアリズムやソ連の社会主義リアリズムなど、何らかの既存のスタイルを現代アートの「レディメイド」のように利用しながら、それをプロットの「切断」や文法の逸脱・破壊、超意味言語《ザーウミ》、ページの空白などと暴力的に接続するという戦略が取られていた。こうしたパフォーマティヴな作業は、対象とする言語体系を脱構築するに留まらず、体系全体の破壊をも伴う、いわば「破壊的脱構築《デ(コン)ストラクション》」とでも言うべきものであった。

一方、『氷』と『ブロの道』では形式的には初期作品と同様の作業が行われているにもかかわらず、内容的には意味の剥奪ではなく、「神話」という高次の言語空間の構築が成し遂げられている。

その違いはまず、テクストにおける暴力の機能の違いにははっきりと見てとることができる。『氷』第一部には、プロトタイプとも言える『四人の心臓』という長篇がある。ソ連最末期の作品に位置づけられるこの作品では、老若男女の謎めいた四人組が繰り広げる残酷な暴力――親殺し、拷問、死体切断、等々――の描写が、これでもかとばかりに詰め込まれている。四人組の行動には何か共通の目的があるらしく、その謎解きへの期待が読者の興味を持続させる原動力となっているが、物語の最後で目的を達成した四人組は、自らの心臓をプレス機械で押し潰して死ぬ。過剰な暴力を主人公たちに行わせた物語の「意味」への期待が、最後の最後ですっかり裏切られてしまうのだ。一方、『氷』第一部の三人の主人公たちは、氷のハンマーによる暴力で精神的に蘇る。『氷』の神話は、まさに『四人の心臓』が終わるところから始まるのである。(30)

では、『氷』と『ブロの道』における言語体系の具体的な分析に入ろう。違いをはっきりさせるために、ここではコンセプチュアリズム的な戦略がもっとも明確に打ち出されている初期の長篇『ノルマ』（一九七九―八三）の第五部を比較項として取り上げる。これは書簡体小説の形式を取っており、田舎で生活するとある年金生活者の書き手が都会に住む友人へ手紙を綴る。当初書き手は田舎の牧歌的な田園生活を淡々と描いているのだが、次第に怠惰な都会人に対する憤りが嵩じ、文章は乱れ、支離滅裂になり、やがて意味不明な言葉が出現し、最後には「a」という文字の羅列に変わってしまう。

ここで進行している言語の変形過程は次の四段階に区分できる。①正常な文章、②「マート」（検閲を通らない卑猥な罵り言葉）の出現、③「タガ・モド・ヴァタ・モド……」といった意味不明なザーウミ言語の出現、④「a」という単一のアルファベットの羅列。段階が進むにつれテクストは無秩序の度合いを増し、最後には完全に崩壊する。

初期ソローキン作品のお手本のような作品だが、三部作に登場する兄弟団の言語ヒエラルキーも、こうした諸段階に明快に対応している。それぞれの段階について見ていこう。

①②すでに国家の検閲が存在しないポストソ連ロシアで書かれた三部作では通常の文章にマートも含まれている。とくに二〇〇〇年代初頭を舞台とする『氷』第一部では登場人物の会話にマートが頻出するが、それは現代ロシア人の正常な話し言葉の範疇に収まっている。『氷』第二部および『ブロの道』は検閲が存在した帝政末期からソ連時代にかけてが舞台となるが、そこでもマートの使用はほとんど重要な役割を果たしていない。『ブロの道』で幼少期のブロは「戦争」や「暴力」、「愛」といった、人間の本質に関わる言葉を学習していくが、これは初期長篇『マリーナの三十番目の恋』で幼少期のマリーナが生殖器や性行為に関連するマートを学習していくのとは対照的である。

③ザーウミ言語に相当するのは、光の兄弟たちの「心臓《こころ》の名」である。ブロ（兄弟）、フラム（聖堂）、ウラル（ウラル山脈）、メル（市長）、ディアル（英語のdear）、といった何かしら具体的な言葉を連想させるものから、ハー、ツェ、ウィチャ、アドルなど、まったく意味を成さないものまで、三部作を通して登場する兄弟姉妹の名は百五十を超える。新たに発見された兄弟姉妹の名が連呼されるくだり（「ズー！　オー！　カルフ！　ウィク！　アウブ！　ヤチ！　ノム！」[31]など）は、ほとんど初期作品に見られた「音声学的ザーウミ」の羅列になっている。[32]

④最終段階は、兄弟姉妹たちによる「心臓《こころ》の言語」（または「光の言語」）である。それ

は、兄弟団の総数である二万三千の千分の一に当たる二十三の「心臓《こころ》の言葉」より構成されている。彼らにとって「大いなる過ち」である地球を消滅させ、「原初の光」に戻るための最後の儀式では、二万三千の兄弟姉妹が輪になってこの二十三の「心臓《こころ》の言葉」を同時に唱えることが必要とされ、「心臓《こころ》の言葉」の習得は兄弟団にとってもっとも重要な課題となる。「心臓《こころ》の言語」による会話の場面では、「〇〇分が経過した」という風に時間経過のみが示され、語り合う者たちの内面は一切記述されない。「心臓《こころ》の言語」は「a」のようなアルファベットやブランクによってその存在が示されることすらない。

以上のように、兄弟団における言語のヒエラルキーは下から人間の言語→「心臓《こころ》の名」→「心臓《こころ》の言語」となっている。段階が進むごとに人間の言語が破壊されていくのは初期作品と同じだが、意味合いはまったく逆で、兄弟団の言語は段階が進むごとに神聖さを増していく。ソローキンはコンセプチュアリズムから発展させた破壊的脱構築《デ(コン)ストラクション》の手法を、今度は独自の神話構築に応用しているのである。

## 兄弟団の倫理

では次に、物語に描かれた兄弟団の倫理《エチカ》を見ていこう。最初の覚醒者であるブロは人間を「肉機械」と呼び、その本質を次のように要約する。

> 〔……〕彼らは周囲の世界とも、自分自身とも調和できない。苦痛の中で生まれ、苦痛の中で生を終える。その全生涯は快適を勝ち取るための闘争に、衣食を要する体の存在の継続に帰着する。しかし、地球に突如として、まるで爆発のように

出現した体は、同じように忽然と消え失せる。早々と老い、病み、曲がり、動けなくなり、腐り、原子に分解する。肉機械の道とはそういうものだ。[33]

このように、兄弟団は人間を徹頭徹尾物質的・機械的な存在と見なし、「心臓《こころ》ない」という形容詞によって「心臓《こころ》」を持つ自分たちと截然と区別する。世界を目ではなく「心臓《こころ》」で見るようになったブロは、「肉機械」のあらゆる営みを原始的な表現に還元する。たとえば住居は「石洞窟」、自動車や飛行機は「鉄機械」、爆弾は「鉄卵」、銃は「熱い金属片を吐く管」といった具合に言い換えられる。また、ブロはモスクワの図書館で見た夢の中で、作家とは「数千枚の紙片を文字の組み合わせで覆うために創られた」[34]機械だと悟るが、これは「テクストは紙の上の文字にすぎない」という作者自身のテーゼを兄弟団の言葉で翻訳したものだ。

一方で、心臓《こころ》に「原初の光」を宿す兄弟姉妹たちはもっぱら精神的な存在として描かれている。彼らは生の果物や野菜のみを口にし、肉や魚はもちろん、パンなど人の手で加工されたものは一切口にしない。仲間内では人間の言語は極力口にせず、多くの時間を他の兄弟姉妹との間で行われる「心臓《こころ》の会話」に費やす。それは激しい運動や興奮、肉体的快楽を伴うセックスとは対照的に、静止や沈黙、平安に特徴づけられる。こうした禁欲的で瞑想的な生活は、古代ギリシャの哲学者エピクロスが賛美した「アタラクシア」と呼ばれる精神的快楽を想起させる。

「心臓《こころ》の言語」にはロシア・ポストモダニズムのディスクールにおける「自由」の実現を見ることができるかもしれない。リポヴェツキーはかつてソローキンには自由を表現するための「非‐他者語」がないと指摘していたが、兄弟団の「心臓《こころ》の言語」はまさしくそうした他者のものではない作者独自の言語だと言えるのではないか。

とはいえ、その実現の仕方は極めてアンビバレントなものであり、ルートヴィヒ・ヴィトゲンシュタインが提起した「私的言語」の可能性に関する議論を想起させる。後期の主著『哲学探究』（一九五三）においてヴィトゲンシュタインは「誰かが自分の内的経験を——自分の感情や気分などを——自分だけのために書きとめたり、しゃべったりできるような言語というものを考えられないだろうか？」[35] と問い、ある未知の感覚に対して仮に「E」という記号を結びつけることを提案する。

どんな根拠があって私たちは、「E」がなにかの感覚の記号だと呼ぶのだろうか？　なにしろ「感覚」は、私たちに共通の言語、私ひとりだけが理解しているわけではない言語の、単語なのだ。だから、この単語を使うには、みんなに理解されるような正当化が必要である。——「それが感覚である必要はない」とか、「彼が『E』と書くときには、なにかをもっている」と言ったとしても、なんの役にも立たないだろう。——しかも、それ以上のことは言いようがないかもしれない。しかし、「もっている」や「なにか」もまた、共通の言語に属している。——というわけで、哲学をしていると結局は、分節化されていない音声しか発したくないような地点にたどり着いてしまうのだ。——だがそういう音声が表現であるのは、なんらかの言語ゲームにおいてだけである。[36]

ゆえに、他者との言語ゲームに属さない「私的言語」は不可能だとされる。[37] この議論を「心臓《こころ》の言語」に当てはめてみよう。上述の通り、テクスト上で「心臓《こころ》の言語」

はいかなる形でも表象されないが、その代わり、「心臓《こころ》の言語」が使用される場面ではしばしば、「……語った」というように、単語が強調されることがある（原文ではイタリック強調）。しかし、「語る」がただの「語る」とどのように異なるかは「共通の言語」では一切説明されない。したがって、ブロが「我々はクタと語り合った」[38]と書くとき、読者はその内容について何一つ知ることができない。つまり、「心臓《こころ》の言語」は、「言語」でありながら、人間の言語ゲームに属さない点で、不可能なはずの「私的言語」の一形態でもあるのだ。〈氷三部作〉はソローキンの全作品の中でも最大の分量を有する大作だが、「心臓《こころ》の覚醒」を経験した者たちが到達した「自由」の境地を、読者は一切窺い知ることができない。

このようなアンビバレンスは「心臓＝心」の二重性にも現れている。光の兄弟たちはいわば半人半神のマージナルな存在であり、肉体の束縛から完全に自由なわけではない。生きるためには食事や睡眠を必要とし、死ねば心臓に宿った「原初の光」も離れる。肉体を去った「原初の光」はこの世に産み落とされたばかりの新生児の心臓に宿り、兄弟団はまたその心臓の持ち主を一から新たに探し出さなくてはならない。『ブロの道』では、秘密警察で働くことになったブロと姉妹フェルが人間の社会生活の中で肉やワインを口にしないために四苦八苦する様が描かれるが、こうしたややアイロニカルなエピソードは、精神と肉体の相克がもたらす現実的な問題を浮かび上がらせている。精神的な救済のために肉体は廃棄されなければならないとすれば、これはまさに転倒という他ないだろう。

だが、こうした歪んだ欲望はロシア・モダニズムにも存在していた。貝澤哉によれば、「ロシア・モダニズムをつらぬく心理学的イデーとは、〈自然＝無意識＝カオス〉

は〈文化=意識=コスモス〉によって組織されるべきだ、という考え方」である。[39] 欧米の文脈でポストモダニズムの「後《ポスト》」の文化を分析したジョシュ・トスは、ポストモダニズムはモダニズムを否定するがゆえにモダニズムの「亡霊」の回帰を欲望するのだと示唆しているが、[40] そうであれば、〈氷三部作〉におけるコンセプチュアリズム=ポストモダニズムの克服が、「心」(精神)/「調和」(コスモス)による肉体/カオスの克服というモダニズム的イデーと極めて似通った構図を取ることも理解できる。そこにあるのは、「共同事業の哲学」を唱えたニコライ・フョードロフや、「神人」の実現を訴えたソロヴィヨフといったモダニズムの思想家たちに見られた、「性的差異やフィジカルな差異を消去し、それによって、リアルな他者をある共同的な観念性のなかに回収し統制、管理することで、単一の文化イデオロギーによる権力支配を全体化しようとする欲望」[41] と同種のものだ。

ボリス・グロイスが言うように、全体主義がモダニズムのある種の完成形だとすれば、兄弟団の倫理《エチカ》が全体主義と似通ってくるのは当然だろう。ハンナ・アーレントが全体主義について述べたように、光の兄弟たちにとっては「人間というものが複数でなく単数でのみ存在するかのよう」[42] であり、多種多様な人間は「肉機械」という呼称の下に個性を剥ぎ取られ、絶滅を運命づけられるのである。「ユダヤ人」や「反ソヴィエト」といった特定の人種・集団を敵視する既存の全体主義組織とは異なり、人類全体の根絶を目指す兄弟団にとっては、ヒトラーやスターリンすらも本質的には他の「肉機械」と何ら異ならない。異なるとすれば、せいぜいスターリンが他の肉機械より強い権力欲を持っているということくらいで、差異は質ではなく量にある。アーレントは「われわれはまだ完璧な全体主義的支配機構を見てはいない」[43]と記しているが、人種ごころか人類全体を敵視し根絶しようとする兄弟団は、ある意味で全体主義の究極形と言えるかもしれない。

## 肉機械は「原初の光」の夢を見るか？

『氷』と『ブロの道』において、兄弟団の活動は彼らのプランに忠実に沿う形で描かれてきた。そして完結編となる『23000』では、予言通り兄弟団の目的が達成され、地球もろとも人間世界が消滅するかと思われた。

『氷』の結末に続くようにして幕を開ける『23000』は、全部で二十四の章から構成されており、視点や文体も章ごとに大きく異なっている。そこには『氷』のミニマルで無機質な文体もあれば、光の兄弟の視点から人間社会を異化して描き出した『ブロの道』のプリミティヴな文体もあり、さらには、東京を舞台にしたハードボイルド小説風のエピソードや、ミュータントや知的障害児による特異な語りなど、前二作には見られなかったスタイルも含まれている。また、物語が進行する季節も「氷」と結びつく冬ではなく、暑い夏が中心となっており、兄弟団の「家」がある島のトロピカルな自然描写が新鮮に映る。

だが、『23000』においてもっとも特筆すべき点は、「原初の光」を宿さない普通の人間の視点が新たに取り入れられていることである。『ブロの道』や『氷』では、氷のハンマーで目覚めた者たちの物語が中心であり、氷のハンマーを生き延びた普通の人間にスポットが当てられることはなかった。本書の主人公であるロシア・ユダヤ系アメリカ人の若い女性オリガ・ドローボトは、まさにそうした「死に損ない」の一人だ。

氷のハンマーの殴打によって胸に重傷を負わされ、さらには最愛の両親の命まで奪われたオリガは、精神的なトラウマを抱えている。「原初の光」の神話など知る由もない彼女にとって、兄弟団の行為は、ニューヨークを襲った9・11テロと同じように、ある日突如として家族に降りかかった理不尽極まりない暴力でしかない。殺人者たちへの復讐に燃える彼女は、インターネットで氷のハンマーの被害者らが作ったとされるサイトを発見し、自分の他にも似たような体験をした人が数多くいることを知る。そして、氷のハンマーで弟を失ったスウェーデン人の青年ビョルン・ワシュベリと協力し、一連の事件の有力な手掛かりがあるとされる中国南部の都市広州へと向かうが、そこで二人はまんまと兄弟団の罠に落ちる。兄弟団に拉致された彼らは、同じように拉致された他の金髪碧眼の者たちと地下にある氷のハンマー製造工場で強制労働に従事させられる。オリガは兄弟団の幹部の息子であるヴォルフ老人から工場から脱出するための鍵を入手し、ビョルンと決死の脱出を試みるが、最終的に再び囚われの身となり、兄弟団の最後の儀式で助手として参加させられることになる。

一方、フラムとゴルンの透視能力によって、兄弟団は計画通り二万三千人の仲間を残らず見つけ出すことに成功する。そして彼らは無人島で巨大な輪を形作って手を取り合い、「原初の光」へ戻る儀式を行う。円の中心に立たされたオリガとビョルンは儀式の最中に思いがけず涙を流す。

ビョルンとオリガの目から涙が迸った。二人はわっと泣きだした。そして、この苦難の数ヵ月で初めて、彼らは急にとても気持ちよくなった。自分を愛し、守り、労ってくれる家族がそばにいた子どもの頃にのみあったような気持ちよさ。

涙に塗れながら、彼らは光の兄弟姉妹たちの手にキスしはじめ、己の過去を忘れ、苦悩と不安を忘れ、苦痛と期待を忘れ、この数ヵ月の恐ろしい生活を忘れた。兄弟姉妹たちの手がそばにあった。彼らを幸福へ、光へと導く兄弟姉妹たちの手が。「私たちはあなたたちとともにいる」ツェが繰り返した。「あなたたちは私たちとともに……」

オリガとビョルンは泣いていた。兄弟姉妹たちがともにいる！　孤独は終わった。永久に終わったのだ！　そして、すべてはかくも単純だった！　単純だった、光のように。何しろ、それは皆のために光り輝くのだから！　そして、もはやそれ以上何も要らない。皆と一緒にたどり着けばいいだけだ。幸福へ向かって。光へ向かって……[44]

最後の儀式の後、世界は消滅せず、島には抜け殻のような二万三〇〇〇体の死体が残される。生き残ったオリガとビョルンはこうした出来事を神の御業と考え、最初の人間であるアダムとイブのように神に祈る。

一見すると、『２３０００』のこうした意外な結末は、作者が前二作で丹念に描きつづけてきた「原初の光」の神話を自ら裏切っているようでもある。しかしこれは、従来のソローキンの作品につきものだったプロットの「切断」と言えるだろうか？おそらく、そうではない。オリガやビョルンの物語はプロットに有機的な形で組み込まれており、初期作品に顕著だったコンセプチュアリズム的などんでん返しとは明らかに異なっている。だとすれば、予告されていた結末の「修正」には何らかの意図が込められていると考えた方が自然だろう。

解釈の一つの可能性として、マルク・リポヴェツキーの説が参考になる。彼によれば、「原初の光」にまつわる兄弟団の神話は、「敵」だった人間を「仲間」に加えることによって、キリスト教的な神という、「まったく伝統的ではあるものの、新しい次元」を獲得する。後に残された二万三千体の屍は兄弟団の敗北を意味するのではなく、「兄弟姉妹の純粋な魂が脆い体から分離され、光と融け合った」結果であって、それは神話の「正真正銘の、嘘偽りない神聖さを主張するもっとも強力な方法として必要」だった。[45]

二〇〇五年に三つの長篇が『三部作』としてまとめて出版された際、そのエピグラフには、もともと『氷』に付せられていた聖書の「ヨブ記」からの引用の他に、ギリシャの神学者で、正教会の聖人でもあるグレゴリオス・パラマス（一二九六－一三五九）の言葉が新たに引かれていた（邦訳では『ブロの道』のエピグラフ）。「福音書」には、キリストがタボル山上で弟子たちと語らいながら、自ら光り輝く姿を示したと記されている。神学者の大森正樹の研究書によれば、パラマスはこのときキリストが発した「変容の光」を神のエネルゲイア（働き）だとした。それは神のウーシア（本質）ではないが、キリストの神性を表す神的なものである。[46] パラマスが理論化した「静寂主義《ヘシカズム》」では、信者は絶えざる祈りによって「光」として現れる神を見ることを目指したという。三部作の結末においてパラマスの「光」の神学が、兄弟団の「原初の光」とキリスト教の神とを仲立ちする媒介として機能していると考えることは充分に可能だろう。

このように、『23000』を兄弟団と人間とのある種の「和解」の物語と考えてみると、本作全体のトーンが前二作と大きく異なっているのも納得がいく。作中では、夏という季節の前景化と同時に、これまで「肉機械」たる人間に対してまさに「氷」のように冷酷に振る舞ってきた兄弟団の態度も明らかに軟化している。彼らは人間にも「光」への郷愁が存在しており、幸福は光の兄弟にも人間にも分け隔てなく与えられると語る。そして実際、ビョルンとオリガは氷のハンマーによる覚醒を経ずして浄化の涙を流し、物語の最後で二人が戻っていくフェリーに描かれた赤い心臓は、もはや兄弟団のシンボルではなく、人間の温もりを示すものとなる。

## 二十世紀への記念碑

それにしても、作者はなぜ最後になって自身の神話に「修正」を加えたのだろうか。振り返ってみれば、そもそも『氷』は当初単独の作品として構想されていた。それが前日譚である『ブロの道』、そして完結編である『23000』から成る長大な叙事詩へと拡大していったわけだが、五年もの長きにわたって自身の物語に向き合う過程で、まさに作者自身の「こころ」に揺らぎが生じたのかもしれない。『氷』が発表された二〇〇二年の段階では、この作品は「現代の主知主義に対する幻滅への反応」であり、「失われた精神の楽園探しの小説」だと語っていたソローキンだが、三部作を書き終えた後に行われたインタビューでは次のように語っている。

私にとって〈氷三部作〉全体は、二十世紀についての対話でした。これは二十世紀へのある種の記念碑なのです。これをメタファーと受け取ることもできますし、サイエンス・フィクションやある種の陰謀小説として受け取ることも可能でしょう。ですが私にとってはやはり、これはむしろメタファー、ある種の総括の試みなのです。そして、今になってやっと私はそのことを理解し、それについて内省を始めています。私は五年間この三部作に取り組み、今になってやっと単なる一読者としてそれを評価しはじめているのです。これはまたも改良、淘汰の思想でした。何しろ、国家から全体主義的セクトに至るまで、あらゆる全体主義的実践が淘汰の思想なのですから。これは我々とその他へと、つまり自己と他者へと世界を分割することなのです。[47]

読んでわかるとおり、ここではアクセントが二十一世紀の現代から二十世紀の過去へと移っており、三部作は「ある種の総括の試み」だったと述べられている。当初は『氷』についてこれは「全体主義の物語ではない」と主張していたソローキンだが、『ブロの道』で兄弟団の本質をより深く掘り下げていく過程で、「失われた精神の楽園探し」の試みが、自ずと全体主義に帰結することを悟ったのかもしれない。だからこそ、『２３０００』では兄弟団と肉機械の「和解」を描く必要があったとも考えられる。

かつてエプシテインはポストモダニズムの終焉について語りながら、これからは全体主義抜きのユートピアを語ることも可能だと述べた。しかし、そんなユートピアは「カフェイン抜きのコーヒー」のように、結局は欺瞞に陥るほかないのではないか。事実、プリレーピンやブイコフが典型的に示しているように、〇〇年代ロシア文学における直接性や精神性への回帰衝動は全体主義へのノスタルジーとなって現れた。ソローキンは三部作でそうした全体性の回復への欲望を神話的な物語として提示すると同時に、そこで剥き出しになる精神と身体の相克をも仮借なく描き出すことによって、〇〇年代の新しい文学に対する批判的な視座も提供しているのである。

## 2 『親衛隊士の日』シリーズにおける帝国のグロテスクな自画像

### 全体主義のトラウマ

ここまではコンセプチュアリズムのコンテクストでソローキンの〇〇年代の創作を考察してきたが、一方で彼の作品に特徴的な過剰な暴力やアブノーマルな性の描写に対する執着は、コンセプチュアリズムの枠組みを超えるものだった。そこには、ソローキンが「師」と慕うマムレーエフなど「当時の楽観的かつ〈バラ色〉の公式美学に対して、〈人間の底なしの魂〉や〈あるがままの生活〉を、およそ人好きのしないラディカルなやり口でこれみよがしに対置してみせた」[48]六〇年代の非公式作家たちからの影響のほか、作家自身の幼少期のトラウマ体験が影響している。

〔……〕初めて父と南国に行ったときのことでした。南国は私には楽園に思え、そこでは桃が生っていました。私は桃をもぎ取り、食べはじめたのですが、そのとき、ある奇妙な音を耳にしました。それは隣人が自分の義父である老人を殴っている音だとわかりました。それは長いこと続きました。「なぜわしを殴る?」と老人が訊くと、その隣人は「殴りたいからだ」と答えました。それは桃と、目には見えないけれどもぞっとするような暴力の光景との結合であって、私の文学のテーマの一つになっているのです。[49]

ここに述べられているように、美しい師弟愛とスカトロジーの結合（「セルゲイ・アンドレーヴィチ」）、社会主義的競争と殺人競争の結合（「競争」）など、牧歌的な日常と、それを不条理に切断する暴力やアブノーマルな性愛とのトラウマ的な結合は初期作品の基本構造となっている。過去のトラウマを無意識的に行動で反復してしまうことは精神分析の用語で「反復強迫」と呼ばれるが、ソ連時代のソローキンにとって、創作は一種の自己セラピーでもあったとも言える。

さらに、こうしたトラウマの問題はロシアのポストモダン文化一般の問題としても考えることが可能である。そこでのトラウマとは主としてスターリニズムに代表されるソ連の全体主義の記憶であり、たとえばコーマル＆メラミードやエリク・ブラートフなどソッツ・アートの芸術家たちの作品は、社会主義リアリズムを脱構築しながら、同時に権力の絶対性や遍在性に関する新たな神話を創りだすものだった（グロイス）。ソローキンもまた『ノルマ』、『マリーナの三十番目の恋』、『ダッハウのひと月』といった作品で全体主義の主題を扱っている。

乗松亨平は九〇年代のポストモダニズム論もまたソ連崩壊というトラウマに対する「治癒」だったと指摘しているが、はたしてトラウマは無事に癒えたと言えるだろうか。確かに九〇年代にはソローキン自身がもはや古い文学は「埋葬」されたと語り、その他の新進的な作家・批評家らもこれからは「ソローキン以後」の文学になると考えていた。しかし〇〇年代にロシアの文壇に現れたのは、意外にも若い世代を中心とする強力なソ連回帰の傾向であり、また別の者たちは帝国の復活を声高に叫んだ。ここからはソローキンの〇〇年代後半を代表する『親衛隊士の日』（二〇〇六）に始まる一連の作品を取り上げ、作者がこうした保守回帰をどのように描いているかを分析していく。

## 二〇二八年の帝政ロシア

『親衛隊士の日』はイワン雷帝時代を彷彿とさせる帝政が復活した二〇二八年のロシアを舞台にしている。階級制が設けられ、人々は貴族や平民に分類されている。「プリカース」と呼ばれるおよそ十六〜十七世紀のロシアに存在した官庁や、「ゼムストヴォ」と呼ばれる帝政期の地方自治機関などの古い行政機関が復活している。過去の歴史は「赤の乱」（社会主義時代）、「白の乱」（資本主義時代）などと呼び変えられ、モスクワのクレムリンの外壁は往時のように全面白く塗り替えられている。商店には国産の商品が並び、売られている本はロシアや皇帝を讃える愛国的なものばかり。国は万里の長城を思わせる巨大な「大壁」によってヨーロッパから隔てられており、豊富な天然資源をヨーロッパに高値で売りつけることで経済は潤っている。

新たな帝政の権力を体現しているのは、「オプリーチニク」と呼ばれる君主直属の親衛隊士たちである。歴史上のオプリーチニクは、十六世紀にイワン雷帝が自身の絶対的支配の及ぶ地域に任命した皇帝直属の親衛隊士であり、「オプリーチニナ」はこのような皇室特別領の名称であると同時に、皇帝の親衛隊や、この親衛隊による弾圧政策を指す。皇帝がオプリーチニナを導入した意図は国家や君主に敵対する貴族の根絶にあり、その実行者であるオプリーチニクの数は五千〜六千人だったと言われている。彼らは皇帝の命により裏切り者の貴族を次々と逮捕・処刑していったが、テロルが頂点に達した一五七〇年のノヴゴロド遠征では、六週間にわたる殺戮と破壊の結果、二千〜一万五千人という多数の犠牲者が出たという[51]。

ソローキンが描く未来のオプリーチニクたちもまた皇帝に敵対する貴族の根絶に従

事しているが、もはや馬ではなく、真紅のメルセデスベンツを乗り回している。かつてのオプリーチニクたちが馬の首に犬の首を縛りつけ、鞭の柄に箒の形をした獣の毛をくりつけていたことに倣い、車のボンネットには犬の首を、トランクには箒をそれぞれトレードマークとしてつけている。〈氷三部作〉で光の兄弟たちは「兄弟団」と自称していたが、オプリーチニクたちも寺院で勤行したり共同で食事をしたりと、擬似的な修道僧団を形成している。

物語の語り手はコミャーガという若手のオプリーチニクである。モスクワ大で学んだ（ただし卒業はしていない）彼は頭脳派として隊長のバーチャから信頼を寄せられている。オプリーチニクの一日は恐ろしく多忙だ。白馬の夢を見ながら目覚めたコミャーガは、早速通報を受けて反乱貴族を制圧し、聖堂で祈りを捧げ、コンサートの演目の内容を検閲し、国内外の違法ラジオをチェックし、公衆浴場で仲間たちと集団ドラッグをきめ、税関のトラブルを調停するために飛行機で約千五百キロ離れたオレンブルグに飛び、その後后の命によりロシア中部の街トボルで千里眼の老婆と会い、モスクワに戻ってすぐ不敬な内容の歌を歌う民謡歌手のコンサートを手下の若者たちを使って妨害し、クレムリンで后の食事につき合い、浴場で今度は仲間たちと男色に耽り、失寵した君主の親戚を殺し、一日の仕上げに最側近の者たちと互いの脚にドリルを突き刺し合う根性試しのような儀式を行い、明け方に人事不省の状態で自宅に搬送され、再び白馬の夢を見る……。

結末が示唆する円環性は『親衛隊士の日』という表題にも現れている。これはソルジェニーツィンの『イワン・デニーソヴィチの一日』（一九六二）を連想させるが、ソローキンの方には「一」が抜けている。つまり、ここでいう「日」は単に一日を指すだけでなく、オプリーチニクを記念する日でもある。しかもそれは休日ではなく平日であり、欲望と暴力が横溢するコミャーガの一日は、同時に二〇二八年の帝国ロシアの日常でもあるのだ。

## ソ連的なものの回帰

プーチン大統領はその強権ぶりから西側のメディアなどから「皇帝」と呼ばれたりするが、『親衛隊士の日』は保守化し経済や文化への統制を強める現代ロシアを帝政時代になぞらえて風刺した作品に見える。作者自身も、ドイツの『デア・シュピーゲル』誌のインタビューに答え、「不幸なことに、現在のことを描くには風刺という道具を用いるしかないのです」、「我々は今なおイワン雷帝によって作られた国に住んでいるのです」と語っている(52)。

その一方で、『親衛隊士の日』には間接的な形でソ連的なモチーフも随所に組み込まれている。たとえば、コミャーガが視察する祝賀コンサートのリハーサルに、資本主義時代のロシアを批判的に描いた演目が登場する。モスクワの三つ駅広場が舞台で、そこには資本主義社会から落伍した浮浪者たちが薬缶やらフライパンやらを手に立っている。空は曇り、オーケストラはもの悲しげな音楽を奏でる。とそこに、まるで陰鬱な光景を切り裂くかのように、天から希望の光が差し込み、舞台中央が照らし出される。スポットライトの下にはボロボロの服を着た三人のホームレスの子どもが現れ、フルートの伴奏に合わせて歌う。

麗しの遠い未来の声が聞こえる

明け方の声が、銀色の雫のように滴って
いざなう道が頭をぐるぐる回す
子どもの頃に乗ったメリーゴーラウンドみたいに(53)

歌はコミャーガをはじめリハーサルを見学していたお歴々の涙を誘うが、実はこれはソ連時代の歌で、八〇年代ソ連の有名な児童向けSFドラマ『未来からの訪問者』（一九八五）の主題歌である。だがコミャーガがそのことに気づいている様子はまったくない。コミャーガの生年は作中では明示されないが、ある研究者は物語のディテールから推測してソ連崩壊の年である一九九一年だと推測している(54)。厳密にそうかどうかはともかく、コミャーガがポストソ連ロシア世代であることは間違いない。つまり、彼にはソ連時代の記憶はまったくないのだ。

語り手の視線からはテクストに組み込まれたソ連的なモチーフがことごとく逃れ去っており、それを一つ一つ拾っていけば、未来の帝国の別の一面が見えてくる。いくつか例を挙げると、物語前半で君主の娘婿ウルーソフ伯爵の淫行を諷刺した「火事場の妖怪」と題された落書が朗読されるが、これはソ連の児童文学作家サムイル・マルシャークの物語詩「知られざる英雄の物語」（一九三七）の翻案となっている。後にこの落書は隊長バーチャが政敵ウルーソフを失寵させるためにお抱えの諷刺詩人に作らせたものだということが判明する。物語の結末近くでこの詩人はコミャーガたちに君主を讃える詩を披露するが、実はこれも詩人ボリス・パステルナークによるスターリン礼賛詩(55)（一九三六）のほぼ引き写しになっている。しかしオプリーチニクたちは誰もそのことに気づかず、彼の詩を褒めちぎるだけだ。

**セルフリメイク**

『親衛隊士の日』発表後のインタビューで、作者は自身の初期作品である『行列』（一九八二）を書き直すアイディアを語っている。

私には今『行列2』を書いてみようという考えがありました。今でも行列はありますが、それはもはや別の物を求めて並ぶ行列です。たとえば、空港で検査場を通るときに行列ができますね。交通渋滞の行列もある。それらはまったく別のもののようですが、しかし、そこで話されていることは同じなのです。(56)

その言葉通り、ソローキンは『親衛隊士の日』から二年後、続編となる『砂糖のクレムリン』（二〇〇八）を発表し、過去作のセルフリメイクという形でロシアのソ連回帰をさらに大胆な形で提示した。本作は独立した十五の短篇から構成されており、日本で言うところのいわゆる連作短篇集である。前作ではコミャーガの視点からのみ語られた未来の帝国の日常が、本作では権力者だけでなく庶民などの目を通して多角的に描かれている。表題の「砂糖のクレムリン」とはクレムリンを象った製糖菓子のことであり、シンボル的に各エピソードのどこかに必ず登場する。
『砂糖のクレムリン』の作品構造は作者の初期長篇『ノルマ』の第一部を意識したものになっている。そちらではソ連の庶民の日常がやはり数々の断片的なエピソードによって描かれ、各エピソードのどこかに必ず表題の「ノルマ」という言葉が現れる。日本語にもなっている「ノルマ」という言葉は個人や工場に割り当てられた労働量を意味するが、ここではそれとは異なり、実は子どもの糞便から作られた食べ物であるということが、作品を読み進めるうちに判明する。アレクサンドル・ゲニスによれば、ここで作者が意識しているのは、ソ連社会で人口に膾炙していた「生きるためにゃ糞でも食らわにゃならぬ」というスカトロジックな格言である。そこでは糞がシニフィアン（意味するもの）、ノルマ（＝ソヴィエト権力）がシニフィエ（意味されるもの）だが、ソローキンはその関係を逆転させ、ノルマを糞のシニフィアンにしているのだ(57)。

それに対して、砂糖のクレムリンは甘いお菓子である。それは権力の甘さの象徴であり（「権力は、子どもを産んだことがない金糸のお針子の胎のように、魅力的で心惹かれるものなのだ(58)」）、未来の帝国の住人は貴賤を問わず誰もがそれを口にしている。そしてそれが君主の后ともなれば、その甘さは麻薬の快感にまで達する（「夢」）。

ノルマが体内で消化された後に残る排泄物であるのとは対照的に、『砂糖のクレムリン』では口の中で容易に溶けて消えてしまう製糖菓子が権力のメタファーとして選ばれているが、それは権力の儚さを示していると考えられる。『親衛隊士の日』では君主の権威を笠に着てあれほど傍若無人の限りを尽くしていたコミャーガも、『砂糖のクレムリン』では君主の寵を失い、あっけなく殺害される。未来の帝国では国民の誰もが大なり小なり権力という甘いお菓子の恩恵にあずかることができるが、それを失うときも一瞬なのだ。

こうした全体の構造的な類似のほか、個別のエピソードのいくつかも初期作品を意識したものになっており、その一つがまさに先に引用したインタビューで語られていた「行列」である。一九八三年に書かれたオリジナルの『行列』はソ連の日常を象徴する光景だった長大な行列を主題にした作品で、全体が行列に並ぶ不特定多数の人々の会話のみで構成されており、無数の会話の連なりが同時に一つの長大な「行列」に見えるという視覚的な効果も有している。

ソ連から未来の帝国に舞台を移したリメイク版は、言葉遣いや文体の面で変更が加えられている。オリジナル版では相手に呼び掛ける言葉がソ連式の「同志」なのに対し、正教が深く根を下ろしているリメイク版では「正教徒」という言葉が用いられていたり、前者ではスラングなど砕けた表現が多用されているのに対し、後者では随所に古代教会スラヴ語の古めかしい表現が用いられていたり、といった具合である。作品の性質上リメイク版はオリジナル版の十分の一ほどの分量に圧縮されているが、基本的な構造は踏襲されている。つまり、言葉遣いを変更するだけで本当にソ連的な日常風景がそのまま未来の帝国の日常風景として成立してしまうのである。

『親衛隊士の日』や『砂糖のクレムリン』でソローキンが提示した未来の帝政とソ連の同質性は、〇〇年代の文学で顕著になったソ連回帰や帝国復活への欲望が実は同根であることを示唆している。『親衛隊士の日』には現実の人物が多数パロディ化されているが、そこにはアレクサンドル・ドゥーギンやエドゥアルド・リモーノフといった帝国主義的傾向を持つ人物と同時に、ソ連に郷愁を寄せる「新しいリアリズム」の作家たちも国のお抱え作家として登場する。共産主義と帝国主義という一見相反するイデオロギーは、ソローキンのナショナルな（アンチ）ユートピアの中で一つに溶け合うのだ。

### 二項対立の崩壊

本書でも何度か言及したように、社会学者のレフ・グトコフによれば、〇〇年代のロシア社会では「消極的アイデンティティ」と呼ばれる他者の排除や否定に媒介されたアイデンティティ形成が優勢となった。『親衛隊士の日』における帝国のアイデンティティもまたそうした他者との否定的な関わりの中で形成される。

第一の他者は、「大壁」でロシアと直接隔てられているヨーロッパである。貴重な天然資源を輸出している立場上、ロシアはヨーロッパに対して経済的に優位に立っている。アレクサンドル・エトキントは天然資源に依存する現代のロシアを「ペトロマッチョ」と呼んだが、[59] 未来の帝国で天然資源は神聖視されており、ボリショイ劇場の祝賀コンサートの演目には、「ヨーロッパ・ガス」から自国のガスを守る国境警備隊たちの活躍を讃える劇まである。つまり、没落したヨーロッパはロシアにとって自らの強大さを誇示するのに都合のいい他者なのである（「もはやヨーロッパにはロシアの尻《けつ》を見せつける相手は誰一人としていない。立派な人間は西の大壁の向こうには残っていない」[60]）。

第二の他者はアメリカである。現実のロシアではプーチン大統領がしばしば反米的な姿勢を見せているが、『親衛隊士の日』のロシアでは遠く海を隔てたアメリカの存在が意識されることはあまりない。アメリカが前面に出てくるのは「アクアリウム」と呼ばれる特殊な麻薬による集団トリップの場面で、オプリーチニクたちが共同の幻想空間でロシアのおとぎ話の竜に変身して「西」へと飛び、大西洋でアメリカの油田や船舶を破壊し、最終的にはアメリカの街を襲撃し、女子どもを含む人々を殺害・陵辱する様子が、ロシアの伝統的な民謡のリズムに乗せて語られる。また、『砂糖のクレムリン』の「映画」というエピソードでは、祖国のために改悛したロシア人スパイと、彼を誘惑する悪魔的なアメリカ人との対話シーンの撮影模様が描かれる。

このように、ヨーロッパの場合と異なり、アメリカという他者はきわめて抽象的で、幻覚やフィクションを通してのみ語られる傾向がある。アレクセイ・ユルチャクは後期社会主義ソ連において「ザグラニーツァ（外国）」は「現実味があるのに抽象的、よく知っているのに手が届かず、日常的でありながらエキゾチックで、ここでもありあちらでもある空間」[61]だったと指摘しているが、近未来のロシアではアメリカが再び「想像の西側」としての地位を占めているかのようである。

乗松はロシアの現代思想が「私はXにとって他者である」という「大きな物語」に支えられていると指摘した[62]。彼によればXの主要な代入物の一つは「西側」であり、『親衛隊士の日』でソローキンは、一見するとそのような西側にとっての他者としてのロシア像を戯画化しつつも忠実に構築しているように思える。しかし指摘しておかねばならないのは、それと同時に、作者はそこにそうした図式には収まりきらない中国という「第三項」を導入することによって、二項対立的な構図を破綻させているということである。

現実の世界でも中国はロシアにとってなくてはならない重要な経済パートナーだが、未来のロシアも中国に経済的に大いに依存している。街には中国人が溢れ、中国語の習得は今や必須となり、后親子は中国語で会話し、貴族の間では中国趣味が流行している。たとえば反乱貴族クニーツィンの屋敷は一階が中国風で、二階がロシア風になっているが、この配置にはロシアと中国の心理的ヒエラルキーがそのまま反映されている。すなわち、今や中国はロシアにとっての下意識なのである。ボリス・グロイスには「西欧の下意識としてのロシア」（一九八九）という論文があるが、ソローキンはここでその図式をアップデートさせていると言えるだろう。

ヨーロッパのように壁で隔てられた明確な他者とも、アメリカのように遠く離れた想像の他者とも異なり、中国という他者はロシアにとって下意識であるがゆえに、近代以後のロシア思想に特徴的な二項対立的図式で捉えることができない。『親衛隊士の日』の後半で君主がオプリーチニクたちにシベリアに居住する大量の中国人の税金問題を相談するくだりがあるが、その後で官僚が中国に媚びへつらう君主の態度に苦言を呈すると、オプリーチニクたちはムキになって中国を擁護しはじめる。戦後日本の保守的言説がしばしばアメリカ追随となって現れるように、未来のロシアでは愛国心が中国の肯定と結びつくという「ねじれ」が生じているのである。

ソローキンの作品で『青い脂』から顕著になりはじめた中国的要素は、ここにきて初期作品の過激な性や暴力の描写に代わる新たな「タブー」として機能している。それは『親衛隊士の日』や『砂糖のクレムリン』と同じ世界観で書かれた第三作『吹雪』（二〇一〇）に明瞭に現れた。プーシキンやトルストイの同名小説を意識したこの疑似十九世紀リアリズム風の作品の主人公は、吹雪の中、疫病が蔓延する田舎の村にワクチンを届けようとするインテリ医者ガーリンである。彼は五十頭のミニチュア馬による文字通りの「馬力」によって動く特殊な雪上車に乗り、召使いのペトルーハとともに猛吹雪の中を進む。途中で数々のトラブルに見舞われながらも、目的の村まであと数キロを残すのみとなるが、車が窪みにはまり込んで滑り木が破損、ガーリンとペトルーハは吹雪の真っ只中で進退窮まってしまう。

興味深いことに、この作品で疫病が蔓延しているとされる村は「他」を意味する「ドゥルゴエ」と名づけられている。近代以後のロシア思想にはヨーロッパという堕落した他者の救済というメシアニズム的志向が繰り返し現れてきたが[63]、『吹雪』のストーリーは一見するとそうしたロシア知識人のナルシシズムを満たすものだ。しかしガーリンはとうとう「他」にたどり着くことはできず、車も召使いも失い、一人吹雪の中に取り残される。そして最後には、遭難しかけたところをたまたま通りがかった中国人たちに救出されるという皮肉な結末が待っている。中国という「下意識」が暴力的に表面化することで、近代以後のロシア的意識における他者をめぐる二項対立的な物語は破綻に追い込まれる。

## 欲望の解体に向けて

『親衛隊士の日』に始まる〇〇年代後半のソローキンの一連の作品は、架空の帝国に仮託して現在と過去（ソ連時代・帝政時代）のロシアの同質性を示し、近代以降のロシアに取り憑いている他者をめぐる物語を再構築しながら、中国という「下意識」を新たに導入することで、二項対立的な物語の破綻をも示唆した。

他者をめぐる二項対立的な物語は欲望の論理に置き換えて考えることが可能だろう。人間の欲望に他者の欲望に媒介された三角関係的な構造を見出したフランスの文芸批評家ルネ・ジラールによれば、いかなる欲望もそれ自体として発生するのではなく、欲望の主体と欲望の対象は直結するものではない。たとえば、ドン・キホーテという主体が騎士になることを欲望するのは、スペインの有名な騎士物語の主人公アマディース・デ・ガウラというモデル（欲望の媒体）に触発されてのことで、ドン・キホーテの騎士道生活はアマディースの模倣なのだ(64)。

主体に何らかの欲望が生まれる際には常に他者の存在があり、ロシアの場合それは主として西側だった。ロシアがポストモダンを欲望したのも西側という媒体に触発されてのことだ。ジラールは欲望の主体が媒体に接近しすぎることの危険性を指摘しているが[65]、〇〇年代以降のロシア社会の急激な保守化は、冷戦終焉によって西側との壁が消え、ロシアが想像ではないリアルな西側と出会ったことで、西側という欲望の媒体に対する憧憬が憎悪に転じた結果だとも言える。つまり、一見すると相容れない九〇年代のポストモダニズムと〇〇年代の保守回帰は、西側という他者が常に欲望の媒体である点において通底している。

こうした欲望の三角関係を解消するには、論理的に考えて欲望の主体か媒体のどちらかが消滅するしかないが、驚くべきことに、ソローキンは『吹雪』から約三年のブランクを経て二〇一三年に発表した長篇『テルリア』で、欲望の主体と媒体の両方を一度に消滅させるという離れ業をやってのけた。

『テルリア』は『親衛隊士の日』よりもさらに未来の二十一世紀中葉に物語の時間軸が設定されている。イスラム原理主義勢力との戦争などにより、ロシアやヨーロッパの一部の国は崩壊し、多数の小国に分裂している。国の形だけでなく人間もまた変化しており、通常の人間の他に巨人や小人といった異形の者たちが当たり前のように存在する。人々の間では「テルルの釘」という一種の新型麻薬が重宝されている。これは、脳に直接打ち込むことで、己の願望を叶えたり秘められた能力を引き出したりすることが可能だが、その一方で失敗すれば死に至る危険を孕むという代物だ。表題の「テルリア」はその原料となるレアメタル「テルル」を産出するアルタイ地方の新国家で、テルルの釘の使用が唯一合法化されている桃源郷でもある。

国家としてのロシアはもはや存在しないが、ロシアの文化やアイデンティティが失われたわけではない。面白いことに、それらはロシア崩壊後に誕生した各地の小国に分散する形で保存されている。たとえば往時のように「モスコヴィア」と改称されたモスクワ国では、『親衛隊士の日』の帝国ロシアが縮小された形で残っている。今度はモスクワの環状道路に巨大な壁が巡らされており、あの淫蕩な后は以前と同じように男を求めてお忍びで街中を徘徊している。ウラル地方では共産主義者たちが資本主義打倒のために戦争を行い、アルタイ地方の「SSSR（スターリン・ソヴィエト社会主義共和国）」では、裕福なスターリニストたちが金に物を言わせて自らの理想の国を実現させている。

　こうした『テルリア』の世界観は、欲望の主体（ロシア）と媒体（西欧）を文字通り無化する効果を持っている。欲望の主体は分裂して増殖し、無数の小さな主体が同時に欲望の媒体ともなることで、小さな三角形が無数に形成されていく。こうした構造はフレドリック・ジェイムソンがポストモダニズム以後のユートピアの在り方として提示した「ユートピア的多島海《アーキペラゴ》」になぞらえることができるだろう。そこでは複数のユートピアが「不連続的な複数の中心からなる星座」として存在し、「その構成要素自身も内的に脱中心化されている[66]」のである。

　これを単なる夢物語と言うとはできないだろう。『テルリア』の出版後、実際にウクライナでは分裂が生じ、イギリスはEU離脱を表明した。無論、多くの犠牲を伴う国家の消滅が最良の選択肢であるはずはない。しかしそれでも、二十一世紀の世界が全体としては大きな物語に支えられた近代的秩序から、無数の小さな物語がせめぎ合う「新しい中世」的な秩序へと移行していくことは不可避であるように見える。そして『テルリア』は、まさにそうした未来の、暗鬱だが新しい可能性に満ちたヴィジョンを我々に開示しているのだ。

# 終章

# ロシア文学のゆくえ

## ロシア化されたポストモダニズム

本書は、一九九〇年代に現れたポストモダニズムから出発して、ソ連崩壊後およそ四半世紀にわたるロシア文学の歩みを辿ってきた。最後に、現代ロシア文学のプロセスをもう少し広い視野で捉え直し、そこから見えてくる課題と今後の展望について考えてみたい。

「ロシア・ポストモダニズム」という概念はそもそも矛盾を孕んでいた。西欧ポストモダニズムはモダニズム運動の衰退や資本主義の高度な発展を背景として登場してきた理論だが、ソ連は第一に社会主義国家であり、第二に二十世紀初頭のモダニズムの流れは「社会主義リアリズム」という公式美学によって中断させられている。当時のロシアの急進的な批評家たちは、社会主義リアリズムをモダニズム運動の継続・発展と捉え、イデオロギーが形骸化したスターリン後の後期ソ連社会に「大きな物語」の終焉やシミュレーション性を読み込むことによって、ロシア独自のポストモダニズム理論を構築した。

だが、ポストモダニズムの半ば強引な「ロシア化」は必然的に様々な点でオリジナルからの改変を伴うこととなり、ロシア・ポストモダニズムは西欧ポストモダニズムとの差異を「ナショナルな「特質」として抱え込むこととなった。そうした差異は意識的・無意識的にしばしば西欧ポストモダニズムに対するロシア・ポストモダニズムの優位を示す根拠として提示され、ポストモダニズムは本来ロシア的な現象であるといった転倒した結論が導き出されることもあった。東浩紀は八〇年代日本のポストモダニズム受容に一種の「ナルシシズム」を指摘しているが、(1)九〇年代ロシアのポストモダニズムにも同じ構造を見て取ることができる。

ロシア・ポストモダニズムは後期ソ連文化のコンテクストに強く異存していたため、ポストモダニズムの台頭を可能にしたソ連の消滅は一種の「諸刃の剣」でもあった。そのため九〇年代後半になるとポストモダニズム論の内部からポストモダニズムの「終焉」を宣言する声が上がるようになり、二〇〇〇年頃には流行はいったんの終息を迎えることになる。しかしその際、ロシア・ポストモダニズムの「ナルシシズム」について自己反省が試みられることはほとんどなかった。

ロシア・ポストモダニズム論で「空虚」の概念が重要な意味を持ったことは象徴的である。批評家たちはソ連文化を「空虚」だと否定するように見えて、その実「空虚」を無であると同時に充実でもある一種の形而上的な概念に引き上げることによって、本来は国の消滅とともに滅び去る運命だったソ連文化を延命させた。したがって、二〇〇〇年代に台頭した若い世代の「新しいリアリズム」が九〇年代のポストモダニズムの克服を企図しながら、結果的には社会主義リアリズムへの回帰のようになってしまったのも偶然ではない。ポストモダニズムと「新しいリアリズム」は相反する二つの潮流というより、同じコインの裏表なのである。

## ロシア版の「近代の超克」

貝澤哉はロシア・ポストモダニズムに「[西欧の]近代的ユートピアの空虚さを模倣することで、そのアンチユートピア性を身をもって露呈させ、相対化する」[2]という、いわゆる「近代の超克」に似た志向を指摘している。

よく知られている通り、「近代の超克」とはかつて太平洋戦争時の日本で活発に議論されたテーマである。廣松渉は、「戦時下日本におけるいわゆる〈近代の超克〉論を理論的に代表した」[3]思想として、哲学者西田幾多郎の哲学を奉ずるいわゆる「京都学派」を挙げている。当学派の代表的な論客であった高坂正顕による近代の超克のロジックはおおよそ次のようなものだ。近代とは人間中心主義の時代であり、人間は機械としての自然を支配しようとするが、その試みはかえって人間自体もまた機械の一部だという逆説的な認識（人間機械論）に至らしめる。では、このように人間疎外をもたらす近代は何によって超克されるのか。それは、西洋的な「実在」や「有」に対置される東洋的原理、すなわち「無」である。[4]

このようなロジックは、たとえば本書で検討したマムレーエフによる「永遠のロシア」の構想に驚くほど似通っている。マムレーエフの場合もやはり西洋を合理性・秩序・存在を体現する主体として捉え、ロシアにはそのアンチテーゼである不条理・カオス・空虚（無）といった性格を与え、後者が前者よりも根元的だと主張した。

ボリス・グロイスは論考「ロシアのナショナル・アイデンティティの探求」

（一九九二）で、ロシア思想史におけるロシアと西欧の問題を扱っている。それによれば、ロシア哲学においてロシアは西欧の一部ではなく、西欧思想の「思考の普遍性」を制限する存在だったのであり、その意味でロシア哲学は「反哲学」だった[5]。そしてチャアダーエフやホミャコーフなどの思想を取り上げながら、グロイスはロシアが西欧にとって常に「他者」であったことを指摘し、次のように結論づける。

結論として次のように言うことができる。少なくともチャアダーエフの頃から、自らのナショナル・アイデンティティや自立性、オリジナリティといった問題に直面させられ、同時に西欧文化と比較して実際にエキゾチックなものや異質なものを何一つ提示できなかったロシア思想は常に、「他なるもの」に関する西欧ディスクールの実現、あるいは具体化の場としてロシアを解釈することで、この問題に答えてきた。その際、歴史的に形成されたロシアの生活形態は普通は批判に曝され、真のロシアの方は、「他なるもの」に関する西欧の然るべき理論を模範としてモデル化された先史的な過去か、あるいはユートピア的パースペクティブの中に位置づけられた[6]。

貝澤はグロイスのこのような主張に、「近代ロシアの文化・思想が一方で西欧近代（モダン）への否定でありながら、他方でじつはその西欧近代の言説における〈他なるもの＝彼岸＝ユートピア〉の役割を積極的に引き受けることで、近代的なものをひそかに支えてきた共犯でもある、という逆説的で込み入った状況[7]」を読み取っている。おそらくこれは、西欧文化による「文明開化」を経験した非西欧文化が受容元の文明を「超克」しようとする際につきまとう共通の構造的ジレンマであり。日本の「近代の超克」論においても、文芸評論家の中村光夫は「西洋を否定するに西洋の概念を借りてくるのなどはそれ自身すでに不見識な矛盾であろう」[8]（「『近代』への疑惑」）と述べている。

だが、冷戦が終結し、グローバリズムが進展する現在の世界でなお、西洋文明に対峙するロシアという構図ははたして有効なのだろうか。乗松亨平は、「右派のみならず左派までもが、敗北の傷を抱えた〈ロシア〉に訴える」が、「グローバル経済の進展を尻目におこなわれるその訴えには、〈あえて〉の戦略であるというシニカルな空疎さもどこか漂う」と指摘している。[9]

本書で分析したソローキンの『親衛隊士の日』にはじまる一連のシリーズは、このような「空疎さ」を脱構築的に暴き出すものだったと言えるだろう。そこでは作者は、西洋文明に対抗し、「ロシア」の御旗の下に団結するナショナルなユートピアを構築しながら、同時にそうしたユートピアが中国という第三項の存在抜きには成り立たないことを示唆し、西洋対ロシアという二項対立的な物語を破綻に追い込んだ。さらに『親衛隊士の日』シリーズの延長線上にある長篇『テルリア』では、大胆にも二項対立の主体であるヨーロッパとロシアを解体することで、「新しい中世」とも呼ばれる多極的な世界観を展開してみせたのである。

## 残された課題と展望

文芸批評家のレフ・ダニールキンは、二〇〇〇年代のロシア文学を特徴づける言葉は、「モザイク画」ではなく「リスト」だと述べた。[10] つまり、以前であれば批評家は自身の観点から特筆すべきいくつかの作品を選び出して並べることで、それらに共通する傾向やテーマを「モザイク画」のように提示することができたが、〇〇年代のロシア文学作品はどのように並べてみてもバラバラの「リスト」にしかならない、というわけだ。

本書はこうした指摘に抗い、あえて九〇年代から〇〇年代のロシア文学を連続的に読み解き、一つの「モザイク画」を描こうと試みた。当然、その中からこぼれ落ちてしまったものも多い。ミステリやSFといった本書で扱った純文学よりはるかに読者数の多い大衆文学については取り上げられなかったし、女性文学についてもほとんど触れることができなかった。本書で取り上げた作家のほとんどが男性だという事実も示唆的である。残された課題についてはまた稿を改めて検討したい。

最後に、現代ロシア文学の展望について述べておきたい。急進的な九〇年代から保守的な〇〇年代へという急転回を迎えた後、一〇年代のロシア文学はやや停滞感を漂わせていたように見える。ドミトリー・ブイコフはまるでiPhoneのように毎年新作が発表されるペレーヴィンのある長篇の一つに対する書評の中で、もはや娯楽商品として消費されるしかない現代文学の状況を衰退期のローマになぞらえた。[11] 近年はノンフィクションに対する関心が高まっているが、それは裏を返せばフィクションの力が衰退しているということだろう。「ポスト・トゥルース」と言われ、ますます現実と虚構の区別が失われていく時代の中で、まさに今、文学の想像力が問われている。

# 註

## 序章　ロシア・ポストモダニズムとは何か

（1）*Современная русская литература конца XX — начала XXI в.: учебник для высших учебных заведений Российской Федерации.* СПб., 2011. С. 58.
（2）阿部軍治『ソ連邦崩壊と文学――ロシア文学の興隆と低迷』彩流社、一九九八年、一八二―一九〇頁。
（3）望月哲男「ポストモダンと現代ロシア文学」『ロシア文学の変容』北海道大学スラブ研究センター、一九九六年、六二頁。
（4）*Ерофеев В.В.* Поминки по советской литературе // Литературная газета. 04.07.1990.
（5）望月「ポストモダンと現代ロシア文学」六二頁。
（6）*Туганова О.Э.* Постмодернизм в американской художественной культуре и его философские истоки // Вопросы философии. 1982. №4. С. 122–128.
（7）Там же. С. 128.
（8）*Ивбулис В.Я.* От модернизма к постмодернизму // Вопросы литературы. 1989. №9. С. 256–261.
（9）*Гройс В.Е.* Вечное возвращение нового // Искусство. 1989. №10. С. 1–2.
（10）*Летов С.Ф.* Мемуар о постмодерне // Искусство. 1989. №10. С. 68–69.
（11）*Сидров Е.Ю.* Необходимость поэзии: Критика. Публицистика. Память. М., 2005. С. 115.
（12）*Менцель Б., Дубин Б.В.* Литературная критика и конец советской системы: 1985–1991 // История русской

литературной критики: советская и постсоветская эпохи /Под ред. Е. Добренко, Г. Тиханова. М., 2011. С. 559.

（13）*Курицын В.Н.* Постмодернизм: новая первобытная культура // Новый мир. 1992. №2. С. 225.

（14）ジャン・ボードリヤール（今村仁司、塚原史訳）『消費社会の神話と構造〈普及版〉』紀伊國屋書店、一九九五年、七七－七九頁。

（15）*Курицын.* Постмодернизм. С. 227.

（16）Первый всесоюзный съезд советских писателей 1934: стенографический отчет. М., 1990. С. 712.

（17）J・E・ボウルト編著（川端香男里、望月哲男、西中村浩訳）『ロシア・アヴァンギャルド芸術——理論と批評、一九〇二－三四年』岩波書店、一九八八年、二八－二九頁。

（18）貝澤哉「ポストモダニズムのディスクールにおけるロシア文化史の読み換え——アヴァンギャルドと社会主義文化をめぐって」『ロシア文化研究』早稲田大学ロシア文学会、二〇〇一年、八号、六頁。

（19）阿部軍治『ソ連崩壊と文学』三四二－三四三頁。

（20）*Солженицын А.И.* Ответное слово на присуждение литературной награды американского национального клуба искусств // Новый мир. 1993. №4. С. 5.

（21）*Казин А.Л.* Искусство и истина // Новый мир. 1989. №12. С. 243.

（22）中村唯史「ロシア・アヴァンギャルド——その理想と変移」松戸清裕他編『ロシア革命とソ連の世紀4　人間と文化の革新』岩波書店、二〇一七年、一〇四頁。

（23）ボリス・グロイス（亀山郁夫、古賀義顕訳）『全体芸術様式スターリン』現代思潮新社、二〇〇〇年、一三七頁。

（24）*Рыклин М.К.* Искусство как препятствие. М., 1997. С.169.

（25）Там же. С. 170.

（26）Там же. С. 171.

（27）鈴木正美「障害としての芸術」望月哲男、沼野充義、亀山郁夫、井桁貞義ほか『現代ロシア文化』国書刊行会、二〇〇〇年、一三五－一三七頁。

（28）同前、一四六頁。

（29）同前、一四八－一四九頁。

（30）*Рубинштейн Л.С.* Поэзия после поэзии // Октябрь. 1992. №9. С. 84.

(31) 沼野充義編著『イリヤ・カバコフの芸術』五柳書院、一九九九年、一三七頁。

(32) ジャン＝フランソワ・リオタール（小林康夫訳）『ポスト・モダンの条件――知・社会・言語ゲーム』水声社、一九八六年、八―九頁。

(33) *Липовецкий М.Н.* Русский постмодернизм: очерки исторической поэтики. Екатеринбург, 1997. С. 111.

(34) Там же. С. 115–116.

(35) Там же. С. 116.

(36) Там же. С. 117.

(37) *Липовецкий М.Н.* Закон крутизны // Вопросы литературы. 1991. №11–12. С. 6.

(38) *Липовецкий.*Русский постмодернизм. С. 112.

(39) *Курицын В.Н.* Случаи власти («Архипелаг ГУЛАГ» А.И.Солженицына) // Россия-Russia. Новая серия. Вып. 1 [9]. М.; Венеция, 1998. С. 167-178.

(40) *Живов В.М.* Как вращается «Красное колесо» // Новый мир. 1992. № 3. С. 246-249.

(41) ジャン・ボードリヤール（竹原あき子訳）『シミュラークルとシミュレーション』法政大学出版局、一九八四年、一六頁。

(42) ミハイル・エプシテイン（望月哲男訳）「ポストモダニズムとコミュニズム」『現代思想』二五号、一九九七年、八三頁。

(43) 同前。八三―八四頁。

(44) シニャフスキー（内村剛介、青山太郎訳）『シニャフスキー・エッセイ集』勁草書房、一九七〇年、一七三頁。

(45) *Липовецкий.* Русский постмодернизм. С. 120.

(46) エプシテイン「ポストモダニズムとコミュニズム」九七頁。

(47) Marjorie Perloff, "Russian Postmodernism: An Oxymoron?," Postmodern Culture 3, no. 2 (1993) [http://muse.jhu.edu/journals/postmodern_culture/v003/3.2perloff.html].

(48) *Эпштейн М.Н.* Постмодерн в России. Литература и теория. М., 2000. С. 138–141.

(49) 貝澤「ポストモダニズムのディスクールにおけるロシア文化史の読み換え」一三頁。

(50) 椹木野衣「ソッツ・アート――スターリン批判の美術からレーニン批判の美術へ」『美術手帳』

一九九〇年、六月号、九九頁。

（51）*Эпштейн М.Н.* После будущего: о новом сознании в литературе // Знамя. 1991. №1. С. 217.

（52）*Берг М.Ю.* Литературократия: проблема присвоения и перераспределения власти в литературе. М., 2000. С. 272.

（53）Там же.

（54）Там же.

## 第一章　ポストモダン的「空虚」の諸相

（1）グロイス『全体芸術様式スターリン』一九六－二〇七頁。

（2）東浩紀『郵便的不安たちβ』河出文庫、二〇一一年、四四頁。

（3）*Ямпольский М., Солнцева А.* Постмодернизм по-советски // Театр. 1991. №8. С. 49.

（4）Словарь терминов московской концептуальной школы. М., 1999. С. 75.

（5）Ilya Kabakov, "On Emptiness", in Ellen E. Berry and Anesa Miller-Pogacar, eds., *Re-Entering the Sign: Articulating New Russian Culture* (Ann Arbor: The University of Michigan Press, 1995), p. 91.

（6）Ibid. p. 92.

（7）Ibid.

（8）Ibid. p. 94.

（9）Ibid. p. 97.

（10）*Липовецкий М.Н.* Паралогии: трансформации (пост)модернистского дискурса в русской культуре 1920-2000-х годов. М., 2008. С. 248.

（11）*Монастырский А., Панитков Н., Алексеев Н., Макаревич И., Елагина Е., Кизевальтер Г., Ромашко С., Хэнсген С.* Поездки за город. М., 1998. С. 20.

（12）Octavian Eşanu, *Transition in Post-soviet Art: The Collective Actions Group Before and After 1989* (Budapest, New York: CEU Press, 2013), p. 82.

（13）Словарь терминов московской концептуальной школы. С. 160–161.

（14）アレクセイ・ユルチャク（半谷史郎訳）『最後のソ連世代――ブレジネフからペレストロイカまで』

みすず書房、二〇一七年、二六九頁。

(15) *Сорокин В.Г.* Пир. М., 2000. С. 227.

(16) *Соколов Б.В.* Моя книга о Владимире Сорокине. М., 2005. С. 31.

(17) *Генис А.А.* Иван Петрович умер. Статьи и расследования. М., 1999. С. 135.

(18) Там же. С. 136.

(19) 蜂屋邦夫訳注『老子』岩波文庫、二〇〇八年、五〇–五一頁。

(20) *Эпштейн М.Н.* Истоки и смысл русского постмодернизма // Звезда. 1996. №8. С. 178.

(21) Там же. С. 180.

(22) Там же. С. 181.

(23) Там же. С. 187.

(24) *Берг.* Литературократия. С. 291.

(25) 高野雅之『ロシア思想史——メシアニズムの系譜』早稲田大学出版部、一九八九年、五三–七〇頁。

(26) *Эпштейн.* Истоки и смысл русского постмодернизма. С. 184.

(27) *Нехорошев Г.* Настоящий Пелевин: отрывки из биографии культового писателя // Независимая газета. 29.08.2001.

(28) 現実に「オモン」が創設されたのは一九八八年、ソ連の月面着陸計画が推進されたのは一九六〇～七〇年代であり、この作品がリアリズム小説の枠を超え出ていることが暗示されている。

(29) *Генис.* Иван Петрович умер. С. 139.

(30) ヴィクトル・ペレーヴィン（尾山慎二訳）『宇宙飛行士　オモン・ラー』群像社、二〇一〇年、一七九頁。

(31) *Генис.*Иван Петрович умер. С. 139.

(32) 小説の扉より。*Пелевин В.О.* Чапаев и Пустота. М., 2014.

(33) *Кузнецов С.* Самый модный писатель // Огонек. 1996. №35. С. 52.

(34) ヴィクトル・ペレーヴィン（三浦岳訳）『チャパーエフと空虚』群像社、二〇〇七年、一九二–一九三頁。

(35) 望月哲男「空虚とポストモダン文芸　ペレーヴィンの作品を中心に」望月ほか『現代ロシア文化』

三一五頁。
(36) ペレーヴィン『チャパーエフと空虚』三一一－三一二頁。
(37) 同前、五三頁。
(38) 夢の解釈は次の指摘による。望月哲男「チャパーエフとプストタ」『ロシア文学の近景』北海道大学スラブ研究センター、一九九七年、三八、四〇頁。
(39) ペレーヴィン『チャパーエフと空虚』四三一頁。一部表現を変更した。
(40) Edith W. Clowes, *Russia on the Edge:Imagined Geographies and Post-Soviet Identity* (Ithaca and London:Cornell University Press, 2011), p. 73.
(41) Ibid. p. 93.
(42) 『チャパーエフと空虚』でペレーヴィンが実際にドゥーギンを参照したという客観的な証拠はないとの指摘がある。笹山啓「「空」と国家——V・ペレーヴィンの創作におけるナショナリズムへの視線」『ロシア語ロシア文学研究』日本ロシア文学会、四九号、二〇一七年、一三六－一三七頁。
(43) Ilya Kabakov, "On Emptiness", p. 92.
(44) ペレーヴィン『チャパーエフと空虚』五四頁。
(45) Виктор Олегович Пелевин. Биографическая справка // РИА Новость. 20.10.2009. [https://ria.ru/culture/20091020/189750870.html]
(46) ヴィクトル・ペレーヴィン（東海晃久訳）『ジェネレーション〈P〉』河出書房新社、二〇一四年、一一頁。
(47) *Липовецкий М.Н.* Голубое сало поколения, или Два мифа об одном кризисе // Знамя. 1999. №11. С. 210.
(48) ペレーヴィン『ジェネレーション〈P〉』二三〇頁。一部表現を変更した。
(49) スラヴォイ・ジジェク（鈴木晶訳）『イデオロギーの崇高な対象』河出書房新社、二〇〇〇年、一〇三頁。
(50) 同前。
(51) ペレーヴィン『ジェネレーション〈P〉』一六頁。
(52) 同前、一二頁。
(53) ユルチャク『ソ連最後の世代』五頁。

## 第二章　現実とノスタルジーの狭間で――「新しいリアリズム」の台頭

（1）*Курицын В.Н.* Время множить приставки: к понятию постпостмодернизма // Октябрь. 1997. №7. С. 178.

（2）Там же. С. 179.

（3）Там же.

（4）*Эпштейн.* Постмодерн в России. С. 295. 日本では東浩紀がやはり同じような区別をしている。「ポストモダンとは七〇年代以降の文化的状況を漠然と指す言葉だが、ポストモダニズムのほうは、ある特定の思想的立場（イズム）を指す言葉であり、はるかに対象が狭い」東浩紀『動物化するポストモダン――オタクから見た日本社会』講談社現代新書、二〇〇一年、二七頁。

（5）*Эпштейн.* Постмодерн в россии. С. 292.

（6）Там же.

（7）*Сорокин В.Г.* Как психоделический // Птюч.1997. №4. С. 41.

（8）*Данилкин Л.А.* Клудж: как литература «нулевых» стала тем, чем не должна была стать ни при каких обстоятельствах // Новый мир. 2010. №1. С. 136.

（9）Там же. С. 135.

（10）*Сенчин Р.В.* Новый реализм — направление нового века // Пролог. 01.11.2001.

（11）*Шаргунов С.А.* Отрицание траура // Новый мир. 2001. №12. С. 181.

（12）Там же. С. 180.

（13）Там же. С. 182.

（14）Там же. С. 181.

（15）*Курицын.* Время множить приставки. С. 178.

（16）*Пустовая В.Е.* Толстая критика: российская проза в актуальных обобщениях. М., 2012. С. 399. なお、プストワヤは説明の途中で、ここで「新しいリアリズム」と対置されているリアリズムとは、「世紀の境目の狭義に理解されたリアリズム」のことだと述べている（Там же. С. 397.）。彼女がここで念頭に置いているのが九〇年代末～〇〇年代初頭のリアリズム（具体的に作品名が挙げられているわけではない）のことだとすると、一九～二〇世紀の古典的なリアリズムは差別化の対象ではないとも理解できるが、そうだとすると、「新しいリアリズム」はやはり「新しさ」の根拠を失ってしまうだろう。

(17) Там же. С. 382.

(18) *Маркова Д.* Новый-пресновый реализм, или Опять двадцать пять // Знамя. 2006. №6. С. 170.

(19) *Антоничева М.* О тенденциозности в литературной критике // Континет. 2006. №2. С. 401.

(20) *Ганиева А.* И скучно, и грустно // Новый мир. 2007. №3. С. 177.

(21) *Прилепин З.* Новейшая история. Новый реализм // Собака.ru. 03.05.2012 [http://www.sobaka.ru/oldmagazine/glavnoe/11550].

(22) *Мартынова О.Б.* Загробная победа соцреализма // OpenSpace.ru. 14.09.2009 [http://os.colta.ru/literature/events/details/12295/page3/].

(23) *Басинский П.Б.* Новый Горький явился // Российская газета. 15.05.2006.

(24) Svetlana Boym, *The Future of Nostalgia* (New York: Basic Books, 2001), p. 64.

(25) Ibid. p. 65.

(26) Ibid.

(27) Ibid. p. 66. あるいはこれをアレクセイ・ユルチャクの言う「想像の西側」と言い換えてもいいかもしれない。

(28) Ibid. p. 65.

(29) Ibid. p. 67.

(30) スラヴォイ・ジジェク（鈴木晶訳）『ラカンはこう読め！』紀伊國屋書店、二〇〇八年、七〇－七一頁。

(31) Boym, *The Future of Nostalgia*, xviii.

(32) *Шаргунов С.А.* Ура! М., 2012. С. 131.

(33) *Садулаев Г.У.* Я — чеченец! Екатеринбург, 2006. С. 37.

(34) *Садулаев Г.У.* Марш, марш, правой! Нация. Родина. Социализм: статьи, эссе. СПб, 2011. С. 185–187.

(35) Там же. С. 193.

(36) Там же. С. 194–195.

## 第三章　ザハール・プリレーピン、あるいはポスト・トゥルース時代の英雄

（1）リャザン州連邦国家統計局 [http://ryazan.gks.ru/] 調べ。

（2）*Колобродов А.Ю.* Захар. М., 2015. С. 8.

（3）*Пустовая В.Е.* Толстая критика. С. 263–294.

（4）廣岡正久『ロシア・ナショナリズムの政治文化——「双頭の鷲」とイコン』創文社、二〇〇〇年、九五頁。

（5）*Лимонов Э.В.* У нас великая эпоха. М., 1994. С. 97. もっとも、これが亡命の理由となったかは定かではない。リモーノフの伝記を書いたフランス作家エマニュエル・キャレールは、リモーノフ本人が移住を希望していたと指摘している。エマニュエル・キャレール（土屋良二訳）『リモノフ』中央公論新社、二〇一六年、一一五頁。

（6）プロハーノフについては、岩本和久による紹介がある。岩本和久『トラウマの果ての声——新世紀のロシア文学』群像社、二〇〇七年、七三–八七頁。

（7）チャールズ・クローヴァー（越智道雄訳）『ユーラシアニズム——ロシア新ナショナリズムの台頭』NHK出版、二〇一六年、二五一–二五二頁。

（8）党の公式HP（英語版）に掲載されている綱領 [https://web.archive.org/web/20070501182900/http://eng.nbp-info.ru:80/cat19/index.html] の要約。

（9）Stephen D. Shenfeld, *Russian Fascism: Traditions, Tendencies, Movements* (Armonk, N.Y.: M.E.Sharpe, 2001), pp. 209–210.

（10）シェンフィールドによれば、ドゥーギンは「諸々の伝統や聖なる価値がいまだ存在している」日本の伝統主義（とくにサムライ精神）を信奉しており、日本を特別にランドパワーの一つに数え入れているのだという。Shenfeld, *Russian Fascism*, p. 198.

（11）クローヴァー『ユーラシアニズム』三六二頁。

（12）Shenfeld, *Russian Fascism*, p. 190.

（13）以下、プリレーピンとナショナル・ボリシェヴィキ党との関わりはキャレール『リモノフ』の三二七–三三四頁を参照した。

（14）Shenfeld, *Russian Fascism*, p. 194.

(15) *Прилепин З.* К нам едет Пересвет. Отчет за нулевые. М., 2015. С. 190–198.
(16) *Прилепин З.* Санькя. М., 2011. С. 183–184.
(17) *Литовецкий М.Н.* Политическая моторика Захара Прилепина // Знамя. 2012. №10. С. 172.
(18) Там же.
(19) *Прилепин З.* Идеологию формулирует марш // АПН. 23.04.2007 [http://www.apn.ru/publications/article16942.htm].
(20) *Прилепин З.* Письмо товарищу Сталину // Свободная пресса. 30.07.2012 [http://svpressa.ru/society/article/57411/]. この記事は後に著者のエッセイ集《Летучие бурлаки》(2015) に収録されているが、文章に多数の修正が見られるので、本書では時事性を考慮して元記事を引用する。
(21) *Шендерович В.А.* Дебютант // Ежедневный журнал. 06.08.2012 [http://ej.ru/?a=note&id=12131].
(22) *Быков Д.Л.* Кинг-конг жив: о духовных метаниях Захара Прилепина // OpenSpace.ru. 07.08.2012[http://www.openspace.ru/article/197].
(23) *Прилепин З.* Стесняться своих отцов // Свободная пресса. 09.08.2012 [http://svpressa.ru/society/article/57713/].
(24) *Нерсесов Ю.* Сталинский троллинг Прилепина // Агенство политических новостей. 15.08.2012 [http://www.apn-spb.ru/publications/article11036.htm].
(25) *Быков Д.Л.* Иосиф и его клоны // Огонек. №7. 19.02.2006. С. 30 [http://kommersant.ru/doc/2296583].
(26) *Быков.* Кинг-конг жив.
(27) *Быков Д.Л.* Думание мира: рецензии, статьи, эссе. СПб., 2016. С. 97.
(28) Дмитрий Быков: «Мы живем в стране, которая культивирует все худшее, что может быть в человеке» // Аргументы и факты. 19.09.2011 [http://www.spb.aif.ru/society/134691].
(29) 「私にとってソヴィエト連邦とは、勝利、宇宙、ストルガツキー兄弟、タルコフスキー、ヴィソツキー、シュクシーン、ロンム、サハロフ、六〇年代人、ソ連の異論派、そしてあからさまに反ソ的なものすらも含む、当時のロシアの全現実なのだ」*Быков Д.Л.* Чума и чумка // Новая газета. 01.11.2011.
(30) 「トータルジー〔……〕……統一性、全体性、全体主義体制への郷愁。かつての超大国ソ連の市民の多くにとって、全体性ははなはだ魅力的でノスタルジックな充実した生活様式である。トータルジーは多面的な感情であり、それは思想的、視覚的、味覚的であり、さらには嗅覚的、触覚的なことすらある。〔ソ連の」勲章が描かれた新聞を見るとき、別荘《ダーチャ》で古い壁紙を剥がすとき、あるいはソ連の珍味を思い出させる缶詰《トゥションカ》の蒸し煮肉やソーセージを食べるとき、トータルジーが高ぶることがある」*Эпштейн М.Н.* Проективный словарь гуманитарных наук. М., 2017. С. 548.

（31） *Колобродов.* Захар. С. 371.

（32） *Прилепин З.* Свобода начинается с зачистки // Свободная пресса. 16.01.2014 [http://svpressa.ru/society/article/80620/].

（33） *Прилепин З.* Доброкачественные люди // Русская жизнь. 06.02.2013 [http://zaharprilepin.ru/ru/columnistika/russkaja-zhizn/dobrokachestvennie-ljudi.html].

（34） もっとも、リベラルもヨーロッパ的な価値観を無条件に肯定しているわけではない。たとえば、ウリツカヤはあるインタビューで民主主義に欠点があることを認めながらも、「まずはそれ〔民主主義〕に到達して、欠点についてはその後で語らなくてはならない」、「欠点について語ることができ、その後でそれを正すことができる」ことが民主主義の利点であり、「これは困難な道のりだが、それ以外の道はないように思える」と述べている。Людмила Улицкая: Россия — прекрасная страна, а жить в ней плохо // Собеседник. 2016. №21 [http://sobesednik.ru/obshchestvo/20160614-lyudmila-ulickaya-rossiya-prekrasnaya-strana-a-zhit-v-ney].

（35） Зехар Прилепин: Путин всей душой за Донбасс, возврата в Украину не будет // News Front. 28.11.2016 [http://news-front.info/2016/11/28/zaxar-prilepin-putin-vsej-dushoj-za-donbass-sdachi-ne-budet/].

（36） キャレール『リモノフ』四〇五－四〇八頁。

（37） *Прилепин.* К нам едет Пересвет. С. 139.

（38） *Коц А.И.* Захар Прилепин собрал в ДНР свой батальон // Комсомольская правда. 13.02.2017 [http://www.kp.ru/daily/26642.5/3661046/].

（39） *Колобродов.* Захар. С. 442.

## 第四章　再定義される社会主義リアリズム――エリザーロフ『図書館大戦争』

（1） この点に関してはエリザーロフ本人も、「新しいリアリズム」とは部分的に方向を同じくしながらも、集団性や真実の探求を志向しない点で異なると述べている。*Прилепин.* Новейшая история. Новый реализм.

（2） *Кокшенева К.А.* Как измерить себя человеку? (О некоторых результатах «дружбы» Православия и литературы)

// Портал «Слово» [http://www.portal-slovo.ru/philology/37270.php?ELEMENT_ID=37270&SHOWALL_2=1].

（３）　*Данилкин Л.А.* Pasternak // Афиша. 27.03.2001; *Шухмин В.* Трэш, или Мусорный ветер перемен // Критическая масса. 2004. №1[http://magazines.russ.ru/km/2004/1/sh5.html]; *Иванова Н.* Сомнительное удовольствие: избирательный взгляд на прозу 2003 года // Знамя. 2004. №1. С. 177-187.

（４）　*Григорьева Н.Я.* Михаил Елизаров. Ногти // Новая русская книга. 2002. №1 [http://magazines.russ.ru/nrk/2002/1/grig.html].

（５）　*Елизаров М.Ю.* В чернуху не играю... // Завтра. 30.10.2007.

（６）　Katerina Clark, *The Soviet Novel: History as Ritual* (Bloomington: Indiana University Press, 2000, 3rd ed., originally publishd in 1981), p. 265.

（７）　Ibid. p. 167.

（８）　Ibid p. 57.

（９）　Ibid. p. 167.

（10）　Первый всесоюзный съезд советских писателей 1934. С.712.

（11）　Clark, *The Soviet Novel*, p. 40.

（12）　Ibid.

（13）　ミハイル・エリザーロフ（北川和美訳）『図書館大戦争』河出書房新社、二〇一五年、二五〇頁。

（14）　同前、二五一頁。

（15）　同前、二五二頁。

（16）　Clark, *The Soviet Novel*, p. 114.

（17）　鴻野わか菜「父なき世界――フィルムのなかのロシア」野中進、三浦清美、ヴァレリー・グレチュコ、井上まどか編『ロシア文化の方舟――ソ連崩壊から二〇年』東洋書店、二〇一一年、一五七－一六四頁。

（18）　*Кузнецова А.* Ни дня без книги // Знамя. 2007. №10. С. 233.

（19）　*Гаррос А.* Код Союза // Эксперт. №25. 2-8.08.2007.С. 60.

（20）　*Катаев В.Б.* Игра в осколки: судьбы русской классики в эпоху постмодернизма. М., 2002. С. 36.

（21）　*Сенчин Р.В.* Вставать ли из-за стола? // Литературная Россия. №2010/43. 23.02.2015 [https://litrossia.ru/

item/4688-oldarchive/].

## 第五章　交叉する二つの自由——自由の探求から不自由の自由へ

（1）*Курицын*. Время множить приставки. C. 178.
（2）*Липовецкий*. Паралогии. C. 457.
（3）スラヴォイ・ジジェク（鈴木俊弘、増田久美子訳）『厄介なる主体——政治的存在論の空虚な中心（1）』青土社、二〇〇五年、三八五頁。
（4）同前、三八七頁。
（5）同前、三九〇頁。
（6）ミシェル・フーコー（渡辺守章訳）『性の歴史Ⅰ——知への意志』新潮社、一九八六年、一七七頁。
（7）同前、一七八頁。
（8）ジョルジョ・アガンベン（高桑和巳訳）『ホモ・サケル——主権権力と剥き出しの生』インスクリプト、二〇〇三年、七頁。
（9）岡本裕一郎『ポストモダンの思想的根拠——9・11と管理社会』ナカニシヤ出版、二〇〇五年、六四-六五頁。
（10）*Липовецкий*. Русский постмодернизм. C. 111.
（11）Там же. C. 112.
（12）Там же. C. 315.
（13）Там же.
（14）Там же.
（15）ロラン・バルト（花輪光訳）『物語の構造分析』みすず書房、一九七九年、八五頁。
（16）*Липовецкий*. Русский постмодернизм. C. 301.
（17）Там же. C. 306.
（18）Там же. C. 315.
（19）Там же. C. 268.
（20）Там же. C. 272.

(21) Там же. С. 273.
(22) Там же.
(23) *Генис.* Иван Петрович умер. С. 79.
(24) *Липовецкий.* Голубое сало поколения, или Два мифа об одном кризисе.
(25) ウラジーミル・ソローキン（望月哲男、松下隆志訳）『青い脂』河出書房新社、二〇一二年、一三一頁。
(26) 同前、一六九頁。
(27) Boym, *The Future of Nostalgia*, p. 65.
(28) *Марусенков М.П.* Абсурдопедия русской жизни Владимира Сорокина: заумь, гротеск и абсурд. СПб., 2012. С. 194.
(29) Там же. С. 195.
(30) Там же. С. 195, 197.
(31) 本作についてはすでに岩本和久による紹介があり、参考文献の選択に際して参照した。岩本『トラウマの果ての声』一六一－一七〇頁。
(32) *Филатова Н.* Букер аан — Букер принят // Сегодня. 26.11.1999.〈 〉内の言葉は、詩人のレフ・ルビンシテインによるものと紹介されている。
(33) 岩本『トラウマの果ての声』一六三頁。
(34) 同前、一六九頁。
(35) *Антоненко* С. Поколение, застигнутое сумерками // Новый мир. 1999. №4. С. 182.
(36) Там же.
(37) *Степанян* К. Кризис слова на пороге свободы // Знамя. 1999. №8. С. 211.
(38) *Бутов М.В.* Свобода. М., 2011. С. 136.
(39) Там же. С. 72–73.
(40) Там же. С. 55.
(41) Там же. С. 29.
(42) 徐忍宇『村上春樹――イニシエーションの物語』花書院、二〇一三年、六二頁。

（43）*Бутов.* Свобода. С. 137.

（44）*Данилкин.* Клудж. С.136.

（45）*Бойм С., Гройс Б.Е.* О Свободе // Неприкосновенный запас. 2003. №27 [http://magazines.russ.ru/nz/2003/1/boim.html].

（46）濱真一郎『バーリンの自由論——多元論的リベラリズムの系譜』勁草書房、二〇〇八年、六九頁。

（47）*Бойм и др.* О Свободе.

（48）*Иличевский А.В.* Матисс. М., 2008. С. 76.

（49）Там же. С. 146.

（50）Там же. С. 104.

（51）Там же. С. 105.

（52）Там же. С. 261.

（53）*Пустовая.* Толстая критика. С. 83.

（54）Там же.

（55）Там же.

（56）乗松亨平『ロシアあるいは対立の亡霊——「第二世界」のポストモダン』講談社選書メチエ、二〇一五年、二四–二五頁。

## 第六章　アイロニーの終焉——ポストソ連ロシアにおけるチェチェン戦争表象

（1）ジャン・ボードリヤール（塚原史訳）『湾岸戦争は起こらなかった』紀伊國屋書店、一九九一年、七一頁。

（2）同前、一六頁。

（3）ジャン・ボードリヤール（塚原史訳）『パワー・インフェルノ——グローバル・パワーとテロリズム』NTT出版、二〇〇三年、六–七頁。

（4）同前、九頁。

（5）同前、一一頁。

（6）ジャン・ボードリヤール（塚原史、久保昭博訳）『悪の知性』NTT出版、二〇〇八年、一九六頁。

（7）同前、一九八頁。
（8）同前、二〇〇頁。
（9）同前、二〇一頁。
（10）*Эпштейн М.Н.* Взрыв, а не всхлип // Русский журнал. 17.09.2001 [http://old.russ.ru/ist_sovr/20010917.html].
（11）*Липовецкий.* Паралогии. С. 470.
（12）*Рыклин М.К.* Время диагноза. М., 2003. С. 196.
（13）*Липовецкий.* Паралогии. С. 471–472.
（14）Там же. С. 473.
（15）*Курицын В.Н.* Русский литературный постмодернизм. М., 2000. С. 258.
（16）リチャード・ローティ（齋藤純一、山岡龍一、大川正彦訳）『偶然性・アイロニー・連帯』岩波書店、二〇〇〇年、五頁。
（17）同前、一五四頁。
（18）同前、一五三頁。
（19）同前、一六七頁。
（20）乗松亨平「リアリズムとアイロニー」『リアリズムの条件——ロシア近代文学の成立と植民地表象』水声社、二〇〇九年、二九九–三〇六頁。
（21）両作品については望月哲男による紹介がある。望月哲男「ウラジーミル・マカーニン『抜け穴』」『ロシア小説の現在』スラブ研究センター、一九九五年、一九–二四頁。望月哲男「ウラジーミル・マカーニン『アンダーグラウンド』」『現代文芸研究のフロンティア（I）』北海道大学スラブ研究センター、二〇〇〇年、一一一–一一八頁。
（22）マカーニン版のタイトルには「コーカサスの虜」という表題を持つ作品で多く用いられている«пленник»ではなく、«пленный»という単語が用いられている。ここでは区別のため便宜的に前者を「虜」、後者を「捕虜」と訳した。また、本作は二〇〇八年に『捕虜』«Пленный»（邦題『チェチェン包囲網』）というタイトルでアレクセイ・ウチーチェリ（一九五一– ）監督によって映画化された。
（23）*Маканин В.С.* Собрание сочинений. Т. 4. М., 2003. С. 354.
（24）Там же. С. 350.

（25）Harsha Ram, *Prisoners of the Caucasus: Literary Myths and Media Representations of the Chechen Conflict* (Berkeley: Berkeley Program in Soviet and Post-Soviet Studies, University of California, Working Paper, 1999), p. 11.

（26）中村唯史「線としての境界——現代ロシアのコーカサス表象」『山形大学紀要（人文科学）』一四巻四号、二〇〇〇年、一四七頁。

（27）同前、一四九頁。

（28）乗松『リアリズムの条件』三〇二頁。

（29）*Гудков Л.Д.* Негативная идентичность. Статьи 1997-2002 годов. М., 2004. С. 325.

（30）Там же. С. 272.

（31）*Бродски А.* Чеченская война в зеркале современной российской литературы // Новое литературное обозрение. 2004. №70. С. 232.

（32）Там же.

（33）次を参照。乗松亨平「真実は人の数だけある？——ロシア・メディアのなかのチェチェン戦争」野中ほか編『ロシア文化の方舟』二八八頁。

（34）ジュディス・シュクラー（大川正彦訳）「恐怖のリベラリズム」『現代思想』二〇〇一年、六月号、一二八頁。

（35）ローティ『偶然性・アイロニー・連帯』五頁。

（36）渡辺幹雄『リチャード・ローティ＝ポストモダンの魔術師』講談社学術文庫、二〇一二年、五八－五九頁。

（37）スラヴォイ・ジジェク（松本潤一郎、白井聡、比嘉徹徳訳）『イラク——ユートピアへの葬送』河出書房新社、二〇〇四年、一二七頁。

（38）宮台真司『私たちはどこから来て、どこへ行くのか』幻冬舎、二〇一四年、一一〇頁。

（39）*Пустовая.* Толстая критика. С. 263–264.

（40）Там же. С. 264.

（41）Там же. С. 265.

（42）Там же. С. 266.

（43）Там же. С. 267.

(44) プリレーピンのオフィシャルサイト [http://zaharprilepin.ru/ru/pressa/interyu/rossiya.html] より。
(45) *Прилепин З.* Патологии. М., 2011. С. 20.
(46) Там же. С. 67.
(47) Там же. С. 24.
(48) Там же. С. 62.
(49) Там же. С. 34.
(50) Там же. С. 7.
(51) *Пустовая.* Толстая критика. С. 272.
(52) 本作品については岩本和久による分析がある。岩本和久「二〇〇〇年代のロシア文学に描かれたチェチェン紛争――マカーニン『アサン』とサドゥラエフ『シャリ急襲』を中心に」中村唯史編『ロシアの南――近代ロシア文化におけるヴォルガ下流域、ウクライナ、クリミア、コーカサス表象の研究』山形大学人文学部、二〇一四年、二〇五―二二一頁。
(53) *Садулаев Г.У.* Я — чеченец! Екатеринбург, 2006. С. 8.
(54) Там же. С. 51–52.
(55) Там же. С. 14–15.
(56) Там же. С. 43.
(57) Там же. С. 83.

## 第七章　身体なき魂の帝国――マムレーエフの創作における「我」の変容

(1) Владимир Путин поздравил писателя Мамлеева с 80-летним юбилеем // Росбалт. 11.12.2011 [http://www.rosbalt.ru/main/2011/12/11/923191.html].
(2) ミハイル・ルイクリン（鈴木正美訳）「テロルの身体――暴力の論理へのテーゼ」『現代思想』二五号、一六〇頁。
(3) *Мамлеев Ю.В.* Русские походы в тонкий мир. М., 2009. С. 251.
(4) *Мамлеев Ю.В.* Альтернатива хаосу // Завтра. 15.02.2012 [http://www.zavtra.ru/content/view/alternativa-haosu/].

（5） *Мамлеев Ю.В.* Воспоминание. М., 2017.

（6） *Мамлеев. Ю.В.* Судьба бытия — путь к философии // Вопросы философии. 1992. №9. С. 75.

（7） Там же. С. 75.

（8） Одиннадцать бесед о современной русской прозе: интервью журналистки Кристины Роткирх с российскими писателями / Под ред. Анны Юнггрен и Кристины Роткирх. М., 2009. С. 55.

（9） *Горичева Т.* Круги ада // Континент. 1983. №36. С. 382–385.

（10） たとえば、以下のような論考がある。望月哲男「ドストエフスキーのいる現代ロシア文学」『現代文芸研究のフロンティア（II）』北海道大学スラブ研究センター、二〇〇一年、一三一―一九八頁。Inna Tigountsova, *Dostoevsky and the Late Twentieth Century: an Examination of "the Ugly"* (*Bezobraznoe*) (Ann Arbor, Mich. : UMI Dissertation Services, 2005); *Семыкина Р.* О соприкосновении мирам иным: Ф.М. Достоевский и Ю.В. Мамлеев. Барнаул, 2007.

（11） *Мамлеев Ю.В.* Россия вечная. М., 2011. С. 84.

（12） *Данилова Е.* Опубликован роман Юрия Мамлеева «Шатуны»: чудовища — тоже люди // Коммерсантъ. №127 (350). 08.07.1993.

（13） 番場俊「ユーリー・マムレーエフ『永遠の家』――〈他者〉をめぐる90年代ディスクールの一断面」『現代文芸研究のフロンティア（II）』一二一頁。

（14） *Эпштейн.* Постмодерн в России. С. 157.

（15） いくつかのインタビューでマムレーエフはソローキンが自分を「師」と見なしていると発言している。*Мамлеев Ю.В.* «Жизнь — насмешка неба над землей» // Книжное обозрение. №13 (1815). 26.03.2001; Одиннадцать бесед о современной русской прозе. С. 60. また、ソローキン自身もエッセイでマムレーエフを「我らが形而上的天才」と呼んでいる。*Сорокин В.Г.* Низкие звуки // Сноб. 11.02.2010 [http://www.snob.ru/selected/entry/12705].

（16） グロイス『全体芸術様式スターリン』一八五―一八六頁。

（17） *Смирнов И.П.* Психодиахронологика: психоистория русской литературы от романтизма до наших дней. М., 1994. С. 335.

（18） Там же. С. 341–342.

(19) ルイクリン「テロルの身体」一五六頁。
(20) 同前、一五九頁。
(21) 同前、一五八頁。
(22) 同前。
(23) 同前、一五九頁。訳を一部変更した。
(24) 番場「ユーリー・マムレーエフ『永遠の家』」一三〇頁。
(25) 「ウトリズム」はマムレーエフの造語。「ウトリズムは、ある人間や集団に固有の、アプリオリで内なる形而上的所与（現実）に基づく超越的領域へ〈入る〉ための方法である」。*Мамлеев Ю.В.* Судьба бытия // Вопросы философии. 1993. №10. С. 181.
(26) *Мамлеев.* Шатуны: роман. Рассказы. М., 2008. С. 127-128.
(27) *Мамлеев.* Судьба бытия. С. 180.
(28) *Мамлеев.* Судьба бытия — путь к философии. С. 77.
(29) *Мамлеев.* Россия вечная. С. 31.
(30) Там же. С. 218.
(31) Там же. С. 219.
(32) Там же. С. 162.
(33) 中村唯史「マイトレーヤとレーニンのアジア——無国籍者レーリヒの世界図」望月哲男編著『ユーラシア地域大国の文化表象』ミネルヴァ書房、二〇一四年、一九八−二二三頁。もっとも、トルストイやレーリヒらが主に没我的な性格が強い仏教に傾倒したのに対し、マムレーエフはヴェーダンタ哲学に依拠しながらあくまで「我」に拘りつづけ、「天国はいらない、故郷を与えよ」というエセーニンの詩に見られるようなロシア人の祖国に対する桁外れの愛国心に、西洋のみならず東洋をも凌駕するロシアの特権性を見出そうとしている。
(34) 福原泰平『ラカン——鏡像段階』講談社、二〇〇五年、五六頁。
(35) 同前。六〇頁。
(36) *Мамлеев Ю.В.* Черное зеркало: циклы. М., 1999. С. 140.
(37) Там же. С. 145.

(38) Там же. С. 146.
(39) 否定神学はもともと、「神は〈何であるか〉は知られないが、〈何でないか〉は知られるとして、「神は……でない」と否定を重ねることによって、より深く神を知ろうとする」、キリスト教神学において神を認識するための一つの方法である（『岩波 哲学・思想事典』岩波書店、一九九八年、一二二〇頁）。フランスの現代思想家ジャック・デリダはこれを純粋に神学的な意味から切り離し、「否定を通じて超越者に接近する思想的傾向」全般を指す概念として用いた（西山雄二「訳者解説」ジャック・デリダ（小林康夫、西山雄二訳）『名を救う――否定神学をめぐる複数の声』未來社、二〇〇五年、一一八頁）。ここでは後者の意味で用いている。
(40) *Мамлеев.* Черное зеркало. С. 146.
(41) *Мамлеев Ю.В.* Судьба бытия (продолжение)// Вопросы философии. 1993. №11. С. 95.
(42) *Мамлеев.* Россия вечная. С. 157–158.
(43) Там же. С. 260.
(44) ソルジェニーツィン（木村浩訳）『甦れ、わがロシアよ――私なりの改革への提言』日本放送出版協会、一九九〇年。
(45) *Мамлеев.* Россия вечная. С. 302.
(46) *Зейферт Е.* Наедине с Россией Юрия Мамлеева: «Я шел от ада к раю...» // Gazeta.kz. 04.05.2009 [http://articles.gazeta.kz/art.asp?aid=131197].
(47) ロシアの異名である「ラセア」という言葉は、たとえばマムレーエフが愛してやまないエセーニンの詩「またここで飲んで、喧嘩して、泣いて……」（一九二二）に出てくる。また、十六世紀の著名なオーストリア人外交官ジギスムント・ヘルベルシュタインによれば、ロシアはもともと「ロセア」と呼ばれており、それは国民の「散在（ラズブローサンノスチ）」や「分散（ラセーヤンノスチ）」を意味したという。*Герберштейн С.* Записки о Московии. Т. 1. М., 2008. С. 35.
(48) *Мамлеев.* Русские походы в тонкий мир. С. 34.
(49) Там же. С. 53.
(50) Там же. С. 110–111.
(51) *Мамлеев.* Россия вечная. С. 237.

（52）Там же. С. 51.
（53）Там же. С. 20.
（54）*Смирнов.* Психодиахронологика. С. 333.
（55）フロイト（藤野寛訳）『フロイト全集17』岩波書店、二〇〇六年、三六頁。
（56）*Мамлеев.* Русские походы в тонкий мир. С. 175.
（57）Там же. С.166.

## 第八章　ナショナルな欲望の再（脱）構築——二〇〇〇年代以降のソローキン

（1）ウラジーミル・ソローキン（亀山郁夫訳）『愛』国書刊行会、一九九九年、二六九－二七〇頁。
（2）その間は映画や演劇といった別ジャンルの創作に取り組み、アレクサンドル・ゼリドヴィチ監督の映画『モスクワ』（二〇〇〇）の脚本（ゼリドヴィチと共同）や、戯曲『ドストエフスキー・トリップ』（一九九七）などを発表している。
（3）*Ерофеев В.В.* Русские цветы зла. М., 1999. С.28–29.
（4）*Сорокин В.Г.* Прощай, концептуализм! // Итоги. №11(301). 18.03.2002 [http://www.itogi.ru/archive/2002/11/94751.html].
（5）*Соколов.* Моя книга о Владимире Сорокине. С.127.
（6）Там же. С. 128–129.
（7）ツングース隕石はこれまで数々のSF作品の題材になってきた。詳しくは以下を参照。ジョン・バクスター、トマス・アトキンス（青木栄一、小暮利定訳）『謎のツングース隕石はブラックホールかUFOか』講談社、一九七七年。越野剛「ツングース事件の謎——消えた落下物をめぐる物語」一柳廣孝、吉田司雄編『天空のミステリー』青弓社、二〇一二年、九一－九八頁。
（8）*Бавильский Д.* Владимир Сорокин написал «Лед», свой лучший роман // Русский журнал. 03.04.2002 [http://old.russ.ru/krug/20020402_bavil-pr.html].
（9）*Кучерская М.А.* Ледовый поход против мясных машин // Россиская газета. 22.09.2004[http://www.rg.ru/2004/09/22/sorokin.html].
（10）*Шевцов В.* Путь моралиста // Топос. 29.09.2004 [http://topos.ru/article/2810].

(11) *Шевцов В., Горохов А.* Дальнейшее расчленение Сорокина // Топос. 30.09.2004 [http://topos.ru/article/2828].
(12) *Сорокин В.Г.* Кому бы Сорокин Нобелевскую премию дал... // Топос. 14.03.2005 [http://topos.ru/article/3358].
(13) *Соколов.* Моя книга о Владимире Сорокине. С.191–194.
(14) Там же. С.196.
(15) Там же. С. 208.
(16) Там же. С 197.
(17) Там же. С. 199–200.
(18) ソローキン『愛』二七三頁。
(19) 同前、二七九－二八〇頁。
(20) *Кучерская.* Ледовый поход против мясных машин; *Романова Е., Иванцов Е.* Спасение, или Апокалипсис // Collegium. 2005. №19[http://www.srkn.ru/criticism/romanova.shtml]; *Шевцов.* Путь моралиста.
(21) *Холмогорова О.В.* Соц-арт. М., 1994. С. 28.
(22) *Богданова О.В.* Концептуалист писатель и художник Владимир Сорокин. СПб., 2005. С. 50.
(23) *Монастырский и др.* Поездки за город. С.676-677.
(24) Там же. С. 703.
(25) Там же. С. 704.
(26) Там же. С. 705.
(27) Там же. С. 706.
(28) ウラジーミル・ソローキン（松下隆志訳）『ブロの道　氷三部作1』河出書房新社、二〇一五年、九三頁。
(29) ソローキン『愛』二七三頁。
(30) 以下に内容の紹介がある。武田昭文「ウラジーミル・ソローキン『四人の心臓』」『現代文芸研究のフロンティア（I）』二一五－二二一頁。
(31) ウラジーミル・ソローキン（松下隆志訳）『氷　氷三部作2』河出書房新社、二〇一五年、二六一頁。
(32) 「〔〈氷三部作〉でも〕ザーウミ言語は作家にとって重要性をなくしていない。光人間たちが話す〈心臓（こころ）の〉言語の言葉を地上の言語を用いて伝達する際に、音声学的ザーウミが現れる〔……〕」。

この〈新生した〉兄弟姉妹の名の恍惚たる列挙は、A・クルチョーヌイフのどんな本にも、その文体的統一性を乱す危険なしに挿入することが可能だ」。*Марусенков.* Абсурдопедия русской жизни Владимира Сорокина. С. 136–137.

（33）ソローキン『ブロの道』二二六頁。

（34）同前、二一二頁。

（35）ルートヴィヒ・ヴィトゲンシュタイン（丘沢静也訳）『哲学探究』岩波書店、二〇一三年、一七〇頁。

（36）同前、一七八頁。

（37）飯田隆『ウィトゲンシュタイン――言語の限界』講談社、二〇〇五年、二四九頁。

（38）ソローキン『ブロの道』一七四頁。

（39）貝澤哉『引き裂かれた祝祭――バフチン・ナボコフ・ロシア文化』論創社、二〇〇八年、一五九頁。

（40）Josh Toth, *The Passing of Postmodernism: A Spectroanalysis of the Contemporary* (Albany: State University of New York Press, 2010), p. 29.

（41）貝澤『引き裂かれた祝祭』一六〇頁。

（42）ハナ・アーレント（大久保和朗、大島かおり訳）『全体主義の起原３』みすず書房、一九八六年、二八一頁。

（43）同前。

（44）ウラジーミル・ソローキン（松下隆志訳）『２３０００　氷三部作３』河出書房新社、二〇一六年、二六四頁。

（45）*Липовецкий.* Паралогии. С. 637–639.

（46）大森正樹『エネルゲイアと光の神学――グレゴリオス・パラマス研究』創文社、二〇〇〇年、八五頁。

（47）Одиннадцать бесед о современной русской прозе. С. 96.

（48）グロイス『全体芸術様式スターリン』一八五頁。

（49）Постмодернисты о посткультуре: интервью с современными писателями и критиками / Под ред. С. Ролл. М., 1996. С. 124.

（50）乗松『ロシアあるいは対立の亡霊』八四頁。

（51）田中陽兒、倉持俊一、和田春樹編『ロシア史1――9～17世紀』山川出版社、一九九五年、二四二－二五九頁。
（52）"Russia is slipping back into an Authoritarian Empire", *Der Spiegel*, 02.02.2007.
（53）ウラジーミル・ソローキン（松下隆志訳）『親衛隊士の日』河出書房新社、二〇一三年、六八頁。
（54）*Герасимов И.* «Правда русского тела» и сладостное насилие воображаемого сообщества // Ab Imperio. 2008. №3. С. 404.
（55）亀山郁夫『熱狂とユーフォリア――スターリン学のための序章』平凡社、二〇〇三年、一九二－一九三頁。
（56）Одиннадцать бесед о современной русской прозе. С.92.
（57）*Генис.* Иван Петрович умер. С. 127.
（58）ソローキン『親衛隊士の日』八頁。
（59）*Эткинд А.М.* Петромачо, или Механизмы демодернизации в ресурсном государстве // Неприкосновенный запас. 2013. №2. С. 156–157.
（60）ソローキン『親衛隊士の日』二二五頁。
（61）ユルチャク『最後のソ連世代』二二四頁。
（62）乗松『ロシアあるいは対立の亡霊』二二二頁。
（63）高野『ロシア思想史』を参照。
（64）ルネ・ジラール（古田幸男訳）『欲望の現象学――ロマンティークの虚偽とロマネスクの真実』法政大学出版局、一九七一年、一一頁。
（65）同前、八三頁。
（66）フレドリック・ジェイムソン（秦邦生訳）『未来の考古学I――ユートピアという名の欲望』作品社、二〇一一年、三六八－三六九頁。

## 終章　ロシア文学のゆくえ

（1）東『郵便的不安たちβ』四三－四八頁。

（2）貝澤哉「ポストモダニズムとユートピア／アンチユートピア――現代ロシアにおける「近代」の超克」塩川伸明、小松久男、沼野充義編『ユーラシア世界3――記憶とユートピア』東京大学出版会、二〇一二年、九五頁。

（3）廣松渉『〈近代の超克〉論――昭和思想史への一視角』講談社学術文庫、一九八九年、二四四頁。

（4）同前、三六－五七頁。

（5）*Гройс Б.Е.* Поиск русской национальной идентичности // Вопросы философии. 1992. №1. С. 52.

（6）*Там же.* С. 59.

（7）貝澤「ポストモダニズムとユートピア／アンチユートピア」九四－九五頁。

（8）河上徹太郎他『近代の超克』冨山房百科文庫、一九七九年、一五〇頁。

（9）乗松亨平「敗者の（ポスト）モダン」『ゲンロン6』二〇一七年、七四頁。

（10）*Данилкин.* Клудж. С.140.

（11）*Быков.* Продукт // Новая газета. №103. 16.09.2016.

# 参考文献

直接引用した文献に加え、本書を執筆するに当たって参照した文献も記している。

## 欧文


*Антоненко С.* Поколение, застигнутое сумерками // Новый мир. 1999. №4. С. 176–185.

*Антоничева М.* О тенденциозности в литературной критике // Континет. 2006. №2. С. 399–402.

*Бавильский Д.* Владимир Сорокин написал «Лед», свой лучший роман // Русский журнал. 03.04.2002 [http://old.russ.ru/krug/20020402_bavil-pr.html].

*Басинский П.Б.* Новый Горький явился // Российская газета. 15.05.2006.

*Берг М.Ю.* Литературократия: проблема присвоения и перераспределения власти в литературе. М., 2000.

*Богданова О.В.* Постмодернизм в контексте современной русской литературы (60-90-е годы XX века — начало XXI века). СПб., 2004.

——. Концептуалист писатель и художник Владимир Сорокин. СПб., 2005.

*Бойм С., Гройс Б.Е.* О Свободе // Неприкосновенный запас. 2003. №1(27) [http://magazines.russ.ru/nz/2003/1/boim.html].

*Бродски А.* Чеченская война в зеркале современной российской литературы // Новое литературное обозрение. 2004. №70.С. 229-245.

*Бутов М.В.* Свобода. М., 2011.

*Быков Д.Л.* Кинг-Конг жив // OpenSpace.ru. 07.08.2012 [http://www.openspace.ru/article/197].

——. *Д.Л.* Продукт // Новая газета. №103. 16.09.2016.

Владимир Путин поздравил писателя Мамлеева с 80-летним юбилеем // Росбалт. 11.12.2011 [http://www.rosbalt.ru/main/2011/12/11/923191.html].

*Ганиева А.* И скучно, и грустно // Новый мир. 2007. №3. С.176–185.

*Гаррос А.* Код Союза // Эксперт. 2-8.08.2007. №25. С. 60–61.

*Генис А.А.* Иван Петрович умер. Статьи и расследования. М., 1999.

*Герасимов И.* «Правда русского тела» и сладостное насилие воображаемого сообщества // Ab Imperio. 2008. №3. С. 401–416.

*Герберштейн С.* Записки о Московии. Т. 1. М., 2008.

*Горичева Т.* Круги ада // Континент. 1983. №36. С. 382–385.

*Григорьева Н.Я.* Михаил Елизаров. Ногти // Новая русская книга. 2002. №1 [http://magazines.russ.ru/nrk/2002/1/grig.html].

*Гройс В.Е.* Вечное возвращение нового // Искусство. 1989. №10. С. 1–2.

——. О пользе теории для искусства // Литературная газета. 31.10.1990.

——. Поиск русской национальной идентичности // Вопросы философии. 1992. №1. С. 52–60.

——. Утопия и обмен. М., 1993. グロイス、ボリス（亀山郁夫、古賀義顕訳）『全体芸術様式スターリン』現代思潮新社、二〇〇〇年。

——. Полуторный стиль: социалистический реализм между модернизмом и постмодернизмом // Новое литературное обозрение. 1995. №15. С. 44–53.

——. Постскриптум к «Коммунистическому постскриптуму» // Художественный журнал. 2007. №65/66. С. 22–39.

——. Коммунистический постскриптум. М., 2014.

*Гудков Л.Д.* Негативная идентичность. Статьи 1997-2002. М., 2004.

*Данилкин Л.А.* Pasternak // Афиша. 27.03.2001.

——. Клудж: как литература «нулевых» стала тем, чем не должна была стать ни при каких обстоятельствах // Новый мир. 2010. №1. С. 135–154.

——. Премии: институциализация Сорокина // Афиша. 02.02.2011 [http://vozduh.afisha.ru/archive/8540/].

*Данилова Е.* Опубликован роман Юрия Мамлеева «Шатуны»: чудовища — тоже люди // Коммерсантъ. №127 (350). 08.07.1993.

Десятка: антология соврем. рус. прозы. М., 2011.

*Дубин Б.В.* Интеллектуальные группы и символические формы. М., 2004.

*Елизаров М.Ю.* В чернуху не играю... // Завтра. 30.10.2007.

——. Библиотекарь. М., 2009. エリザーロフ、ミハイル（北川和美訳）『図書館大戦争』河出書房新社、二〇一五年。

*Ерофеев В.В.* Поминки по советской литературе // Литературная газета. 04.07.1990.

——. Русские цветы зла. М., 1999.

*Зейферт Е.* Наедине с Россией Юрия Мамлеева: «Я шел от ада к раю...» // Gazeta.kz. 04.05.2009 [http://articles.gazeta.kz/art.asp?aid=131197].

*Иванова Н.* Сомнительное удовольствие: избирательный взгляд на прозу 2003 года // Знамя. 2004. №1. С. 177-187.

*Ивбулис В.Я.* От модернизма к постмодернизму // Вопросы литературы. 1989. №9. С. 256–261.

*Иличевский А.В.* Матисс. М., 2008.

*Кокшенева К.А.* Как измерить себя человеку? (О некоторых результатах «дружбы» Православия и литературы) // Портал «Слово» [http://www.portal-slovo.ru/philology/37270.php?ELEMENT_ID=37270&SHOWALL_2=1].

*Кузнецов С.* Самый модный писатель // Огонек. 1996. №35. С. 52–53.

*Кузнецова А.* Ни дня без книги // Знамя. 2007. №10. С. 232–239.

*Кукулин И.В.* Увенчание и развенчание идеологического мифа в мистериальном театре Д.А. Пригова // Кризис литературоцентризма: утрата идентичности vs. новые возможность / Под ред. Н.В. Ковтун. М., 2014. С. 27–43.

*Курицын В.Н.* Легко, радостно и покойно // Огонек. 1991. №18. С. 20–21.

——. Постмодернизм: новая первобытная культура // Новый мир. 1992. №2. С. 225-232.

——. Время постсовременности (тезисы доклада) // Новая волна: русская культура и субкультуры на рубеже 80–90-х годов. М., 1994. С. 74–76.

——. Время множить приставки: к понятию постпостмодернизма // Октябрь. 1997. №7. С. 178-183.

——. Русский литературный постмодернизм. М., 2000.

*Кучерская М.А.* Ледовый поход против мясных машин. // Россиская газета. 22.09.2004 [http://www.rg.ru/2004/09/22/sorokin.html].

*Летов С.Ф.* Мемуар о постмодерне // Искусство. 1989. №10. С. 68–69.

*Липовецкий М.Н.* Закон крутизны // Вопросы литературы. 1991. №11–12. С. 1–36.

——. Изживание смерти: специфика русского постмодернизма // Знамя. 1995. №8. С. 194–205.

——. Русский постмодернизм: очерки исторической поэтики. Екатеринбург, 1997.

——. Голубое сало или Два мифа об одном кризисе // Знамя. 1999. №11. С. 207–215.

——. Паралогии: трансформации (пост)модернистского дискурса в русской культуре 1920–2000-х годов. М., 2008.

——. Сорокин-троп: карнализация // Новое литературное обозрение. 2013. №120. С. 225–242.

*Маканин В.С.* Собрание сочинений. Т. 4. М., 2003.

*Мамлеев Ю.В.* «Жизнь — насмешка неба над землей» // Книжное обозрение. №13 (1815). 26.03.2001

——. Судьба бытия — путь к философии // Вопросы философии. 1992. №9. С. 75–84.

——. Судьба бытия // Вопросы философии. 1993. №10. С. 169–182.

——. Судьба бытия (продолжение) // Вопросы философии. 1993. №11.С. 71–100.

——. Черное зеркало: циклы. М., 1999.

——. Шатуны: роман. Рассказы. М., 2008.

——. Русские походы в тонкий мир. М., 2009.

——. Россия вечная. М., 2011.

——. Альтернатива хаосу // Завтра. 15.02.2012 [http://www.zavtra.ru/content/view/alternativa-haosu/].

——. Воспоминание. М., 2017.

*Маркова Д.* Новый-преновый реализм, или Опять двадцать пять // Знамя. 2006. №6. С. 169–177.

*Мартынова О.Б.* Загробная победа соцреализма // OpenSpace.ru. 14.09.2009 [http://os.colta.ru/literature/events/details/12295/page3/].

*Марусенков М.П.* Абсурдопедия русской жизни Владимира Сорокина: заумь, гротеск и абсурд. СПб., 2012.

*Монастырский А., Панитков Н., Алексеев Н., Макаревич И., Елагина Е., Кизевальтер Г., Ромашко С., Хэнсген С.* Поездки за город. М., 1998.

*Немзер А.С.* Замечательное десятилетие: о русской прозе 90-х годов // Новый мир. 2000. №1. С. 199–219.

*Нехорошев Г.* Настоящий Пелевин: отрывки из биографии культового писателя // Независимая газета. 29.08.2001.

Одиннадцать бесед о современной русской прозе: интервью журналистки Кристины Роткирх с российскими писателями /Под ред. Анны Юнгрен и Кристины Роткирх. М., 2009.

*Пелевин В.О.* Виктор Пелевин: Омон Ра, Жизнь насекомых, Затворник и Шестипалый, Принц Госплана. М., 1999. ペレーヴィン、ヴィクトル（尾山慎二訳）『宇宙飛行士オモン・ラー』群像社、二〇一〇年。ペレーヴィン、ヴィクトル（吉原深和子訳）『虫の生活』群像社、一九九七年。ペレーヴィン、ヴィクトル（三浦晴美訳）『眠れ』群像社、一九九六年。

——. Чапаев и Пустота. М., 2014. ペレーヴィン、ヴィクトル（三浦岳訳）『チャパーエフと空虚』群像社、二〇〇七年。

——. Generation «П». М., 2014. ペレーヴィン、ヴィクトル（東海晃久訳）『ジェネレーション〈P〉』河出書房新社、二〇一四年。

Первый всесоюзный съезд советских писателей 1934: стенографический отчет. М., 1990.

*Полотовский С., Козак Р.* Пелевин и поколение пустоты. М., 2012.

Постмодернисты о посткультуре: интервью с современными писателями и критиками // Под. ред. С, Ролл. М., 1996.

*Прилепин З.* Захар Прилепин: «Чечня — индикатор состояния российского общества»// Спецназ России. №6(93). 01.06.2004 [http://www.specnaz.ru/articles/93/16/20.htm].

——. Патологии. М., 2011.

——. Санькя. М., 2011.

——. Новейшая история. Новый реализм // Собака.ru. 03.05.2012 [http://www.sobaka.ru/oldmagazine/glavnoe/11550].

——. Письмо товарищу Сталину // Свободная пресса. 30.07.2012 [http://svpressa.ru/society/article/57411/].

*Проханов А.А.* Чеченский блюз. М., 2002.

*Пустовая В.Е.* Толстая критика: российская проза в актуальных обобщениях. М., 2012.

*Романова Е., Иванцов Е.* Спасение, или Апокалипсис // Collegium. 2005. №19 [http://www.srkn.ru/criticism/romanova.shtml].

*Рыклин М.К.* Террорологики. Тарту-Москва, 1992.

——. Искусство как препятствие. М., 1997.

——. Время диагноза. М., 2003.

*Садулаев Г.У.* Я — чеченец! Екатеринбург, 2006.

——. Марш, марш, правой! Нация. Родина. Социализм: статьи, эссе. СПб., 2011.

*Северин И. (Берг М.Ю.)* Новая литература 70–80-х. // Вестник новой литературы. 1990. №. 1. С. 222–239.

*Семыкина Р.* О соприкосновении мирам иным: Ф.М. Достоевский и Ю.В. Мамлеев. Барнаул, 2007.

*Сенчин Р.В.* Новый реализм — направление нового века // Пролог. 01.11.2001.

*Сиротин С.* Искушения новой критики // Октябрь. 2009. №12. С. 181–183.

*Скоропанова И.С.* Русская постмодернистская литература. М., 1999.

*Славецкий В.* После постмодернизма // Вопросы литературы. 1991. №11–12. С. 37–47.

Словарь терминов московской концептуальной школы. М., 1999.

*Смирнов И.П.* Психодиахронологика: психоистория русской литературы от романтизма до наших дней. М., 1994.

*Соколов Б.В.* Моя книга о Владимире Сорокине. М., 2005.

*Солженицын А.И.* Ответное слово на присуждение литературной награды американского национального клуба искусств // Новый мир. 1993. №4. С. 3–6.

*Сорокин В.Г.* Сборник рассказов. М., 1992. ソローキン、ウラジーミル（亀山郁夫訳）『愛』国書刊行会、一九九九年。

——. Как психоделический // Птюч. 1997. №4. С.40-47.

——. Голубое сало. М., 1999. ソローキン、ウラジーミル（望月哲男、松下隆志訳）『青い脂』河出書房新社、二〇一二年。

——. Пир. М., 2000.

——. Очередь. М., 2002.

——. Я написал «Лёд» вместе с собакой Саввой... // Grani.ru. 27.02.2002 [http://grani.ru/Culture/m.6372.html].

——. Прощай, концептуализм! // Итоги. №11(301). 18.03.2002 [http://www.itogi.ru/archive/2002/11/9471.html].

——. Кому бы Сорокин Нобелевскую премию дал... // Топос. 14.03.2005 [http://www.topos.ru/article/3358].

——. MEA CULPA? // Ex libris НГ. №13(312). 14.04.2005.
——. День опричника. М., 2008. ソローキン、ウラジーミル（松下隆志訳）『親衛隊士の日』河出書房新社、二〇一三年。
——. Сахарный Кремль. М., 2008.
——. Ледяная трилогия. М., 2009. ソローキン、ウラジーミル（松下隆志訳）『氷　氷三部作２』河出書房新社、二〇一五年。ソローキン、ウラジーミル（松下隆志訳）『ブロの道　氷三部作１』河出書房新社、二〇一五年。ソローキン、ウラジーミル（松下隆志訳）『２３０００　氷三部作３』河出書房新社、二〇一六年。
——. Метель. М., 2010.
——. Низкие звуки // Сноб. 11.02.2010 [http://www.snob.ru/selected/entry/12705].
——. Гвоздь в голове. Интервью с Владимиром Сорокиным // Ведомости. 11.10.2013 [http://www.corpus.ru/press/the-nail-in-the-head-sorokin-tellurija.htm].
——. У нас просвещенный феодализм // Time Out. 24.10.2013 [http://www.timeout.ru/msk/feature/34780].
*Степанян К.* Кризис слова на пороге свободы // Знамя. 1999. №8. С. 204–214.
*Тимина С.И., Левченко М.А., Смирнова М.В.* Русская литература XX — начала XXI в. СПб., 2011.
*Туганова О.Э.* Постмодернизм в американской художественной культуре и его философские истоки // Вопросы философии. 1982. №4. С. 122–128.
*Филатова Н.* Букер дан — Букер принят // Сегодня. 26.11.1999.
*Холмогорова О.В.* Соц-арт. М., 1994.
*Шаргунов С.А.* Отрицание траура // Новый мир. 2001. №12. С. 179-184.
——. Ура! М., 2012.
*Шевцов В.* Путь моралиста // Топос. 28.09.2004 [http://topos.ru/article/2810].
*Шевцов В., Горохов А.* Дальнейшее расчленение Сорокина // Топос. 30.09.2004 [http://topos.ru/article/2828].
*Шевцов В.* Словесный театр: можно ли верить Владимиру Сорокину? // Ex libris НГ. 24.03.2005.
*Шухмин В.* Трэш, или Мусорный ветер перемен // Критическая масса. 2004. №1 [http://magazines.russ.ru/km/2004/1/sh5.html].

*Эпштейн М.Н.* Искусство авангарда и религиозное сознание // Новый мир. 1989. №12. С.224–235.

——. Истоки и смысл русского постмодернизма // Звезда. 1996. №8. С. 166–188.

——. Постмодерн в России. Литература и теория. М., 2000.

——. Взрыв, а не всхлип // Русский журнал. 17.09.2001 [http://old.russ.ru/ist_sovr/20010917.html].

——. Нулевой цикл столетия. Эксплозив — взрывной стиль 2000-х // Звезда. 2006. №2. С. 210–217.

——. Слово и молчание: метафизика русской литературы. М., 2006.

*Ямпольский М., Солнцева А.* Постмодернизм по-советски // Театр. 1991. №8. С. 46-52.

Boym, Svetlana, *The Future of Nostalgia* (New York: Basic Books, 2001).

Clark, Katerina, *The Soviet Novel: History as Ritual* (Bloomington: Indiana University, 2000, 3rd ed., originally publishd in 1981).

Clowes, Edith W., *Russia on the Edge: Imagined Geographies and Post-Soviet Identity* (Ithaca and London: Cornell University Press, 2011)

Eco, Umberto, *The Aesthetics of Chaosmos: The Middle Age of James Joyce.* Trans. By Ellen Esrock (Cambridge: Hervard UP, 1989).

Epstein, Mikhail N., *After the Future: the Paradoxes of Postmodernism and Contemporary Russian Culture* (Amherst: The University of Massachusetts Press, 1995).

Epstein, Mikhail N., Genis, Alexander A. and Vladiv-Glover, Slobodanka M., *Russian Postmodernism: New Perspectives on Post-soviet Culture* (New York, Oxford: Berghahn Books, 1999).

Eşanu, Octavian, *Transition in Post-soviet Art: The Collective Actions Group Before and After 1989* (Budapest, New York: Central European University Press).

Hassan, Ihab, *The Postmodern Turn: Essays in Postmodern Theory and Culture* (Columbus: Ohio State University Press, 1987).

Inna Tigountsova, *Dostoevsky and the Late Twentieth Century: an Examination of "the Ugly" (Bezobraznoe)* (Ann Arbor, Mich. : UMI Dissertation Services, 2005).

Jameson, Fredric, *Postmodernism, or, the Cultural Logic of Late Capitalism* (London, New York: Verso, 1991).

——. *Archeologies of the Future: The Desire Called Utopia and Other Science Fictions* (London, New York: Verso, 2005). ジェイムソン、フレドリック（秦邦生訳）『未来の考古学Ⅰ——ユートピアという名の欲望』作品社、

二〇一一年。ジェイムソン、フレドリック（秦邦生、河野真太郎、大貫隆史訳）『未来の考古学II——思想の達しうる限り』作品社、二〇一一年。

Kabakov, Ilya, "On Emptiness," in Ellen E. Berry and Anesa Miller-Pogacar, eds., *Re-Entering the Sign: Articulating New Russian Culture* (Ann Arbor: The University of Michigan Press, 1995), pp. 91–98.

Wakamiya, Lisa Ryoko, *Locating Exiled Writers in Contemporary Russian Literature: Exiles at Home* (New York: Palgrave Macmillan, 2009).

Perloff, Marjorie, "Russian Postmodernism: An Oxymoron?," *Postmodern Culture 3*, no. 2 (1993) [http://muse.jhu.edu/journals/postmodern_culture/v003/3.2perloff.html].

Ram, Harsha, *Prisoners of the Caucasus: Literary Myths and Media Representations of the Chechen Conflict* (Berkeley: University of California Press, 1999).

Rorty, Richard, *Contingency, irony, and solidarity* (Cambridge: Cambridge University Press, 1989). ローティ、リチャード（齋藤純一、山岡龍一、大川正彦訳）『偶然性・アイロニー・連帯』岩波書店、二〇〇〇年。

Rosen, Tine and Uffelmann, Dirk eds., *Vladimir Sorokin's Languages (Slavica Bergensia 11)* (Bergen: University of Bergen, 2013).

Shenfield, Stephen D., *Russian Fascism: Traditions, Tendencies, Movements* (Armonk, N.Y.: M.E. Shape, 2001).

Sorokin, Vladimir, "Russia is slipping back into an Authoritarian Empire", *Der Spiegel*, 02.02.2007

Toth, Josh, *The Passing of Postmodernism: A Spectroanalysis of the Contemporary* (Albany: State University of New York Press, 2010).

Yurchak, Alexei, *Everything Was Forever, Until It Was No More: The Last Soviet Generation* (Princeton, Oxford: Princeton University Press, 2006). アレクセイ・ユルチャク（半谷史郎訳）『最後のソ連世代——ブレジネフからペレストロイカまで』みすず書房、二〇一七年。

Žižek, Slavoj, *How to Read Lacan* (New York: W.W. Norton & Company, 2006). スラヴォイ・ジジェク（鈴木晶訳）『ラカンはこう読め！』紀伊國屋書店、二〇〇八年。

Žižek, Slavoj, *The Sublime Object of Ideology* (London, New York: Verso, 2008). ジジェク、スラヴォイ（鈴木晶訳）『イデオロギーの崇高な対象』河出書房新社、二〇〇〇年。

Žižek Slavoj, *The Ticklish Subject: the Absent Centre of Political Ontology* (London, New York: Verso); ジジェク、スラ

ヴォイ（鈴木俊弘、増田久美子訳）『厄介なる主体──政治的存在論の空虚な中心（1・2）』青土社、二〇〇五（1）、二〇〇七（2）年。

## 邦文

アーレント、ハナ（大久保和朗、大島かおり訳）『全体主義の起原3』みすず書房、一九八六年。

アガンベン、ジョルジョ（高桑和巳訳）『ホモ・サケル──主権権力と剥き出しの生』インスクリプト、二〇〇三年。

東浩紀『動物化するポストモダン──オタクから見た日本社会』講談社現代新書、二〇〇一年。

──『ゲーム的リアリズムの誕生──動物化するポストモダン2』講談社現代新書、二〇〇七年。

──『郵便的不安たちβ』河出文庫、二〇一一年。

阿部軍治『ペレストロイカの文学──現代ソビエトの文学闘争』彩流社、一九九〇年。

──『ソ連邦崩壊と文学──ロシア文学の興隆と低迷』彩流社、一九九八年。

イーグルトン、テリー（森田典正）『ポストモダニズムの幻想』大月書店、一九九八年。

飯田隆『ウィトゲンシュタイン──言語の限界』講談社、二〇〇五年。

『岩波 哲学・思想事典』岩波書店、一九九八年。

岩本和久『トラウマの果ての声──新世紀のロシア文学』群像社、二〇〇七年。

──「二〇〇〇年代のロシア文学に描かれたチェチェン紛争──マカーニン『アサン』とサドゥラエフ『シャリ急襲』を中心に」中村唯史編『ロシアの南──近代ロシア文化におけるヴォルガ下流域、ウクライナ、クリミア、コーカサス表象の研究』山形大学人文学部、二〇一四年、二〇五-二二一頁。

ヴィトゲンシュタイン、ルートヴィヒ（丘沢静也訳）『哲学探究』岩波書店、二〇一三年。

浦雅春「解体する物語──アンドレイ・ビートフ『プーシキン館』」『ロシャ語ロシャ文学研究』第一八号、一九八六年、一五-二八頁。

エプシテイン、ミハイル（望月哲男訳）「ポストモダニズムとコミュニズム」『現代思想』二五号、一九九七年、八〇-一〇二頁。

大澤真幸『近代日本のナショナリズム』講談社選書メチエ、二〇一一年。

大森正樹『エネルゲイアと光の神学──グレゴリオス・パラマス研究』創文社、二〇〇〇年。

岡本裕一郎『ポストモダンの思想的根拠――9・11と管理社会』ナカニシヤ出版、二〇〇五年。

貝澤哉「ポストモダニズムのディスクールにおけるロシア文化史の読み換え――アヴァンギャルドと社会主義文化をめぐって」『ロシア文化研究』八号、二〇〇一年、一―一五頁。

――『引き裂かれた祝祭――バフチン・ナボコフ・ロシア文化』論創社、二〇〇八年。

――「ポストモダニズムとユートピア／アンチユートピア――現代ロシアにおける「近代」の超克」塩川伸明、小松久男、沼野充義編『ユーラシア世界3――記憶とユートピア』東京大学出版会、二〇一二年、七七―九八頁。

亀山郁夫『熱狂とユーフォリア――スターリン学のための序章』平凡社、二〇〇三年。

河上徹太郎他『近代の超克』冨山房百科文庫、一九七九年。

桑野隆『夢みる権利――ロシア・アヴァンギャルド再考』東京大学出版会、一九九六年。

越野剛「ツングース事件の謎――消えた落下物をめぐる物語」一柳廣孝、吉田司雄編『天空のミステリー』青弓社、二〇一二年、九一―九八頁。

ジジェク、スラヴォイ（松本潤一郎、白井聡、比嘉徹徳訳）『イラク――ユートピアへの葬送』河出書房新社、二〇〇四年。

シュクラー、ジュディス（大川正彦訳）「恐怖のリベラリズム」『現代思想』二〇〇一年、六月号、一二〇―一三九頁。

徐忍宇『村上春樹――イニシエーションの物語』花書院、二〇一三年。

ジラール、ルネ（古田幸男訳）『欲望の現象学――ロマンティークの虚偽とロマネスクの真実』法政大学出版局、一九七一年。

鈴木正美「コンセプチュアリズムと空――アンドレイ・モナストゥイルスキイ」『ユリイカ』二〇〇三年、五月号、二四二―二四三頁。

ソルジェニーツィン（木村浩訳）『甦れ、わがロシアよ――私なりの改革への提言』日本放送出版協会、一九九〇年。

ソローキン、ウラジーミル「「プーチンのロシア」とユートピアの死のあとの文学」『ゲンロン通信＃13』二〇一四年、三一―一六頁。

武田昭文「ウラジーミル・ソローキン『四人の心臓』」『現代文芸研究のフロンティア（1）』北海道大学ス

ラブ研究センター、二〇〇〇年、二五‐三一頁。

高野雅之『ロシア思想史――メシアニズムの系譜』早稲田大学出版部、一九八九年。

田中陽兒、倉持俊一、和田春樹編『ロシア史1――9〜17世紀』山川出版社、一九九五年。

塚原史『ボードリヤールという生きかた』NTT出版、二〇〇五年。

デリダ、ジャック（高橋允昭訳）『ポジシオン』青土社、一九八一年。

――（小林康夫、西山雄二訳）『名を救う――否定神学をめぐる複数の声』未來社、二〇〇五年。

ドゥルーズ、ジル（財津理訳）『差異と反復』河出書房新社、一九九二年。

――（宮林寛訳）『記号と事件――1972‐1990年の対話』河出文庫、二〇〇七年。

中村唯史「線としての境界――現代ロシアのコーカサス表象」『山形大学紀要（人文科学）』一四巻四号、二〇〇〇年、一四一‐一七一頁。

――「マイトレーヤとレーニンのアジア――無国籍者レーリヒの世界図」望月哲男編著『ユーラシア地域大国の文化表象』ミネルヴァ書房、二〇一四年、一九八‐二二三頁。

沼野充義編著『イリヤ・カバコフの芸術』五柳叢書、一九九九年。

野中進、三浦晴美、ヴァレリー・グレチュコ、井上まどか編『ロシア文化の方舟――ソ連崩壊から二〇年』東洋書店、二〇一一年、
乗松亨平『リアリズムの条件――ロシア近代文学の成立と植民地表象』水声社、二〇〇九年。

――「ナショナル・アイデンティティとしての「爆発」――ロシア・ポストモダン論のなかのユーリー・ロトマン」『SLAVISTIKA』二八号、二〇一三年、二〇三‐二二二頁。

――『ロシアあるいは対立の亡霊――「第二世界」のポストモダン』講談社、二〇一五年。

――「敗者の（ポスト）モダン」『ゲンロン6』二〇一七年、五四‐七五頁。

ハーヴェイ、デヴィッド（吉原直樹監訳）『ポストモダニティの条件』青木書店、一九九九年。

バーリン、アイザィア（小川晃一、小池銈、福田歓一、生松敬三訳）『自由論』みすず書房、二〇〇〇年。

蜂屋邦夫訳注『老子』岩波文庫、二〇〇八年。

濱真一郎『バーリンの自由論――多元論的リベラリズムの系譜』勁草書房、二〇〇八年。

バルト、ロラン（花輪光訳）『物語の構造分析』みすず書房、一九七九年。

番場俊「ユーリー・マムレーエフ『永遠の家』――〈他者〉をめぐる90年代ディスクールの一断面」『現代

文芸研究のフロンティア（II）』北海道大学スラブ研究センター、二〇〇一年、一二一―一三一頁。

廣松渉『〈近代の超克〉論――昭和思想史への一視角』講談社学術文庫、一九八九年。

フーコー、ミシェル（渡辺守章訳）『性の歴史I――知への意志』新潮社、一九八六年。

福原泰平『ラカン――鏡像段階』講談社、一九九八年、五六頁。

フクヤマ、フランシス（渡部昇一訳）『歴史の終わり（上・下）』三笠書房、一九九二年。

フロイト『フロイト全集17』岩波書店、二〇〇六年。

ボウルト、J・E編著（川端香男里、望月哲男、西中村浩訳）『ロシア・アヴァンギャルド芸術――理論と批評、1902―34年』岩波書店、一九八八年。

ボードリヤール、ジャン（竹原あき子訳）『シミュラークルとシミュレーション』法政大学出版局、一九八四年。

――（塚原史訳）『湾岸戦争は起こらなかった』紀伊國屋書店、一九九一年。

――（今村仁司、塚原史訳）『象徴交換と死』ちくま学芸文庫、一九九二年。

――（今村仁司、塚原史訳）『消費社会の神話と構造』紀伊國屋書店、一九九五年。

――（塚原史訳）『パワー・インフェルノ――グローバル・パワーとテロリズム』NTT出版、二〇〇三年。

――（塚原史、久保昭博訳）『悪の知性』NTT出版、二〇〇八年。

宮台真司『私たちはどこから来て、どこへ行くのか』幻冬舎、二〇一四年。

望月哲男「ウラジーミル・マカーニン『抜け穴』」『ロシア小説の現在』北海道大学スラブ研究センター、一九九五年、一九一―二四頁。

――「ポストモダンと現代ロシア文学」『ロシア文学の変容』北海道大学スラブ研究センター、一九九六年、六一―八五頁。

――「チャパーエフとプストタ」『ロシア文学の近景』北海道大学スラブ研究センター、一九九七年、三六―四七頁。

――「ヴィクトル・ペレーヴィン『ジェネレーションP』」『現代文芸研究のフロンティア（I）』北海道大学スラブ研究センター、二〇〇〇年、六八―七六頁。

――「ウラジーミル・マカーニン『アンダーグラウンド』」『現代文芸研究のフロンティア（I）』北海道大学スラブ研究センター、二〇〇〇年、一一一―一一八頁。

――「ドストエフスキーのいる現代ロシア文学」『現代文芸研究のフロンティア（II）』北海道大学スラブ研究センター、二〇〇一年、一三一－一九八頁。

――「ソローキンのこころ」『ユリイカ』一〇月号、二〇〇二年、二二〇－二三一頁。

――「ロシアの空間イメージによせて」松里公孝編『ユーラシア――帝国の大陸』北海道大学スラブ研究センター、二〇〇八年、一三九－一七六頁。

守中高明『脱構築』岩波書店、一九九九年。

ラーニン、ボリス、貝澤哉『二一世紀ロシア小説はどこへ行く――最新ロシア文学案内』（ユーラシアブックレットNo.182）東洋書店、二〇一三年。

――『ソローキンとペレーヴィン――対話する二つの個性』（ユーラシアブックレットNo.199）東洋書店、二〇一五年。

リオタール、ジャン＝フランソワ（小林康夫訳）『ポスト・モダンの条件――知・社会・言語ゲーム』水声社、一九八六年。

――（管啓次郎訳）『こどもたちに語るポストモダン』ちくま学芸文庫、一九九八年。

渡辺幹雄『リチャード・ローティ＝ポストモダンの魔術師』講談社学術文庫、二〇一二年。

# あとがき

ソ連崩壊はロシアの国の形だけでなく、文学の形にも大きな変化をもたらした。作家たちは完全な創作の自由を得た一方で、社会における文学の影響力は著しく低下した。同時に、女性文学、ミステリ、SF、ノンフィクションなど、文学ジャンルも多様化し、現代文学の全体を見通すことはますます困難になっている。

しかし当然、個々の作家たちは隔絶した環境で創作を行なっているわけではなく、そこには共通の問題意識や文化的コンテクストが存在している。本書は、一九九〇年代ロシアの新しい潮流として影響力を持ったポストモダニズムを軸に据え、多様な現代ロシア文学の歩みをあえて一つの「物語」として読み解こうとする試みである。

ポストモダニズムはかつて日本でも流行し、人によっては古臭く感じられるかもしれない。だが、ロシアのポストモダニズムの内容は欧米や日本のそれとは大きく異なっている。ロシアのポストモダニズムは資本主義ではなくソ連の社会主義文化を背景に形成されたものであり、だからこそ西側文化との差異が常に問われてきた。差異の意識はときに欧米文化に対するロシア文化の優越というナショナルな欲望となって現れたが、それはポストモダニズムの流行の終息後、二〇〇〇年代に台頭した新世代のリアリズム作家たちにも引き継がれた。

現代文学は現在進行形のプロセスであり、研究の際にどこで線引きを行なうかは難しい問題だが、九〇年代と〇〇年代でソ連崩壊後の現代ロシア文学の「物語」はいったんの区切りがついたのではないかと思う。一〇年代のロシア文学にも興味深い作家や作品はあるものの、もはやそこに大きな潮流や運動のようなものを見いだすのは難しい。現代文学の前線に立ちつづけてきたソローキンも、最近のインタビューで「今はまったく文学の時代ではない」と漏らしている。このまま文学の衰退が進むのか、それともどこかでまた巻き返しがあるのか、それはわからないが、ロシア文学という巨大な物語の新章に期待しつつ、いったん筆を置くこととしたい。

本書は、二〇一五年に北海道大学大学院文学研究科に提出された博士論文『ナショナルな欲望の回帰――一九九〇～二〇〇〇年代のロシア・ポストモダニズム文学の変容』を基に、その後の研究成果も加え、全体の構成を変更するなど大幅に加筆修正を行なったものである。主な出典は次のとおり。

第三章　「ザハール・プリレーピン、あるいはポスト・トゥルース時代の英雄」『ゲンロン6』二〇一七年、七六‐九二頁。
第四章　「再定義される社会主義リアリズム――ミハイル・エリザーロフ『図書館員』をめぐって」『ロシア語ロシア文学研究』四五号、二〇一三年、五七‐七六頁。
第六章　「アイロニーの終焉――ポストソ連ロシアにおけるチェチェン戦争表象」『ロシア語ロシア文学研究』四六号、二〇一四年、三七‐五四頁。

第七章「身体なき魂の帝国――マムレーエフの創作における「我」の変容」『スラヴ研究』六二号、二〇一五年、一七三－一九六頁。

思い返せば、高校時代にドストエフスキーに熱中したところから始まり、気がつくと、どこをどう間違ったのか、現代文学、それもウラジーミル・ソローキンという、「現代ロシア文学のモンスター」と呼ばれ、当時はまだアカデミックな場で正当に評価されていなかった作家の作品をむさぼり読むようになっていた。そもそも評価の定まらない存命の作家を研究対象に選んでよいものかという意見もある中で、寛大にもソローキンをテーマに学位論文を書くことを許していただいた元指導教官の望月哲男教授には、いくら感謝してもしきれない。他にも、本書ができあがるまでには数多くの方々に助けていただいた。すべて名前を挙げることはできないが、合わせて感謝申し上げたい。

また、こうした研究が縁でソローキンの作品の翻訳に携われるようになり、作品が日本の幅広い読者に受け入れられたことは望外の喜びだった。一方で、翻訳を通じて作品の背景や文化的コンテクストを伝えることの難しさも身に染みて感じた。本書が現代ロシアの文学作品の理解を少しでも深める一助となれば幸いである。

最後に、出版にあたっては、ＪＳＰＳ科研費（ＪＰ１９ＨＰ５０４９）の助成を受けた。博士論文の書籍化を快く引き受けてくださった共和国の下平尾直氏には厚くお礼申し上げる。

二〇二〇年一月二十三日

松下隆志

松下隆志
MATSUSHITA Takashi

一九八四年、大阪に生まれる。
北海道大学大学院文学研究科博士課程修了。
訳書に、
ザミャーチン『われら』（光文社古典新訳文庫、二〇一九）、
ウラジーミル・ソローキン『テルリア』（二〇一七）、
同『親衛隊士の日』（二〇一三）、
同『青い脂』（共訳、二〇一二、以上河出書房新社）
など多数がある。

ナショナルな欲望のゆくえ

ソ連後のロシア文学を読み解く

2020年2月20日印刷
2020年2月25日発行

著者
松下《まつした》 隆志《たかし》

発行者
下平尾 直

発行所
株式会社 共和国 editorial republica co., ltd.
東京都東久留米市本町3−9−1−503　郵便番号203−0053
電話・ファクシミリ 042−420−9997
郵便振替 00120−8−360196
http://www.ed-republica.com

印刷……モリモト印刷
ブックデザイン……宗利淳一
DTP……岡本十三

本書の内容およびデザイン等へのご意見やご感想は、以下のメールアドレスまでお願いいたします。

naovalis@gmail.com



ISBN978-4-907986-62-9 C0098 